民国世界文学经典译著·文献版（第三辑：伍光建译著）

◆长篇小说◆

Vanity fair

浮华世界

［英］萨克莱（W. M. Thackeray）著

伍光建 译

上海三联书店

图书在版编目(CIP)数据

浮华世界 / [英] 萨克莱著；伍光建译 .
—上海：上海三联书店，2018.4
ISBN 978-7-5426-6001-5

Ⅰ.①浮… Ⅱ.①萨… ②伍… Ⅲ.①长篇小说—英国—近代
Ⅳ.① I561.44

中国版本图书馆 CIP 数据核字（2017）第 175088 号

浮华世界

著　　者 / [英] 萨克莱(W. M. Thackeray)
译　　者 / 伍光建

责任编辑 / 陈启甸
封面设计 / 清　风
责任校对 / 江　岩
策　　划 / 嘎　拉
执　　行 / 取映文化
监　　制 / 姚　军

出版发行 / 上海三联书店
(201199)中国上海市闵行区都市路 4855 号 2 座 10 楼
电　　话 / 021-22895557
印　　刷 / 常熟市人民印刷有限公司

版　　次 / 2018 年 4 月第 1 版
印　　次 / 2018 年 4 月第 1 次印刷
开　　本 / 650×900　1/16
字　　数 / 450 千字
印　　张 / 28.5
书　　号 / ISBN 978-7-5426-6001-5 / I.1283
定　　价 / 136.00 元

敬启读者，如发现本书有印装质量问题，请与印刷厂联系 0512-52601369

民国世界文学经典译著 · 文献版

出版人的话

中国现代书面语言的表述方法和体裁样式的形成，是与20世纪上半叶兴起的大量翻译外国作品的影响分不开的。那个时期对于外国作品的翻译，逐渐朝着更为白话的方面发展，使语言的通俗性、叙述的完整性、描写的生动性、刻画的可感性以及句子的逻辑性……都逐渐摆脱了文言文不可避免的局限，影响着文学或其他著述朝着翻译的语言样式发展。这种日趋成熟的翻译语言，推动了白话文运动的兴起，同时也助推了中国现代文学创作的生成。

中国几千年来的文学一直是以文言文为主体的。传统的文言文用词简练、韵律有致，清末民初还盛行桐城派的义法，讲究“神、理、气、味、格、律、声、色”。但这也在一定程度上限制了情感、叙事和论述的表达，特别是面对西式的多有铺陈性的语境。在西方著作大量涌入的民国初期，文言文开始显得力不从心。取而代之的是在新文化运动中兴起的用白话文的句式、文法、词汇等构建的翻译作品。这样的翻译推动了“白话文革命”。白话文的语句应用，正是通过直接借用西方的语言表述方式的翻译和著述，逐渐演进为现代汉语的语法和形式逻辑。

著译不分家，著译合一。这是当时的独特现象。这套丛书所选的译著，其译者大多是翻译与创作合一的文章大家，是中国现代书面语言表述和中国现代文学创作的实践者。如林纾、耿济之、伍光建、戴望舒、曾朴、芳信、李劼人、李葆贞、郑振铎、洪灵菲、洪深、李兰、钟宪民、鲁迅、刘半农、朱生豪、王维克、傅雷等。还有一些重要的翻译与创作合一的大家，因丛书选入的译著不涉及未提。

梳理并出版这样一套丛书，是在还原中国现代文学史上的重要文献。迄今为止，国人对于世界文学经典的认同，大体没有超出那时的翻译范围。

当今的翻译可以更加成熟地运用现代汉语的句式、语法及逻辑接轨于外文，有能力超越那时的水准。但也有不及那时译者对中国传统语言精当运用的情形，使译述的语句相对冗长。当今的翻译大多是在著译明确分工的情形下进行，译者就更需要从著译合一的大家那里汲取借鉴。遗憾的是当初的译本已难寻觅，后来重编的版本也难免在经历社会变迁中或多或少失去原本意蕴。特别是那些把原译作为参照力求摆脱原译文字的重译，难免会用同义或相近词句改变当初更恰当的语义。当然，先入为主的翻译可能会让后译者不易企及。原始地再现初时的翻译本貌，也是为当今的翻译提供值得借鉴的蓝本。

搜寻查找并编辑出版这样一套丛书并非易事。

首先确定这些译本在中国是否首译。

其次是这些首译曾经的影响。丛书拾回了许多因种种原因被后来丢弃的不曾重版的当时译著，今天的许多读者不知道有所发生，但在当时确是产生过一定的影响。

再次是翻译的文学体裁尽可能齐全，包括小说、戏剧、传记、诗歌等，展现那时面对世界文学的海纳百川。特别是当时出现了对外国戏剧的大量翻译，这是与在新文化运动影响下兴起的模仿西方戏剧样式的新剧热潮分不开的。

困难的是，大多原译著，因当时的战乱或条件所限，完好保存下来极难，多有缺页残页或字迹模糊难辨的情况，能以现在这样的面貌呈现，在技术上、编辑校勘上作了十足的努力，达到了完整并清楚阅读的效果，很不容易。

“民国世界文学经典译著·文献版”首编为九辑：一至六辑为长篇小说，61种73卷本；七辑为中短篇小说，11种（集）；八、九辑为戏剧，27种32卷本。总计99种116卷本。其中有些译著当时出版为多卷本，根据容量合订为一卷本。

总之，编辑出版这样一套规模不小的丛书，把世界文学经典译著发生的初始版本再为呈现，对于研究界、翻译界以及感兴趣的读者无疑是件好事，对于文化的积累更是具有延续传承的重要意义。

2018年3月1日

［英］薩克萊（W. M. Thackeray）著　伍光建　譯

浮華世界

中華民國二十年十月初版

浮華世界目錄

作者自序

當後台老板坐在幕前，向浮華場中看的時候，看見這鬧忙地方，未免覺得有點憂傷。他看見眼前有許多人吃吃喝喝，有許多人在那裏戀愛，也有許多女人拒絕愛人；有人笑，有人哭，有人吸煙，有騙人的，有打架的，有跳舞的，有彈弦子的；有粗野漢子推來推去，有浮蕩子弟看女人，有扒手們掏摸口袋，有警察提防，有賣假藥的站立攤子前喊，有鄉下老擡頭看金碧輝煌的跳者，和那幾個可憐的老年翻筋斗的人，扒手們站在鄉下人背後掏口袋。是呀，這就是浮華世界；誠然不是一個有道德的地方；浮華場中雖然是很熱鬧，卻不是一個歡樂地方。請諸位看看下臺的戲子們和小丑們的臉看看託穆富拉（Tom Fore 譯作大傻子 譯者註）洗好臉上所塗的顏料，纔坐下來躱在幕後同他妻子吃飯。一會子就要開幕他翻筋斗出來，對看戲的人們說：「諸位好嗎？」

據我看來，凡是一個好反省的人，在這樣的戲場中走過，既不爲他自己的亦不爲他人的歡樂所抑壓。有的有慈愛的或諧趣插科諢，能感動他，能令他娛樂；——一個好看的孩子看糕餅攤，一個女子當她愛人同她說話替她挑選東西的時候臉上發紅；可憐的小丑託穆富拉躲在大車後同他的一家人嚼咬骨頭，他的一家人就是靠他翻筋斗過活；總而言之，浮華世界的印像悽慘多，歡樂少。你看過之後回家坐下，心境卻是莊嚴的，冥想的，多少帶點並非不慈善意思，或是看書或是辦事。

我這部浮華世界小說除了這樣的勸世的意思之外，並無其他意思。有許多人以爲這種遊戲場簡直的是毫無道德的，吩咐跟人們和家裏的人躲避這種地方不要看；他們也許是不錯的，但是他人卻不這樣想，本來是懶惰的，或是慈心的，或是好用冷語譏刺的，也許有時走進半點鐘，看他們耍。場裏有各式各樣的戲；有很可怕的相打，有宏偉高尚的騎馬，有關人們生活的景象，也有很平常的；多情的還可以看看戀愛的事，還有輕鬆的諧劇；布景俱全，還有作者的燭光照着。

後台老板還有什麽好說的？——他這本戲在英國的重要市鎭都演過，曾蒙報館的主筆先生們，貴族們，鄉紳們表示好意，我只好謝謝他們。這個帝國裏頭的最好的社會看過我這本戲的傀儡，都能滿意，我是很自鳴得意的。有許多看過的人說，這本祕戲裏頭的有名的小貝克

(Becky) 的手脚是異常的活動，在案上耍得很活潑；阿米利亞 (Amelia) 這個木頭人雖然只有少數的人稱讚，我卻很小心的雕刻她，打扮她；那個多賓 (Dobbin) 傀儡，看來好像是很蠢笨，他卻跳舞得很好笑，很自然；有人喜歡兩個小孩的跳舞；我還要請諸位注意那個壞種貴族，我是不惜工本的把他打扮得很富麗，演過之後，魔鬼就把他帶走。

後臺老板說過這一篇話，對主顧們深深鞠躬，走入後臺，開幕演戲。

浮華世界

第一回　吉西米勒(Chiswick Mall)

話說一八一——年六月，有一天太陽光很好的上午，在吉西米勒地方，平克吞小姐所開的女學校大門前，到了一輛大馬車，駕車的兩匹大肥馬，轡勒銅活，都是發亮的，車夫是一個胖子，戴的是三角帽，披着假髮。馬車快到門口的時候，跑得很快，足有一點鐘走十二英里的速率。在車夫身旁坐的是一個黑奴。馬車正趕到大門口，平克吞小姐女學校大銅牌前面，就停住了。黑奴跳下來搖門鈴。那時候至少有二十個女學生的臉，在窗子裏往外張望。眼利的人還可以看見一個小紅鼻子，就認得這就是好脾氣的宅美瑪（Jemima）小姐（平克吞小姐的妹妹　譯者註）。那小紅鼻子正在客廳窗臺洋繡球花盆上。

宅美瑪小姐說道，『姊姊，這是塞德力（Sedley）夫人的大馬車。那黑奴三保（Sambo）

纔搖過鈴。車夫穿了一件新背心。』

平克呑小姐說道，『宅美瑪小姐，你可曾把塞德力小姐離校的一切事體，都料理好了麽？』讀者須知平克呑小姐是一位校長，是約翰生博士（Dr. Johnson）最有名的大文豪譯者註）的朋友，又是常同察普（Chapone）夫人通信的。居然自以爲是一個大人物。

宅美瑪小姐答道，『女孩子們今天早上四點鐘就起牀，同塞德力小姐收拾東西，我們作了一個花堆給她。』校長說道，『花堆兩個字太俗。你該說花球，雅氣些。』

她妹妹答道，『我們作的花球，足足有乾草墩那麽大。我裝好了兩瓶紫羅蘭花水送塞德力夫人；還寫了一張製這種香水的方子。都裝在塞德力小姐的箱子裏頭了。』校長問道，『你把帳單開好了麽？』『哦，這就是帳單麽？九十三鎊四先令。你去把信面寫好，把我所作的成績報告書也封在裏面。』

宅美瑪小姐看她姊姊寫的親筆信，就當是帝王的諭旨一樣的看重，因爲校長是不輕易寫親筆信的。自開學校以來，只有過三件事，她是親筆寫的。一，是女學生離校；二，是女學生快要結婚；

三，是因為有一位女學生畢小姐染紅痧症死了，她纔肯寫親筆信給女生父母的。宅美瑪小姐以為人是死了無論什麼，都不能安慰她的父母，只有這封親筆信，可以安慰畢小姐的父母。這一次塞德力小姐離校，校長親筆寫的成績報告書，說道：——

『瑪當塞德力小姐在校六年，可以在高雅場中應酬了。凡是我們英國女人該備道德，凡是合她身分的美術她都會了。教員們都愛她勤學遵循。同伴中不問老少，都是喜歡她的脾氣好。她的音樂跳舞綴字拼音，都是很好的，足以副親友的期望。惟有地理尚有缺點。此後三年每日背後應該上塊木板（使背直　譯者註）每日要上四點鐘。將來身材態度，必能端正。這是時髦少年女子所必要的。

本校曾蒙編製字典的那位偉人（即約翰生博士　譯者註）光臨，又蒙那位有名的察普夫人提倡，塞德力小姐對於宗教倫理主義，都能體會，不愧是本校出身的人物。塞德力小姐離校，她的同學們，是無人不想念她。她的校長是很關切她的。　年月日校長巴巴剌平克吞。』

信後附注說道：『沙普 (Sharp) 小姐陪伴塞德力小姐，住在府上，不得過十日。她已經受一個闊人家偏定人家要她早日去任事。』

向例，凡是女學生離校平克吞小姐都要送一本約翰生的字典。她把報告書寫完，就在字典上寫自己的名字，寫塞德力小姐的名字。書裏還夾了約翰生博士爲學生離平克吞小姐的女學校而作的幾句詩，總而言之平克吞小姐這個大人物，總要提約翰生博士名字，是無時離嘴的。這位博士，不過到過她的學校一次，她從此就發了財，享時名了。

再說宅美瑪小姐奉命去取字典，卻從書櫥裏取了兩本。等到她姊姊在第一本字典上寫完字，她很膽怯的遞第二本給她姊姊。

那校長凜然不可犯的問道，『宅美瑪小姐，這本是給誰的？』

她妹妹不敢正臉看她，背過臉來，臉也紅了，聲音抖抖的說道，『沙普小姐也要走了，這一本是給她的。』

校長大聲說道，『宅美瑪小姐，你發昏了麽？把字典還放在櫥裏，以後再不許這樣大膽。』

宅美瑪小姐答道，『一本字典不過値兩個先令九便士。可憐那沙普小姐，她若沒得字典，心裏一定是很難過的。』

平克吞小姐說道，『你去請塞德力小姐卽刻來，不許你再說話。』宅美瑪害怕，不知道怎樣是好，只好走去請。

且說塞德力小姐的父親是倫敦富商；沙普小姐不過是個受僱的學生，平克吞小姐以爲給沙普小姐的好處很不少了，不必再給字典了。

再說女校長成績書價值，也就同墓誌銘的價値差不多，但說到一個死了的人，生前也許是一個基督教好信徒，也許是一個慈父，孝子，賢妻，好丈夫；也許爲家裏的人同聲追悼，同石匠在石頭上所刻的那些恭維話，名實相稱，故此不論是女學校和男學校，教員所說的稱讚學生的話，也許偶然有幾個是配得上成績書上所說的話。塞德力小姐不獨是配得上平克吞小姐讚美她的話，她還有許多極可愛的性情，卻不是這個妄自尊大的校長所能看得出來的。因爲她們兩個人的身分年歲不同。

塞德力小姐不獨是唱得好，跳舞得好，針線也好，綴字拼音，比得上一本字典。她的心地深和大度，凡是接近她的人，上自校長下至廚房裏洗碗洗碟的女孩子，和那每星期來一次的一雙眼的賣點心老婆子的女兒都愛她，校裏共總是二十四個女學生，有十二個是她的最親密朋友，其餘如畢小姐，是個忌刻人，也向來沒說過她一句不好的話；高貴有勢力的疏小姐是個世爵孫女兒，也說她身材還不俗；還有一位很有錢的小姐，是個黑白種，當塞德力小姐離校的那一天，哭得一個不可開交，不得不請了一位醫生來，用了許多悶藥，迷到半醉。校長是位道高德備的，她愛這個女學生，自然是比學生們來得莊重鎮靜得多。宅美瑪自從聽見塞德力小姐要離校，早已嗚咽過好幾次。她怕姊姊說她，不然的話，也要同那有錢的黑白種小姐一樣，要哭個不休的。這樣盡情放聲大哭的權利，只許花錢花得多的女學生們享受。其餘的人，是不能援例的。那個老實頭宅美瑪是苦極了；一切賬單，洗衣服，補衣服，作點心，盤碗器具，底下人們，都歸她管。我們其實不必提她。從此以後，我們大約聽不見她的名字了，這所學校的大鐵門一關之後，這本書裏頭就沒有她們姊妹兩個人的事了。

但是我們要常見阿米力亞（Amelia 即塞德力小姐 譯者註）；我們當這初次見面，不妨先說她是一個最好最可愛的人。毋論處世也罷，讀小說也罷，那裏頭總有許多壞種，我們讀這本小說，常有一位天眞爛漫脾氣最好的人作伴，原是一件最可樂的事。這個小姐卻並不是一位女英雄。作者就可以不必描寫她的面貌態度了；我恐怕她的鼻子稍微太短，她的臉太圓太紅，不够一位女英雄的資格；但是她的臉發紅的時候是玫瑰色，表示她的身體康健，她微笑是很有精神的，她的兩隻眼睛是發亮的，顯出最有光彩，最誠實的好脾氣，惟有含淚的時候卻不然，她含淚的時候很多；因爲這個傻東西，看見貓兒捕殺一隻芙蓉鳥，或捕殺一隻小老鼠，或是讀到一本小說的結局（毋論這本小說怎樣無味），她都會滴淚的；假使有不慈的人對她說一句不慈愛的話，她自然更要滴淚，這個人卻是太過不對了。就使說到那位女校長平克吞小姐，她總算是很嚴厲，很正直，如同上帝一樣的了，她責備過這位小姐一次之後，也不再責備她了；這位女校長既不知他人感覺，如同她不知代數一樣，也曾吩咐校裏的教員們，用溫柔對待塞德力小姐，因爲苛刻的對待，有害於她。

當離校那一天，塞德力小姐向來不是笑就是哭的，到了這個時候，卻不知怎樣是好。她誠然是很喜歡回家，卻不樂於離校。三天以前，就有一無父無母的小女學生不離的跟隨她，好像狗跟主人一樣。塞德力小姐至少也要收十四份禮，——答應送禮的人至少每一個禮拜寫信給她們。有一個說，『你寫信給我，交我的祖父某伯爵代收；』又有一位小姐滿頭拳髮，卻就是慷慨多情的，說道，『你不要可惜郵費，我的寶貝，你每天寫信給我；』那個無父無母的小女孩（這時候纔起首描字本）抓住她朋友的手，仰臉看她，說道，『阿米力亞，我寫信給你的時候，我稱你媽媽。』我很曉得我在這裏補敍過些瑣事，有一位讀者在俱樂部讀到這裏，就要說這些瑣事未免太過傻氣，太過不相干，太過沒意味，太過不言情。是的，我能夠看見他一面讀一面在「太過傻氣」「太過沒意味」這幾個字眼底下用鉛筆畫條黑線，卻在旁邊註道，『眞是的。』是呀，這位讀者是一位有高超天才的人，稱讚的是人世裏及小說裏的英雄好漢；既是這樣，我不如警告他，請他讀別的小說。

再說三保把塞德力小姐的花，禮物，衣箱，帽盒，及沙普小姐一隻舊小皮箱（箱子上釘了沙普小姐的名片，三保很看不起的交給車夫，車夫很看不起的擺好了）都安放好了之後，——離校的時候到了；女學生們原是很難捨難分的，幸虧有女校長平克吞小姐對塞德力小姐的一番說話減輕了些。這一番臨別贈言，並不是使阿米力亞小姐發生哲學的感想，亦不是能令她鎮靜，其實爲的是這一番說話毫無意味。過於煊赫，過於累贅，令人聽了難受；阿米力亞小姐看見校長在面前，很有點害怕，不敢哭。向來有學生的父母來看學生，校長都要請到客廳裏吃點心吃酒的。這次塞德力小姐離校，也是一樣。小姐吃過之後，就可以走了。

有一個少年女子，向來是沒得人理的，這時候從樓上拿了一個手包下來，宅美瑪小姐說道，『貝克（Becky），你去同平克吞小姐辭行呀！』

沙普小姐安詳的說道，『我猜我得去同她辭行。』宅美瑪小姐聽了很詫異；她敲門，門裏頭的人讓她進去，沙普小姐很隨隨便便的走上前，用法文說道，『小姐，我同你辭行。』

平克吞小姐不懂法文；她只會指揮懂得法文的人：緊閉兩唇，仰起臉來，現出她的羅馬鼻子（頭上戴的是大而嚴肅的頭巾），說道，『沙普小姐，我望你今早好。』當這位本地的大女主說話的時候，搖搖一隻手，當作話別，那一隻手伸出一隻手指，讓沙普小姐拉。

沙普小姐卻其冷如冰的微笑點頭，兩手叉在胸前，不去拉手。校長更生氣擡擡頭。其實是少年女子同老年女子打仗，老年卻打敗了。老年女子摟着阿米力亞小姐，說道，『上天保佑你，』一面怒目看沙普小姐。宅美瑪小姐很害怕，拉沙普小姐出來，說道，『貝克，你走罷，』客廳門關了，這兩個女子以後再不相見了。

樓下這時候正是難捨難分，不是筆墨所能形容的。全數的用人都在大廳，——全數好朋友，全數少年女子——纔來到的教跳舞先生；這時候亂作一團，摟的摟，吻的吻，哭的哭，還有一位小姐哭到發狂。摟過之後；她們分手了，說的是塞德力小姐同她的朋友們分手。沙普小姐在幾分鐘前，很端莊的先上了車。她走了的時候，並無人滴淚。

塞德力小姐啼啼哭哭的上了車，三保關車門，跳上車後。宅美瑪小姐趕出來，手拿一個小包，喊道，『停車。』

她對阿米力亞說道，『這是一包夾肉麵包，你路上餓了可以吃；貝克，貝克沙普，這是一本書，我的姊姊——是我——就是一本約翰生字典；你不能無這本書就離校了。車夫，你趕罷，上帝保佑你們。』

這個慈心宅美瑪，難捨難分的退入花園。

呀！誰知當馬車一走的時候，沙普小姐在車窗露出她的淡白臉來，把那本書摔在花園裏。宅美瑪小姐見了，害怕到幾乎發昏，她說道，『我向來未——膽子太大了。』——她心裏感動說不完這句話。馬車走了，大門也關了；學校搖鈴，演習跳舞了。這兩個小姐的前程就在眼前；她們同吉西米勒辭行了。

第二回　沙普小姐和塞德力小姐預備同世界開仗

當沙普小姐作了第一章末段所說的英雄事業時候，她看見那本字典飛過去，落在宅美瑪小姐脚下，沙普小姐臉上本來帶着仇恨神色，這時候卻帶着一點微笑。這樣的微笑同那樣仇恨神色，都是不好看的。她心裏鬆些，靠在車背，說道，『我就是這樣對待這本字典；我離開了吉西米勒，我謝謝上帝。』

塞德力小姐心裏慌亂，也同宅美瑪小姐一樣；因爲他離開這學校不過片刻，六年的印像，畢竟不能片刻就磨滅了。有許多人，少年時候的害怕，是一輩子也擺脫不掉的。

停了一會，塞德力小姐說道，『利貝克，（亦稱利百加　譯者註）你怎麽能够作這樣的事？』

利貝克大笑答道，『你爲什麽要問，難道你以爲平克吞小姐會跑出來，叫我回去那個黑洞麽？』

塞德力小姐答道，『不是的，但……』

沙普小姐很忿恨的接連說道，『我希望我此生此世，永遠不再見這個地方。我願意這個地方埋沉在河底，我眞是這樣想；假使平克呑小姐在裏頭，我是不肯救她出來的，我是不肯的。我很願意看見她浮在河面，頭上戴着頭巾，長裙拖在後頭，帶着她的如同小艇頭一樣的鼻子，浮在河面。』

塞德力小姐說道，『你不要響啦。』

利貝克小姐大笑，說道，『你爲什麼要我不響，難道你怕黑鬼跟人會告訴人麼？黑鬼可以回去告訴平克呑小姐，說我恨她到了極點；我很想他去告訴她；我還想有方法證明我恨她。在這兩年裏頭，我受盡她的羞辱，受盡她的蠻橫了。她待我還不如待廚房裏的用人，除了你之外，無人同我作朋友，無人對我說過一句好話。她叫我照料小女孩子們，叫我對小姐們說法國話，說到我討厭法國話了。但是對平克呑小姐說法國話，是一件最好頑的事，是不是？她一個法國字也不懂，卻不肯承認她不懂。我想她是因爲這件事同我分手的；我卻要爲法文謝謝上天。法蘭西萬歲！皇帝萬歲！拿破侖萬歲！」

塞德力小姐喊道；「利貝克，利貝克，你不難爲情嗎」這是貝克頭一次說最侮慢國家的話，因爲在這個時候在英國說「拿破侖萬歲！」就如同說「魔鬼萬歲！」「你怎樣能够，你怎麼膽敢存這樣不良、仇恨的思想呀？」

利貝克小姐答道，「報讎雪恨，雖然是不良，卻是自然的。我不是一個安琪兒。」作者說一句老實話，她當眞不是的。

作者可以說利貝克沙普小姐雖然有兩次機會，說過感謝上天，第一次是因爲擺脫了她所仇恨人第二次因爲能够使她令她的仇人們疑惑昏亂；因爲這樣纔感謝上天，卻不是什麼好心地。凡是慈愛及溫和的人，都不肯說的。這個少年不仁的人（或是憎惡女人的人）說世人都待她不好，我何可以相信。毋論男女都待她不好，她一定是一個應該受不好待遇的人。世界原是一架照面鏡，鏡子裏的影子，就還你的本來面目。你對鏡子縐眉，鏡子裏的影子就對你縐眉；你對鏡子大笑，鏡子裏的影子也對你大笑；任從少年人自擇。我們很曉得，倘若世界忽略沙普小姐，她卻並未爲他人作過什麼好事；我們原不能盼望這女學校裏的二十四個少年女子都是同我這本小說的女英雄塞德力小姐（我之所以挑選她作女英雄，原爲她的脾氣最好，不然的話，我不可以挑選別人麼？）一樣的可愛——我們不能盼望她們都是這位小姐那樣溫柔和氣；也不能望她們人人趁每個機會，要打服利貝克小姐的心很及壞脾氣；用一千句說話用一千次的幫忙，打倒沙普小姐仇視女人的心，至少要打倒過一次。

沙普小姐的父親原是一個美術師，因爲這樣，他曾在平克吞小姐的女學校教畫。他是一個聰明人；一個好同伴；一個不小心的學者；習慣欠債，偏好入酒店。他吃醉酒就打老婆打女兒；到了明天，頭疼得利害，就詛駡世人忽略他的天才；還很聰明的，很有理由的，駡他的同業，說他們都是騃子。他因爲難以生活，又欠了附近各處許多錢，他要以爲娶一個法國女人就可以過較好的日子，這個女人原來是一個音樂戲院的女戲子。沙普小姐因爲她的母親出身微賤，絕不提起，到了後來纔說她的母親家裏是貴族，她是貴族之裔，很自鳴得意。最奇怪的是沙普小姐後來越闊，她的祖宗的名位越變作高貴。

利貝克的母親，不曉得在什麼地方受過多少教育她的女兒，說得一口好法國話，簡直的是巴黎腔，那個時候乃是很少有的，故此平克吞小姐就僱用她。因為她母親死了，他父親得了嗜酒病，發作第三次之後，曉得他的病是不能治的了，就寫了一封很可憐的信，給平克吞小姐，請她照顧他的小女兒，他一命嗚呼哀哉死了。瀕死的時候，還有兩個討債的地保爭他的屍首。利貝克到吉西米勒的時候，是十七歲，當了一個立合同受僱若干年的學生。她的職任是說法國話，不花火食費，每年有幾鎊，從教員們學得多少知識。

利貝克小姐身材輕小，臉色淡白，頭髮是沙黃色，兩隻眼是常向下看的；擡頭看人的時候，這雙眼是很大而奇怪的，頗能動人；她既是這樣能動人，所以有一位教士曾經戀愛過她；她的兩眼一射，這位教士就被他射死了。這個教士有時到平克吞小姐這裏吃茶點（原是他的母親介紹見平克吞小姐的），曾經寫過一封信求親，是一個一隻眼的賣平果老婆子替他傳書遞柬的。這封情書卻被截留了。平克吞小姐寫信請這位教士母親來，把兒子抓回去。平克吞小姐看見她這一個小鳥窠裏居然有大鷹來犯，心裏很慌亂，原想辭退了利貝克小姐，卻因為立過合同，辭退了是要給錢的，只好仍留她，她還指天誓日的說，她同這個教士向來未交談過一句話，只見過兩次面，都是校長在場的，校長卻不相信。

在許多高大女學生中，利貝克沙普小姐像一個孩子。但是因爲貧窮變作很聰明。她在家曾對許多討債的人說過話，把他們哄走了；她曾經用說話牢籠過作小買賣人，叫她們歡喜，哄他們再賒一頓飯吃。她居常同他父親坐在一處，她的父親有了這樣一個會說聰明話的女兒，覺得很得意；她聽了他的放蕩朋友們的談話——卻是不中女孩子聽的，她自己說過，她並不是一個女孩子，自從八歲以來，她就是一個婦人了。平克吞小姐爲什麽放這樣一隻危險的鳥在她的鳥籠裏？

這位老小姐其實以爲利貝克是一個最謙和的女子，當她父親帶她到吉西米勒時候，利貝克裝作很老實的。平克吞小姐當貝克是一個謙退老實孩子。在貝克未受僱入校前一年，那時她是十六歲，平克吞小姐演說了幾句，送她一個小布人子——原是罰某小姐的東西，因爲這位小姐當上課的時候頑布人子。那天原是演說日，平克吞小姐請了全數的教員和貝克小姐父女二位夜宴。宴罷回家，父女兩人就笑平克吞小姐，假使她聽見這父女兩個拿小布人子形容她，她要大生氣的。她常拿小布人子當平克吞小姐，對她說話，她父親的畫師朋友們看見了大笑。這羣少年畫師每逢來探她父親，喝口燒酒時，都要問貝克平克吞小姐在家否；有一次她在吉西米勒住了幾天，她回家來，拿另一個布人子當作宅美瑪小姐；這個老實人雖然給貝克凍子及糕餅吃，她這一份，足夠三個人吃的，臨走的時候，又給了她七個先令。誰知這個女孩子訕笑人的知覺多，感謝人的知覺少，只好犧牲宅美瑪小姐，如同犧牲她姊姊一樣。

後來禍事臨頭，她就到了吉西米勒，拿這個地方當作家了。這是個女學校，規矩是很嚴的，她覺得受不了：祈禱，吃飯，功課，遊散，都是規定的，拘到她不能忍受；她很惋惜從前在她自己家裏的自由，所以人人，她自己在內，都以為她是憶父親憂愁。她的住房在屋頂，女僕們常聽見她晚上哭泣；但是怒哭，不是愁哭。她從前原不是一個十分會作偽的人，到了這個時候，因為寂寞，教會她裝假。她向來未同女人們相處過：她的父親雖然是個墮落人，卻是有才的人；據她看來，她的談話，自然比她這個時候所與相處的女學生們的談話好得多，好過一千倍。女校長雖然自大，她的好處榮，她的妹妹的傻頭傻腦的和氣，年齡較大的女學生們的傻話，和駭人聽聞的舉動，還有照管女學生們的婆子們的其冷如冰的循規蹈矩，無不令她憎厭；這個不幸的女子又無爲人母的慈心，不然的話，她所照管的小女孩子們的談話，就可以安慰她，使她覺得有意味；她雖然同她們相處了二年，她走的時候，沒得一個是惋惜她走的。只有心地柔和的塞德力小姐一個，是她能夠親附的；誰人不能親附阿米力亞呢？

包園利貝克的少年女子們，都比利貝克富貴，她心裏就有說不出來的妒忌。她關於一個女學生，曾說道，「因爲她是一位伯爵的孫女兒，就這樣大模大樣的。你看見她們怎麼樣的巴結那位黑白種的小姐，不過因爲她有十萬鎊財產！她只管有錢，我卻比他聰明一千倍，我卻比他好看一千倍。她只管有門第，我的宗教同那伯爵孫女一樣；然而人人都不理我。但是當我在家的時候，那些男人們連跳舞會宴會，都拋棄了不顧，寧願到我們家裏同我談話。」毋論怎樣，她打定了主意要離開這所監牢，這個時候她起首替她自己動作，頭一次爲將來打有關連的算盤。

故此她趁這個機會求學因爲她已經會音樂，又是很會說外國話，她很快的學會了當時女子所應知的學問。她是不停的練習音樂。有一天女學生們都在外頭，她一個人在家裏，女校長聽見她的音樂很好她就打定主意叫利貝克教音樂，可以省了音樂先生的束修。

貝克不肯；這是頭一次不聽女校長指揮，女校長很詫異。貝克突如其來的說道，『我在這裏只是對小女孩子們說法國話，不是替你省錢教他們音樂的。你給我錢，我就教他們音樂。』

女校長沒得法，只好依她。她卻從這天起，就不喜歡她。女校長說道；『在這三十五年裏頭，卻無人敢在我自己家裏詰問我的法權的。我在我的懷裏養了一條小毒蛇。』

沙普小姐對這位老校長說道，『什麼小毒蛇——不要說廢話。你僱我，因為我有用。你我之間，卻並無什麼感激。我厭惡這個地方，我要脫離這個地方。是我該作的事，我就作，不是我該作的，我便不作。』

女校長問她，『你曉得不曉得你是對着平克吞小姐說話？』她問了這句話也不相干。利貝克當面笑她，是極其可怕的、挖苦的笑她，女校長聽了，幾乎暈倒。貝克說道，『你給我一筆錢，叫我走——不然的話，你若是更願意替我找一個席位，在貴族家裏當保姆——你若是肯作的話，你能夠辦的。』後來她們兩個人屢次爭論，貝克還是抱住這句話，『你替我找事——我們互相怨恨，我是很預備走的。』

這位平克吞小姐，雖是臉上有一個羅馬人的鼻子，頭上戴的是頭巾，身子高得很，一向都是一位無人能抵抗的公主，她的意志和力量，卻抵不過她的小學徒。她要同她打仗，想法子打倒她，都全然無效。有一次女校長當衆責利貝克，利貝克仍用她的老法子，對她說法國話，老校長完全失敗。要想維持這個女學校的紀律，必定要請這個小反叛，這個怪物，這條毒蛇，這個搗亂人，走開；這時候聽見庇得克洛里 (Pitt Crawley) 爵士家裏要用一位保姆，女校長居然就薦了沙普小姐，不管她是一個搗亂人，是一條毒蛇。她的薦書說道，『我誠然不能說沙普小姐的行為有什麼不對，只有她對待我是不該的；我必定要說她的材藝是高等的。說到學問，她很替我的學校爭面子。』

這位女校長薦貝克出去總算是對得住自己的良心了；於是廢了合同，貝克小姐就可以自由了。我在這裏寫她們兩個人打仗，不過寫了幾行，其實他們打了好幾個月的仗。因為塞德力小姐正是十七歲要離校了，她卻同沙普小姐很要好（女校長說塞德力小姐樣樣都好，只有這一層令她不滿意），就請她到家裏頑一個禮拜，隨後纔去爵士家。

這兩位少年女子，就從此出來問世啦。自阿米力亞看來，這是一個很新鮮、光明世界，是個花花世界。自利貝克看來，不十分是新世界——（若要說出實話來，利貝克小姐同那教士的事，其中尙有許多未經公佈的）。但是誰人能夠說這件事的眞情呢？毋論怎樣，倘若利貝克小姐不是初出來問世，也是重新第二次問世。

當這兩位小姐到了堅星呑（Kensington）大路的時候，阿米力亞並未忘記了她的同學，眼淚卻乾了，有一個馬隊的少年軍官窺見她，她滿臉通紅，覺得高興，那位軍官在馬車旁邊走過的時候，還說了一句話道『多麼美的一位小姐呀。』當這輛馬車未到拉塞爾（Russel）大街之前，這兩位小姐說了許多的話，都是關於朝見的話，不曉得能夠有這番榮耀不能，市長的大跳舞會，她曉得是要去的。一到了家門，阿米力亞塞德力小姐扶住三保的手，跳下車，既美又樂。讀者可以相信她領利貝克看她家所有的房子，她抽屜裏的各種東西，她的書，她的鋼琴，她的衣服，她的領衣等等了。她一定要利貝克小姐收受一枚寶石戒指，還有一件紗衣，現在她穿了太小，她的好朋友穿上正稱身；她還打定主意對她母親說好了要把白色的北印度出產的羊絨披肩送給她的朋友。她的哥哥剛從印度帶了兩條來，難道不能分送朋友一條麼？

當利貝克小姐看見阿米力亞小姐的哥哥約瑟塞德力帶回來給妹妹兩條極好看的羊絨披肩，她說道，『有哥哥必然是極樂的事。』她自己是孤單一人，既無父母兄弟，又無朋友，那位心慈的阿米力亞小姐聽見了，自然很憐憫她。

阿米力亞說道，『利貝克，你不要說是孤單一人，你曉得的，我永遠是你的朋友，愛你如同一個妹妹——我將來是這樣愛你。』

『呀，但是如你這樣有父有母，有這樣慈愛、有錢的父母，你要什麼她們就給你什麼；還有她們的愛情，這是最可寶貴的！我的父親貧窮，不能給我什麼東西，我只有兩件衣服！有哥哥，有親愛的哥哥呀！你一定很疼他的。』

阿米力亞大笑。

「什麼！你不愛他麼？你說什麼人都愛，你不愛他麼？」

「是呀，我自然愛他，——但是——」

「但是什麼？」

「但是約瑟並不理會我愛他不愛他。他離家十年，好容易纔回家來，只伸出兩隻手指給我拉！他是很仁慈很好的，但是他不大同我說話；我看他很愛他的烟管，多過他愛他的……」說到這裏，阿米力亞不響了。她爲什麼說她的哥哥不好的？她又說道，『當我是小孩子的時候，哥哥很疼我。她往印度去的時候我纔五歲。』利貝克問道，『他不是很有錢嗎？人家都說印度的闊人都是非常之富的？』『我相信他的進項很好。』

『你的嫂子是一位美人麼？』

阿米力亞又笑道，『呀！約瑟還未娶親啦。』

上文這一串問答的意思，在這個聰慧女子心中，可以解作如下：——『倘若約瑟塞德力旣是很有錢，但並未娶親，爲什麼我就不該嫁給他呢？我在這裏只有兩個禮拜，爲期甚短，我何妨試試我的手段。』她於是打定主意試試看，她更熱鬧的摟抱阿米力亞；吻那塊白頸巾，吻了又吻；很着意的說，永遠不同這塊頸巾分離。當搖鈴吃大餐的時候，她摟住塞德力小姐的腰，一同下樓。走到客廳門口，貝克小姐很慌亂，幾乎不敢進去。她對阿米力亞說道，『寶貝，我的心亂跳，你摸摸看』。阿米力亞說道，『並不跳。你進來，不必害怕。爸爸不會害你的。』

第三回　利貝克遇敵

有一個肥胖大個子，身上穿了虆皮衣服，腳上穿長靴，戴了好幾條大頸巾，幾乎堆到鼻子，穿紅條子背心，平果綠褂子，很大的扣子，是鋼造的（這是當時闊公子哥的早服），正在火爐邊讀報紙，忽然進來兩位少年女子，他就從交椅上跳出來，滿臉通紅，把臉藏在那堆頸巾裏。

阿米力亞笑說道，『約瑟，不是別人，是你的妹妹。』隨卽伸手拉約瑟的兩隻手指。『你曉得的，我回家不再到學校啦；這一位是我的好朋友，沙普小姐，你從前聽我提過。』

那個躲在頸巾堆裏的頭抖得利害，說道，『你向來未說過呀——呀，是的，——小姐，天氣太不好了；』——他說完了，用大勁通爐子，其實這時候正是六月中旬。

利貝克同阿米力亞耳語說道，『他的面貌很美，』雖說是耳語，聲音卻很響的。

阿米力亞說道，『你當眞以爲他美麼？我將告訴他。』

沙普小姐如同小鹿那麼膽怯，往後一跳，說道，『寶貝你不要告訴他。』

她已經對着這個男子很盡禮鞠躬，她的一雙謙遜知羞的眼，只看地毯，我們不曉得她怎麽能够有機會看他。

阿米力亞對哥哥說道，『哥哥，我謝謝你送我兩條披肩。利貝克，你說，這兩條披肩美不美？』沙普小姐說道，『是天上的東西！』她一面說一面兩眼從地毯向掛燈看。

約瑟仍然很吵的在那裏用鐵條鐵鉗通火，一面喘氣，他的一片黃色的臉都變紅了。她的妹妹說道，『約瑟，我沒得這樣好的禮物回敬你。但是當我在校裏的時候，我替你繡了一副很美的過膊帶。』

她的哥哥聽了很害怕，說道，『可了不得，阿米力亞，你所說的話是什麽意思？』他一面用盡平生之力拉鈴子繩，拉斷了，這個老實頭更慌亂了。說道，『你看我的馬車是不是在門口，我不能等了，我必定要去。我必定要去。』

這個時候他的父親走進來，搖圖章搖得很響，這是眞正英國商人狀態。他說道，『安米（Emmy 卽阿米力亞　譯者註），什麽事呀？』

『爸爸，約瑟要我去看他的馬車是不是在門口』

老頭子說道，『他說的是一匹馬的轎子。』

這時候約瑟發狂的大笑，看見沙普小姐看他，他忽然停止不笑，好像是中了槍子。

『這位小姐是你的朋友麽？沙普小姐，我很喜歡見你，你同安米兩個人，已經同約瑟拌嘴了嗎，你爲什麽要走呀？』

約瑟說道，『我已經答應一位同事，同他吃飯。』

『不要說啦，你不是告訴過母親，你在家吃飯嗎？』

『身上穿這樣衣服，是不能的。』

『沙普小姐，請你看看他，够好看的了，毋論在什麽地方吃飯，都可以，是不是』

沙普小姐自然看看她的朋友，兩個人都大笑，老頭子看見了很歡喜。

老頭子說道，『來，來，你同沙普小姐下樓，我陪着這兩位少年女子在後。』他於是一手夾着他太太的膀子，一手夾着他女兒的膀子，很高興的走。

倘若沙普小姐心裏打定主意要打服這位身軀碩大的公子衆位夫人小姐們我們不應該責備她;雖然說找男子作丈夫,原是少年女子委付與母親代辦的事,諸位卻要記得,沙普小姐沒得父母替她辦這樣細緻的事,假使她找不着一個丈夫,世界上沒得人替她代勞。少年人『出場』原爲的是嫁人,是不是?她們跑到海邊避暑爲的是什麼?整季的晚上跳舞,跳到天亮五點鐘,爲的是什麼?她們爲什麼要費了許多事學琴,爲什麼要學唱,學一次要花一鎊錢,爲什麼有美好臂膀和好看手肘的就要學箜篌,爲什麼戴時髦帽子,還要插鳥羽,還不是要用她們的弓箭射倒合式的少年男子麼?父母們爲什麼把家裏的地毯撤了,把家裏弄得亂七八糟的,花每年所入的二成,開跳舞會,預備許多冰凍香賓酒,爲的是什麼?難道眞是博愛同類,一心一意的要見少年們跳舞快活麼?吓!她們要嫁女兒;因爲塞德力太太心裏已經有了二十個計劃,安頓阿米力亞小姐,我們這位無人保護的利貝克也曾打定主意要找一個丈夫,沙普小姐是更要一個丈夫了。沙普小姐有活現的想像,曾讀過天方夜談,曾讀過一本地理。當她一面打扮,問過阿米力亞她的哥哥是否很有錢之後,她就在那裏架起一座極宏麗的空中樓閣,她自己當女主人,丈夫卻還在背景裏

（因為她尚未看見這個男子。想像不能够清楚）；她披上不知這多少塊的披肩，頭巾戴了不知多少金鋼鑽頸串，騎在象背上，前後都是音樂隊，去探望大蒙古皇帝。

約瑟比妹妹大十二歲。在東印度公司辦事，是波格和拉 (Boggley Wollah) 地方一位收稅官，這是富而且貴的一個好差使，誰不曉得。

波格和拉坐落在一個很好而寂寞低濕而多樹木的地方，是有名的打鷸去處，偶然還會碰見老虎。離此地四十英里就是縣太爺所在的地方；再過去三十英里，就是馬隊駐紮地方；約瑟一到任就把這些情形寫信告訴父母。他在這裏住了八年，單身一人在這裏，很少看見一個基督教人的面，除兩次不計，這兩次是有軍隊來押解他所收的稅到加爾各答 (Calcutta)。

幸而這時候他得了肝病，回歐洲就醫。他覺得回到本國非常的舒服，非常的有趣，當他在倫敦時候，他不住在家裏，另外租房子住，好尋樂的單身少年都是這樣。當他未往印度之先，年紀還青，不會享受國都的種種快樂，這次回來，卻闖進這個繁華世界，樂此不疲了。在公園裏駕馬車兜圈子，在時髦館子裏吃飯，常常看戲，聽音樂劇，穿緊湊衣服，戴三角帽。

當他印度回來，及從此以後，他很高興對人說他此時在倫敦所過的快活日子，要人會意他同某人都是當時的最闊最時髦少年。但是他在倫敦也是寂寞，如同在波格和拉一樣。他在國都裏頭，幾乎一個人也不認得：假使不是因肝病請醫生，吃藍色丸子，他一定會寂寞而死的。他這個人很懶，脾氣不好，好吃好喝；看見女人就害怕到了不得；故此他很少回家同父母團聚，因為家裏是很熱鬧的，他的父親又常同他開頑笑，他覺得有礙他的體面。約瑟因為自己越長越胖很煩心；有時很費事的嘗試消滅他身上的脂膏；但是他是個懶人，又喜歡吃好的喝好的，嘗試減膳也是無益，不久又是每日吃三頓了。他向來衣服穿得不整齊；但是很費事的修飾身上，梳洗穿衣，每日總要花幾點鐘時候。他的跟人管他的衣服很發財：他的梳裝檯上擺了不知多少香髮油香水等等：他因為要把身腰收小，不知試過多少種腰帶。他同許多胖子一樣，一定要作緊湊衣服，還要顏色最鮮豔，剪裁要合少年身分。他好打扮，簡直的是同女孩子一樣；大約他的極端畏羞，是從他極端的好打扮得來的。倘若利貝克小姐一出場，就能夠降伏約瑟，這個少年女子必定是非常聰明的了。

她第一步就現出可觀的本事。當她說約瑟是個極美的少年時候，她很曉得阿米力亞必定會告訴她母親的，她母親必定會告訴約瑟的，不然的話，至少也很喜歡聽她恭維她兒子的話。也許約瑟自己聽見這句恭維話——利貝克說得很響的——他果然聽見了（心裏想他自己確是一個美少年），這句恭維話，透過他通身，他覺得一陣一陣的樂不可言。隨後卻來了一陣的反動，他想道『難道這個女孩子同我開頑笑麼？』立即走去拉鈴繩，正要退兵，誰知他父親說了兩句笑話，他母親又勸他，他纔停住了不走。他領着利貝克下樓的時候，心裏很懷疑，很騷動，他想道，『她眞以我爲美少年麼？難道她是同我開頑笑麼？』作者說過他好打扮，同女子一樣。只要女子們掉過來說道『這個女子好打扮如同男子一樣。』這句話，是說得理由很充足的。有鬍子的人們也是十分的要人恭維，用心打扮，長得好看也是自鳴得意，也十分曉得有迷人的力量，如同世界上任何一個好媚人的女人一樣。

他們下了樓，約瑟是滿面通紅，利貝克小姐是很謙遜的，兩眼往下看。她穿的是白色衣服，露出兩隻雪白肩膀——儼然一幅少年女子，無人保護，天眞爛漫，卑抑閨秀的坦白畫圖。利貝克想道，『我必要安詳，必要喜歡印度。』

我們已經曉得塞德力太太怎樣製一味伽釐給她兒子吃，當吃飯的時候，請利貝克小姐嘗伽釐。她掉過臉來問約瑟道，『這是什麼東西？』

他答道，『好得很。』他滿口都是伽釐吃得很高興，吃到臉上發紅。『母親，這伽釐製得好，同我在印度所製的一樣。』

利貝克小姐說道，『既然是印度菜，我必要嘗嘗。我很相信凡是從印度來的東西，必定都是好的。』

塞德力太太笑說道，『我的寶貝，你送點伽釐給利貝克小姐。』

利貝克小姐向來未嘗過伽釐。

塞德力說道，『你見得伽釐好，同別的印度來的東西一樣好麼？』

利貝克說道，『好極了！』胡椒未很辣，使她受酷刑。

約瑟覺得有意思，說道，『沙普小姐，試嘗一枚青椒，配伽釐吃。』

利貝克喘息說道，『一枚青椒，好呀。』她以爲青椒是涼的，說道，『青椒又新鮮又青綠，』就放一枚在嘴裏。青椒比咖釐辣得多；她受不了。把叉子放下。喊道，『老天呀！拿水來，拿水來，』老塞德力大笑（他原是交易所的一個粗人，交易所的人都喜歡開頑笑的）。他說道，『我敢擔保，這青椒眞是從印度來的，三保，送一盃水給沙普小姐。』

約瑟跟着他父親大笑，以爲是好的笑話。女人們只微微的笑。她們以爲利貝克太受罪了。她心裏很想把老塞德力的喉嚨扼住了，她忍住這一口氣，等到她能說話的時候，她也帶點好開頑笑的神氣，很高興的說道：

『我讀過天方夜談，我就應該記得波斯公主放胡椒在奶油甜點心裏頭。先生，你們在印度，你們放胡椒在奶油甜點心裏頭麼？』

老塞德力起首大笑，以爲利貝克是脾氣很好的女子。約瑟不過笑道，『小姐，奶油甜點心麼，我們那裏的奶油是很不好的。我們平常都是用羊奶；我吃慣了，卻很喜歡羊奶！』

老頭子說道，『沙普小姐，現在你不喜歡凡是從印度來的東西了。』

等到飯後，太太小姐們走了之後，這個厤利老頭子對兒子說道，『約瑟，你要小心呀！那個女子耍手段，要引誘你作她的丈夫。』

約瑟覺得非常的受了恭維，說道，『沒有的事！父親，我記得從前有一位炮隊軍官的女兒，有想我和我的朋友某君的主意。有一年，她簡直的釘住我們兩個人，不肯放手。隨後她嫁了一個外科醫生。我這個朋友是個很好的人，飯前我曾告訴過你，這個人現在是一位縣大老爺，五年之內，她一定入印度政府的內閣。有一天晚上炮隊開跳舞會，有一位軍官就對我說道，「塞德力，我敢同你十三個博十個的賭，炮隊軍官的小姐，在多雨季之前，不是釣上你，就是釣上你的好朋友。」我就說道，「我就同你賭；」父親，——這紅酒很好。是那個牌子呀？』

誰知他父親已經睡着了，只拿打呼的聲音答他：老頭子睡得很着，約瑟所說的故事並未說完，今天是聽不完的了。約瑟在男人堆裏是話很多的，當醫生來看他的肝病，問他吃了藍色丸子之後怎麼樣的時候，他就把這段故事告訴他，告訴過好幾十遍了。

約瑟塞德力既然是患肝病，不敢多吃，只吃一瓶紅酒，吃大餐的時候，又吃了些島產的葡萄酒，吃了兩大盤的奶油拌莓子，身邊擺了一盤小餅，無人吃，他卻吃了二十四個，就算够了。他在那裏很想樓上那位女子。他想道，『她是一個很苗條活潑快樂女子。當吃飯的時候，我替她拾了兩次手巾，她怎麼樣的看我！她丟了兩次手巾。客廳裏是誰唱歌呀？好嗎！我好不好上去看看？』

他忽然羞怯起來，制不住了。他的父親已經睡着：他自己的帽子在大廳外頭有一輛馬車。他說道，『我去看，四十個強盜看某小姐的跳舞；』他用腳尖子踮地，慢慢的溜跑了，並不曾驚醒他父親。

第四回　綠絲囊

約瑟這一怕，足足怕了兩三天；這兩三天之內，他不敢回家，利貝克小姐也不曾提起他的名字。她對於塞德力太太，是很盡禮的感激；塞德力太太領她去逛市場，去看戲，她樂到了不得，有一天阿米力亞頭疼，人家請她兩個人去頑，不能去，利貝克不肯一個人去。她的一雙綠眼睛望着天說道，『什麼呀！你給這個孤兒歡樂和愛情，這是她生平頭一次曉得什麼是歡樂和愛情——離開你麼？這是絕不能的。』她兩眼含淚；塞德力太太不能不承認她女兒的朋友有她自己的一種熱腸。

利貝克小姐對於老塞德力的笑話，是很表同情的大笑。聽多少次，笑多少次，這個老頭子心裏也覺得很舒服，心也軟了。沙普小姐不獨得了這兩位老夫婦的歡心，她對於那位管家婆巴力金疏普（Blenkinsop）也是很關切的，表現極深的同情於製糖果醬；她對三保說話一定要稱先生，三保聽了非常高興；她每次搖鈴叫女僕，都要很客氣說聲對不起的話，所以不獨客廳裏人人都歡喜她，連下房裏男僕女僕們，都個個歡喜她。

阿米力亞曾從學校裏送了幾張畫回家，有一天利貝克小姐忽然看見一張，就大哭起來，走出去了。這是約瑟第二次露面那一天。

阿米力亞趕緊跟着她的朋友，要問她爲什麽忽然大哭。阿米力亞一個人走回來，也有點覺得難受，對母親說道，「媽媽，你是曉得的，她的父親原是我們的教繪畫先生，我們的畫的最好部分，大約都是他畫的。」

「我的寶貝！我很記得我常聽平克吞小姐說，他並不畫畫——他只會裱畫。」

「媽媽，原是叫作裱畫。利貝克記得那幅畫，記得他父親動過手，忽然觸動——故此你曉得，她——」

塞德力太太說道，「這個可憐見的女孩子，一身都是血性。」

阿米力亞說道，「我很想她能够在我們這裏再住一個禮拜。」

「她很像我在印度碰見的那位炮隊軍官的小姐，不過她的皮膚白些。軍官的小姐，嫁了炮隊的外科醫生。媽媽，你曉得嗎，有一位軍官同我賭——」

阿米力亞大笑說道，「約瑟，我們知道這段故事，請你不必再講了；請你勸媽媽寫信給克洛里爵士吧。」

「他有一個兒子，在印度軍隊裏麽？」

「好吧，就煩你寫信替可憐的寶貝利貝克小姐告假，好不好？——她來了，兩眼哭到紅啦。」

利貝克小姐微笑得極其可愛，抓住塞德力太太的手，恭恭敬敬的吻。說道，「我現在覺得好些了。」她笑說道，「你們人人都是優待我的，只除了你，約瑟先生。」

約瑟正在想立刻退出。說道，「我麽！天呀！上帝呀！沙普小姐！」「是你；你怎麽能這樣很心，叫我吃辣椒製的菜那一天還是我第一次見你的面。你待我不如阿米力亞待我那麽好。」

阿米力亞說道，「我同你熟，他同你不熟呀。」她母親說道，「我的寶貝，那個敢待你不好呀。」

約瑟很鄭重的說道，「那天的伽蘺，實在是好；也許因爲檸檬汁不够；——眞是不够。」

『那些青椒呢？』

約瑟想起當日好笑的情景，大笑說道，『你喊得可以！』他的大笑忽然停止，同向來一樣。當他們兩個人又下樓吃飯的時候，利貝克說道，『我以後卻要小心，不再讓你替我選菜了，我想男人們是喜歡叫我們可憐的老實女子們受痛苦。』

『上帝在上，利貝克小姐，我不願傷害你。』

她說道，『我曉得你不願；』於是輕輕的抓住他的手，又縮回去，很害怕，看看他的臉，看看地毯；我不預備說約瑟看這個老實女子的一點點的，不自主的，羞怯的，溫和的看重他的舉動，心裏不跳。

約瑟走進飯廳，想道，『好嗎，我起首覺得同從前看見炮隊軍官的小姐一模一樣，』關於各種菜色，沙普小姐常常請教約瑟，約瑟說的話是很甜美的，一半帶溫柔，一半帶頑笑；因爲這個時候她同這家裏的人很熟了；說到兩位小姐，自然是親如姊妹的了。未嫁的女孩子們只要相處十天，都是這樣的。

阿米力亞好像是處處出力幫利貝克小姐的計策成熟的，偏偏說到上一次復活節他哥哥答應過她的話——她說道『這時候我還是學校的一個女學生，』——約瑟曾答應帶他妹妹去逛服克斯和爾（Vauxhall）。她說道『現在利貝克住我們這裏，正好去逛。』

利貝克說道，『好極了！』正要拍手，忽然想起來，停住了，好像是很文靜的。

約瑟說道，『今晚不是逛的日子。』

『那嗎明天。』

塞德力太太說道，『明天我同你父親出去吃飯。』

老塞力德說道，『太太，你不要猜我要去，在那樣可厭的潮濕地方，你這樣年紀你這樣身材的人，是會受涼的。』

塞德力太太說道，『孩子們總得有人帶去才好。』

老塞德力大笑說道，『就讓約瑟去吧，他是够大的了。』三保聽了這句話，也禁不住笑，可憐這個約瑟，幾乎要變作殺父的人啦。

好在一盃香賓酒就恢復他的和平。他是一個犯肝病的人，一瓶香賓酒，他卻喝了三分之二。這瓶酒還沒吃完之先，他答應帶兩位小姐去逛服克斯和爾。

老頭子說道，『這兩個女孩子應該每人有一個男子保護。約瑟只管同沙普小姐說話，一定會把阿米力亞丟了的。打發人去二十六號，問一問佐治奧茲本 (George Osborne) 來不來。』

我也不曉得爲什麼塞德力太太看看她的男人大笑。塞德力兩隻眼只管動，說不出來那麼壞；他看看阿米力亞，阿米力亞低頭，羞到滿面通紅，惟有十七歲的女孩兒會這樣臉紅。沙普小姐一生未曾臉紅過——自從她八歲以後，自從她被乾娘看見她偷糖果醬以後，並未紅過臉。塞德力說道，『阿米力亞不如寫一封信，讓佐治奧茲本曉得你多麼好的一手字。你記得麼？從前你寫信請他主顯節之夜來，你拼音漏寫一個 f 字。』

阿米力亞說道，『這是好幾年前的事。』

好像各樣事體都要湊合起來，有利於利貝克，天氣也來幫助她。因爲約定去逛那天晚上，佐治奧茲本來吃飯，兩位老人家出去赴宴，忽然雷雨交作，少年男女們不能出門，只好在家。奧茲本並不失望。他同約瑟兩人在飯廳裏對喝了够程度的紅酒，約瑟一面喝，一面重說了許多最好的故事，因為他在男人羣裏，是最喜歡說話的；其後阿米力亞小姐在客廳當主人；這四個少年人很歡樂，他們說這場雷雨來得很好，令他們在家快樂，改日再去服克斯和爾。

奧茲本原是塞德力的乾兒子，這二十三年來，他已是塞德力家裏的一個親人。當他不過生下來六個禮拜，約翰塞德力就送他一個銀盃；當他半歲時又送他一個珊瑚金哨子及鈴鐺；從他小時起以至如今，到了耶穌誕，奧茲本總要得些老塞德力禮物，節後回學校，他很記得被約瑟打過一頓，那時候約瑟已經是一個大孩子，佐治不過十歲的淘氣孩子。總而言之，佐治常到塞德力家裏來，一來必受歡迎，所以同這家人很熟。

『塞德力，你記得嗎，有一次我割斷你的長靴子的縧子，你大怒，要打我，幸虧小姐——哼！——阿米力亞跪在你面前，哭求她哥哥約瑟，不要打小佐治？』

約瑟原是記得這件事，記得很清楚的，卻說完全忘記了。

『你記得嗎，你有一次坐了小馬車到我學校看我，給我半個金鎊，還拍拍我的頭，你才到印度去？我當時總以為你至少身長七尺，後來你從印度回來，也不過同我一樣高，我覺得很詫異。』

利貝克小姐裝作極高興的說道，『塞德力先生走去學校給你錢，有多麼好呀！』

『是呀，況且還是在我割斷縧子之後；孩子們絕不會忘記到學校來給他們的錢的事，也絕不能忘記給錢的人。』

利貝克小姐說道，『我喜歡長靴。』約瑟誇讚自己的兩隻腳，誇到了不得，常穿長靴，聽了這句話，極其快樂，卻把兩隻腳縮回去。

佐治說道，『塞德力小姐——阿米力亞，請你彈琴給我們聽。』佐治這時候覺得有異常的，幾乎是不能抵當的衝動，要抱這位小姐在懷裏，當衆吻她；她看見他片刻。我若是說此刻他們兩人在相戀愛，未免說謊，因為其實這兩個人被父母教養成人，就是要他們互相戀愛，他們兩個人將來作夫婦，已定規了有十年了。他們兩個人就向鋼琴走，鋼琴向來都是放在後客廳的；略為黑暗，阿米力亞小姐毫無造作的把自己的手放在佐治的手裏，佐治在許多椅子墊子之間，自然比阿米力亞走得很便。但是這樣一來，就剩下約瑟同貝克小姐兩對面了，這位小姐，正在織一個綠絲囊。

沙普小姐說道，『我不必窺探家庭的祕密，這兩位已經把祕密告訴我了。』

約瑟說道，『只要佐治補了軍官的缺，我相信這件事是商定的了。佐治與玆本是一個好人。』

利貝克說道，『你的妹妹是最可愛的人，娶她的人，是一個歡樂人！』說到這裏，沙普小姐嘆了一口氣。

大凡兩個未嫁未娶人在一起，談到這樣極其不便開口的事，這兩個人不久就要變作彼此相信、相親了。作者不必細述佐治同阿米力亞兩個人所說的話；從上文看來，他們的說話不會是十分有趣味的；在私人的社會中，或毋論何處，都是不過如此，惟有極其過火及巧妙小說卻不然。因為裏間屋子既有人彈琴，利貝克和約瑟兩個人說話自然是聲音很低的，說的自然是光明正大的話。佐治和阿米力亞有他們兩個人的事，其實利貝克和約瑟兩個人只管大聲說話，絕不會驚動他們兩個人的。

約瑟生平，這是頭一次對女人說話，並不害羞，並不遲疑。利貝克小姐問他許多關於印度的話，他就得了機會說關於印度和他自己的許多有趣故事。他對她說，印度總督衙門的大跳舞會，他們怎樣用風扇等等納涼，關於那時候的總督如何好招呼本國人，用了許多蘇格蘭人，說了許多峭皮話；他又說一遍打虎虎怎樣把象奴從象鞍上抓下來。利貝克小姐聽了她說總督衙門的跳舞會非常的高興；聽了他說蘇格蘭副官們的故事，就大笑，說塞德力先生是一個淘氣不過，善於形容人的人；聽了他說象的故事，卻很害怕。她說道，『可貴的塞德力先生，為你的母親起見，為你的朋友們起見，你答應我，從此以後不要去打獵。』

約瑟拉高他的衣領，說道，『沙普小姐，這算什麼，這種遊戲，越危險越有趣。』他向來只有一次看見打虎，就是這一次發生他剛才所說的事，那時候他幾乎半死——不是被虎所傷，卻是害怕到半死。他越說膽子越大，居然有膽問利貝克小姐，她打絲絲囊，是為誰打的？他見得他自己這時候的態度居然是這樣的落落大方，一見如故，覺得詫異，覺得高興。

利貝克小姐極其溫柔極其可愛的看着他，說道，『有人要絲囊，我就送給他。』塞德力正在要說一番最妙於辭令的話，已經說了——『哦沙普小姐，如何——』不料這時候裏間屋子的歌唱停止了，令他聽見自己的聲音很清楚，他就止住不說，臉上通紅，只好醒鼻子。

奧茲本對阿米力亞說道，『你向來聽見過任何說話，如同你哥哥這樣的妙於辭令麼？你的女朋友眞有本事，已經演出奇蹟了。』

阿米力亞說道，『越說得好越妙；』她同別的女人一樣，心裏是最喜歡作媒人的，她很喜歡約瑟帶一個老婆回印度。況且這幾天，她常常同利貝克接近，心裏很熱烈的要同利貝克作交情很深的朋友，揭露她朋友的許多好處，是在學校時所未曾覺得的。因爲少年女子們的交情是長得很快的，如同約克 (Jack) 的豆苗一樣，一天晚上就長到同天那麼高。想望戀愛已經很熱烈的了。怪不得嫁人之後，就沉下去了，貌作多情的人，最喜歡用長字的，稱這種用情爲一種渴望意想中的所愛，其實不過說女人們嫁了丈夫，有了子女，情有所寄，然後能滿意，不然的話，她們的愛情，是零碎消耗了。

阿米力亞小姐已經唱完了她幾篇的歌，不然就是在裏間坐够了，現在就該請她的朋友唱。

她就對奧茲本說道，「假使你先聽利貝克唱，你就不願意聽見我唱啦」（她明曉得她自己說謊）。

奧茲本說道，「我卻先要警告沙普小姐，我說的是也罷，說的不是也罷，我說阿米力亞塞德力小姐是通天之下第一個歌者。」

阿米力亞說道，「你聽呀。」約瑟塞德力居然很敬禮的把蠟燭送到鋼琴上。奧茲本示意說他很喜歡坐在黑暗裏；但是阿米力亞小姐大笑，不肯再陪他了，於是兩個人跟着約瑟走。利貝克唱得比阿米力亞好得多（奧茲本雖可以自由的保守他自己的見解），用盡她的能力，阿米力亞覺得奇怪，因爲向來未聽見過她唱得這樣好。利貝克唱了一首法國歌，約瑟是一字不懂，佐治也承認不懂，後來唱幾首小曲，在四十年前是很時髦的，所唱的不過是英國的水手，國王，可憐的蘇珊(Susan)，藍眼睛的瑪裏，等等。許多人說，從音樂觀點看來，是不甚有光彩的，卻有許多動情的地方。

唱完一首之後，衆人談話，談的都是言情的事。三保送過茶點進來之後，就同廚子、管家婆都在外頭聽唱。

末後唱的小曲的詞說道：

呀！曠野荒涼，又無附木，
呀！狂風怒號又刺骨，
茅屋的灶是可以避風的，茅屋的灶又光又暖——
一個孤兒在格子窗外走過，
他看見令人高興的火光，
加倍覺得半夜的狂風，如刀刺骨的冷，
加倍覺得落地的雪冷。

他們看見他向前走，

心旣無力，四肢又勞倦；
慈愛的聲音叫他回頭歇歇，
溫和的臉歡迎他。
天亮了——客人走了，
茅屋灶火還是發燄的；
上天憐憫孤身的可憐的遊蕩無歸的人！
聽聽山上的狂風！

沙普小姐唱到末後一句，一往情深，聲音發抖，幾乎唱不出來。人人都覺得她是說她自己的不幸孤零身世，暗指她就要同她們分手了。約瑟塞德力是歡喜音樂的，心是很軟的，聽唱的時候心都醉了。聽末了兩句更爲所動。假使約瑟有膽子；假使佐治和塞德力小姐按照前此的商議，仍然在裏間屋子裏，約瑟塞德力的獨身情狀，就要告終，作者就絕不會作這本小說的了。利貝克唱完之後，離開鋼琴，伸手給阿米力亞，走到前屋的半明半暗中；這時候三保托着盤子送了酒點進來，約瑟的精神立刻就注意在這個盤子。當老塞德力兩夫婦回家的時候，四個少年談得很熱鬧，竟聽不見馬車到門的聲音，約瑟正在說道，『我的寶貝沙普小姐，你費了無限的，你費了令人快樂精力之後，請你吃一小勺凍子，補養補養吧。』

老塞德力說道，『好極了，約瑟！』約瑟一聽見他父親的聲音，立刻退縮，很害怕的一聲也不響了，快快的跑了。他並不胡想他是不是戀愛沙普小姐，使他徹夜失眠；愛情向來不干預約瑟先生的食量，也不干預他的酣睡；他卻想到從前聽過某小姐唱過之後，聽利貝克小姐唱多麼快樂，想到利貝克小姐能說法國話，怎樣好過總督夫人——利貝克小姐在總督衙門大跳舞會中出現，怎樣會震動一時。他心裏想道，『這個小鬼頭顯然是戀愛我，說到貧富，有許多女子從英國到印度時候，也不過同她一樣富。』（意謂一樣的窮　譯者註）他一面想一面就睡着了。

沙普小姐在床上怎樣睡不着，怎樣在那裏想他明天來不來？作者不必細說了。明天到了，約瑟塞德力在中飯前就出現。這是向來未有過的事。不曉得什麼緣故，佐治已經在那裏了（阿米

力亞正在寫信給她的十二個同學，有點討厭）。利貝克還是打綠絲囊。當約瑟轎子車趕到門口，

他大模大樣的推開大門之後，這位印度收稅官爬上樓，進了客廳，奧茲本同阿米力亞兩個人在通眼色打電報古古怪怪的微笑看利貝克，她臉上通紅，低頭打綠囊。約瑟穿了格支格支響的發亮長靴，穿了一件新背心氣喘喘的，臉紅耳熱的，神經很不寧的走進來，他的畏羞紅臉躲在一堆頸巾後頭。這是人人心神不寧的時候；說到阿米力亞，我看她更害怕，過於與有關係的兩個人。

三保開了門，報了約瑟先生的名，笑笑的跟在約瑟後頭，拿了兩把很好看的大花球，那怪物居然早上在花市買了來。約瑟極其鄭重極其蠢笨的鞠躬，送給每位小姐一個花球，她們很喜歡。

奧茲本喊道『約瑟，好嗎！』阿米力亞說道，『哥哥，我謝謝你；』假使約瑟要一吻的話，他的妹妹是很預備吻他的。（作者想，若能得這樣可愛的女子如阿米力亞小姐的一吻，我肯把全個花市的花都買來。）

沙普小姐說道，『天上的花，天上的花！』小姐先聞聞花，隨後擺在胸前，兩眼看天花板，稱讚花球到發狂。也許她先看看花球裏面，看看花裏是不是藏着一封小情書；花裹卻無什麼書信。

奧茲本大笑問道，『你的任所說不說花語？』那位多情少年答道，『什麼花語！我在某店買的。我很高興你們喜歡這花球；阿米力亞，我同時還買了一個波羅，我交給三保了。我們中飯吃波羅；天氣這樣熱，波羅又涼又好吃。』利貝克說她向來未嘗過波羅，很想嘗嘗。

他們四個人就是這樣往下談。我不曉得用什麼藉口話奧茲本走出去了，我也不曉得爲什麼過了一回子，阿米力亞也走了，也許是監督着切波羅；但是屋裏只剩下約瑟和利貝克兩個人，利貝克還是打絲囊，綠色絲線同發亮光的針，在她雪白柔嫩手指轉來轉去。

約瑟說道，『寶貝沙普小姐，昨晚你唱的多麼好聽的歌呀！我老實說你所唱的歌，幾乎使我落淚。』

『約瑟先生，這是因爲你有慈愛的心，我想你們塞德力一家人，都是有慈愛心的。』

『令我昨晚睡不着，我今早在牀上試哼這個調；我說的是實話。我的醫生十一點鐘來看我（因爲我有病，醫生天天來看我），我在牀上唱，好像一隻小鳥。』

『你這個倒是好頑的，你唱給我聽。』

『我唱麼？我不唱我的寶貝沙普小姐，我請你唱。』

利貝克小姐嘆一口氣，說道，『塞德力先生，這時候不唱，我的精神來不及：況且還有一層，我要打完這個絲囊。塞德力先生，你肯幫我的忙嗎？』他還沒得時候問她怎樣幫忙，居然面對面的，同一位少年女子對坐兩眼看她，恨不得吞她兩隻膀子伸出來對着她作哀求她樣子，兩手拆了綠色絲線，她正在那裏一圈一圈的繞出來。（中略）

奧茲本和阿米力亞走進來，看見她們兩個有趣味的人就是處於這樣浪漫情形，他們進來是告訴他們，中飯已預備好了。那掛綠絲線繞在紙板上；但是約瑟一句話也不說。阿米力亞用力抓利貝克的手時，說道，『寶貝，他今天晚上一定開口啦；』約瑟塞德力心裏想道，『好嗎，我要在服克斯和爾開口求婚。』

第五回　我們的多賓

凡是在西威士特爾博士（Dr. Swishtial）有名的學校讀過書的人，都是日久還能夠記得加甫（Cuff）同多賓（Dobbin）兩個人打架，及意想不到的結果。多賓這個孩子（孩子們都看不起他，替他起了許多綽號，叫他作哎喲多賓，走呵多賓，等等），原是一個極安靜極蠢極笨的學生。他的父親在市鎮上開一間雜貨店；外間謠傳他的父親同校長用交易辦法的，就是說他的父親供給雜貨當束修的。他每考總是末了，穿的是厚絨子褂褲，他的骨頭撐破了衣服的縫，他站在那裏就是代表若干磅茶葉，蠟燭，糖，肥皂，小葡萄乾，和其他貨物。有一天有一個小學生溜出學校偷偷的去買吃的東西，看見博士門口停了一輛貨車，上頭寫的是多賓有限公司，出賣雜貨油燭等等，在那裏卸貨。這一天就是多賓頂難過的日子。

從此以後，多賓沒得一天快活日子過。同學們恥笑他的話，實在是可怕，實在是太不留情。有一個學生說道，『喂多賓，報上登了好消息，糖已起價了。』又有一個同學的出一個題目，說道，

『今有一鎊羊油蠟燭，値七個半便士，問多賓該値多少錢？』這一圈圍住他的小光棍們和副教員都大笑，他們以爲作門市買賣的是極可恥極不名譽的事，凡是眞正上流社會的人，都應該看不起的。

多賓向奧茲本說道，『奧茲本，你的父親不過是一個商人。』奧茲本這個孩子就是惹禍在多賓身上的人，奧茲本聽了這句話很驕傲的答道，『我的父親是一個上等人，家裏養着馬車；』多賓就跑到遊戲場裏老遠的一間小屋子，過了很愁苦的半天放假日。我們不問是誰，那個不記得少年痛苦日子呀？凡是一個大度量的小孩子，誰不覺得不公道；誰不躱避被人看不起；誰不覺得受了屈曲，誰不感激受恩呀？教育少年小弟的人們呀！你們因爲教數學教拉丁文糟蹋，難爲疏遠多少和平少年呀？

多賓因爲不能學拉丁文，就不能不降在最低一名常常被很小的小孩子趕過他的頭，他是一個身子頂高的人，穿着緊湊衣服，拿着一本折角的初級教科書，垂頭喪氣的站在很小的孩子們隊裏。毋論上上下下，無一個人不挖苦他，訕笑他的。他所穿衣服已經够緊窄的了，他們替他再縫緊窄些。他們剪斷他的睡鋪帶子。他們推倒水桶和板凳，要他跌倒，他果然跌倒。他們送他包裹，他打開一看，原來包的就是他父親所賣的肥皂和蠟燭。小孩子們無一個不挖苦他，不頑笑他的；他很耐煩的忍受，一句也不響，日子很難過。

加甫在西威士特爾博士的學校的裏頭，卻大不然。他是最重要的一個紈袴子。每逢禮拜六家裏就放了馬來接他回家。他屋裏有長筩靴，放假時候穿了靴子去打獵。他有一個打點的金錶：好聞鼻煙，同校長一樣。他到過音樂戲院，曉得某脚色長某脚色短，喜歡這個戲子，不喜歡那個戲子。他一點鐘之內就能造四十句拉丁詩。他會作法國詩。他什麼不知道，他什麼不會作呀？他們還說博士還有點怕他。

這位加甫誠然當了這個學校的王，管理他手下的子民，居高臨下的難爲他們。這一個學生替他刷鞋子，上黑油；那一個學生替他烤麵包；別的學生在外頭替他當走狗，抛球給他。「無花果」（指多賓，因爲他父親賣無花果。　譯者註）是他所瞧看不起的，加甫常難爲他，訕笑他，絕少降低身分對多賓說一句話。

有一天私下裏這兩個人發生了芥蒂。無花果單獨一個人在課堂裏寫家信；加甫走進來，叫他跑一次差，大約爲的是糕餅。

多賓說道，『我要把信寫完了，我不能去。』

加甫抓住那封信，說道，『你不能麼？』（這封信裏頭有許多字是已經塗掉的，有許多字拼音不對，多賓不知道費了多少事，用了多少心，滴了多少眼淚，纔寫到這樣子的，因爲他的母親雖然不過是一個賣雜貨人的老婆，不過住在後院，她卻很愛他，他這封信就寫給他母親的。）加甫說道，『你不能麼？我卻要曉得你爲什麼不能，你不能明天寫信給老無花果麼？』

多賓很怯的離開板凳，說道，『你不要罵人。』

這個學校的公雞叫道，『你究竟去不去？』

多賓答道，『你把我的信放下，君子不讀人的信。』

加甫說道，『好呀，你去不去？』

多賓大叫道，『我不去，你不要動手，不然的話，我要把你打坍了的。』多賓一跳，抓住一個鉛製墨水瓶，神色很兇，加甫不動，把袖子再放下來，兩手插入袋裏，帶着很瞧不起的神色，走開了。從此以後，加甫不敢再干預賣雜貨人的兒子了；但是在背後總還是說看不起多賓的話。

過了幾時，有一天下午，太陽很好，多賓躺在遊戲場的一棵樹下，在那裏讀天方夜談，練習拼音串字，同其他學生們相離很遠，自己一個人在那裏看書，覺得還快樂，加甫偶然走近這裏。

多賓讀天方夜談，讀到入神，把世界也忘了（中略）；好像聽見孩子哭泣的聲音，他從半睡半醒中醒來；抬頭一看，看見加甫在他面前，打一個小孩子。

這個小孩子就是看見雜貨店送貨的車走去報消息的；但是多賓是不懷恨的，別的不說，對於小孩子們，他是不懷恨的。加甫拿了一條打棍球用的黃色標竿，在這個小孩子的頭上轉，說道，

「你怎樣敢把瓶子打碎了？」

原來加甫叫這個小孩子爬過遊戲場的牆，偷跑到好幾百碼遠的地方賒糖酒：不要被校長的偵探看見，仍爬牆頭回來；誰知這個小孩子失足，打碎了酒瓶，酒全潑了，褲子也破了，站在加甫而前，發抖，很像一個罪人。

加甫說道，『你這個誤事的小賊子，你怎敢打碎了瓶子。你把糖酒吃了，你來撒謊，說是打碎瓶子。你伸出手來。』

他就重重的一棍打在小孩子掌上。這孩子啼哭。多賓抬頭看。天方夜談的種種有趣的事，都飛到九霄雲外了；眼前看見的是實事；一個大孩子，毫無理由的打一個小孩子。這孩子痛得了不得，面色都改變了。加甫還不饒，喊道，『伸出那隻手來。』多賓見了發抖，振作精神。

加甫喊道，『你這個小鬼，吃我這一棍。』一棍就打在這小孩子手上，加甫又打他一棍；多賓跳起來。

我不曉得多賓是什麼意思。公學裏虐待小孩子是奉准的，如同俄國打學生，若是抗拒，就有多少變作不是君子所爲。也許是多賓反對暴虐；也許是他心裏有報復意思，他久已想同這個學生王較量較量。這個人在學校裏什麼面子都佔盡了，架子也全擺到了，這學校裏升旗擊鼓軍禮致敬的恭維他。毋論多賓是什麼用意，他跳起來喊道，『加甫，不許動手；不要再打這小孩子；不然的話，我……』

加甫看見有人打乂，很詫異的問道，『你要怎樣，小畜生，伸出手來。』

多賓答加甫道，『我要給你一頓重重的打，是你一生所未曾受過的。』原來這個捱打的小孩子就是奧茲本，喘氣唏哭，很詫異抬頭看看見這位選手忽然出來抱不平，疑迷不相信：加甫也一樣的詫異。

加甫自然說道，『散學之後；』過了一回，他的神氣好像是說，『你寫遺囑吧，你趁這個當口把你的最後志願告訴你的朋友們吧。』

多賓說道，『隨你的便。』又說道，『奧茲本，你當我的助威人。』

奧茲本答道，『好呀，你喜歡我當我就當。』讀者要曉得他的父親家裏養着馬車，有多少以多賓當他的選手爲恥。

當對打的時候到了，他幾乎害羞的說出來道，『無花果，打呀；』頭兩次對打，一個學生也不說這句話。初打的時候，那位有對打科學知識的加甫，臉上很帶看不起對方的微笑，輕狂快樂，好像在跳舞場一樣揮出幾拳，一連把對方的倒運選手，打倒在地。打倒一次，學生們喝彩一次；人人都急乎同打勝者跑下。

奧茲本把多賓扶起來，想道，『這場對打完事之後，我不曉得要揮什麼樣的打啦。他對多賓說道，『你不如服輸了罷，無花果呀，不過捱一頓罷了，你曉得的，我是捱慣了的。』但是無花果四肢發抖，鼻子噴怒氣，把他的助威人推開，第四次對打。

因為他並不曉得怎樣的招架，又因原是加甫一連三次都是先攻的，不讓對方打過來，無花果這時候打定主意，先攻；他原是慣用左手的，就用左手盡力打出兩拳——一拳打中加甫的左眼，一拳打中他好看的羅馬鼻子。

這一次加甫卻倒在地下了，圍看的人都詫異。奧茲本說道，『打得好。』他說話帶點老[illegible]的神氣，拍拍多賓的背又說道，『無花果，我的孩子，用左手打他。』

從此以後，無花果的左手來得眞兇，每次都把加甫打倒。打倒第六次，旁觀的人分作兩派，一派說『無花果，打呀，』一派說道，『加甫，打呀。』這兩派的人數相等。打到第十二次，加甫的拳路全錯了，人也糊塗了，既不能攻，又不能守了。無花果卻不然，很鎮靜，如同一位朋友教會的人一樣。他的臉很青，兩眼發光，上嘴唇破了，流許多血，神氣實在是可怕，也許旁觀的見了也很害怕。加甫卻不服輸，要打第十三次。

假使我有一管筆如同善寫戰事的大作家一樣，我卻很想正當的實寫這一場戰事。這一次就如同精選的衛兵末後進攻——（這是想當然的事。因為滑鐵盧 Waterloo 之戰還未發現。）——這是內（Ney）將軍猛撲拉哈桑山（La Haye Sainte Hill）有一萬枝刺刀聳出，還高舉十二面大旗……仰攻——英國軍隊大喊從山上衝下來，包圍敵軍——換而言之，加甫很勇的走上前，但是身子很搖擺不定，如醉人一般，無花果又揮左手打他的鼻子，末後一次把他打倒在地。

無花果說道，『我看這一拳把他打完了。』其實等到再喊加甫打的時候，加甫已經不能或是不願意再站起來啦。

所有孩子們這時候齊聲叫喊，好像自始至終多賓是他們寶貝選手；居然驚動到西威士特爾從書房裏走出來，看看爲什麼這樣叫喊；他自然恐嚇多賓，要打他；但是加甫這時候心神已定了，洗受傷的地方，站起來說道，「先生，原是我的錯，不是無花果——不是多賓的錯。我剛才難爲一個小孩子，他打我是不錯的。」加甫這幾句很寬洪大度的話，不獨免於打服他的人捱先生的打，並且完全恢復他壓服孩子們的勢力，他剛才打敗，幾乎失掉了這勢力。

奥茲本寫信給父母說這件事。

信曰：

「母親，我盼望你身體很康健，我請你送一塊糕和五個先令來。加甫同多賓對打。你是曉得的，加甫是我們學校的公雞。他們對打了十三次，多賓打勝。加甫現在變了第二雄雞。加甫打我，因爲我打碎一瓶牛奶，無花果大抱不平。我們喊多賓無花果，因爲他父親是一個開雜貨店的。他旣然替我打架，我看你以後應該同他父親買茶買糖。加甫每逢禮拜六回家，這個禮拜他不能回家啦，因爲兩隻眼被人打黑了。他家打發一個馬夫穿了號衣騎了馬送加甫來回，加甫有一匹白馬。我想父親給我一匹馬。　年月日兒子佐治、塞德力、奥茲本。」

『信後附記：送我的愛給小安米（卽阿米力亞　譯者註，）我正在剪一個紙車給她。』

因爲多賓打了勝仗，故此同學們很看得起他，向來稱他無花果，原是挖苦他的，現在無花果這個綽號，卻變作致敬致愛的稱呼了。佐治奧玆本說道，『他的父親是一個開雜貨店，原與他無干，不是他的錯。』奧玆本雖然是個小學生，同學們卻喜歡他的；他們聽了他這兩句話，都拍掌承認。現在他們公議過，說挖苦多賓出身微賤是一件卑劣的事。現在，『老無花果』這個稱呼，變作愛他的稱呼了；副教員從此以後再不敢挖苦多賓了。

因爲環境變了，多賓也跟着變了。他的學問進步很快。那個龐然自大的加甫對他作拉丁詩，多賓看他這樣的輸誠屈尊，惟有臉紅詫異；當遊戲的時候，加甫指點他的功課；多賓居然從小孩子班升上中等孩子班；到了這一班，還得了好位。他們纔曉得多賓的古學雖然不好，他學算學卻非常的快。代數學居然考了第三名，仲夏考試，居然得了一本法文書作奬品。給奬的那一天，那位博士當着衆學生父母們的面，在這本法文書上寫了多賓的名，遞給多賓。他的母親不曉得有多麼歡喜，讀者應該去看了的。同學們個個拍掌表示高興，表示同情。多賓臉都紅了，跌了好幾次笨到了不得，領了獎歸位的時候，不曉得跐了多少人的脚，我實在寫不出，數不出。他的父親老多賓這是頭一次看重他的兒子，當衆給他兩個金鎊；放假之後回校，居然穿了燕尾袍子。

多賓這個孩子是很謙遜的，全數他的環境變了這樣好，他並不猜度是從他的寬宏大度和以男子漢自居的心腸得來的反以爲是從小奧茲本的慈善心得來的，從此以後他很愛奧茲本，這種愛的精神惟有小學生們能覺得的。他崇拜奧茲本，愛奧茲本當他兩個人未認識之前，多賓私心就讚美奧茲本。現在多賓竟甘心變作奧茲本的走狗。他相信奧茲本是個完人，是個最美貌，最有膽，最活潑，最聰明，最慷慨的人。他同他通財；買許多禮物送他，買筆盒，刀子，金章，糖果，浪漫書籍，上頭有許多着色的武士和強盜。書上還題着多賓持贈佐治塞德力奧茲本——受禮的人自己以爲是一個大人物，就受之不疑。

再說奧茲本中尉當結伴去逛服克斯和爾那一天，就走到塞德力家裏來，對太太小姐們說道，「塞德力太太，我盼望你有座位；我已經請了我們的多賓來這裏吃飯，同我們一道逛服克斯和爾。他這個人也如同約瑟那樣的謙遜。」

約瑟現出自以爲是一個打勝者的神色看利貝克小姐一眼，說道，『什麼謙遜！』

奥茲本說道，『陸軍裏再沒得一個人比他更好沒得一個軍人比他更好的了，他卻不是一個美少年。』他看鏡子照照自己剛好在鏡子裏看見利貝克小姐兩眼釘住他，他有點臉紅，利貝克心裏想道，『呀，我的美少年！我曉得你的路數，』——這隻小狡猾母狗！

這天晚上，阿米力亞小姐穿了白紗衣服，脚步輕輕的走進客廳，預備在服克斯和爾打倒多少男子，嘴裏唱歌，如同一隻百靈鳥，鮮豔如一朶玫瑰花，——就有一個男人走上前迎她；這個男人高而蠢，粗手大脚，兩隻大耳朶，滿頭黑頭髮，剪得很短，穿了當時的很難看軍服，戴了軍帽。他對阿米力亞小姐鞠躬，鞠得實在難看。

這一位軍官不是別人，就是英國步隊佐領多賓，從前駐紮在西印度，害黄病回來的，那時候他有許多同袍正在西班牙立功。

他到門口的時候，輕輕的敲門，屋裏的太太小姐們聽不見：不然的話，阿米力亞小姐絕不會這樣大膽唱着曲子跑進客廳的。她的新鮮甜美聲音已經鑽入這位佐領的心臟裏頭，伏在那裏啦。當她伸出手來讓他拉的時候，他未抓的時候，停了一會，想道，『難道你就是不久以前那位穿淡紅衣服的小姑娘麽？——那天晚上，我打翻甜酒缸，正在我補缺之後。你就是奧茲本說願意嫁他的那位小姐麽？你是多們鮮豔的一位少年女子呀，奧茲本這個光棍，卻得了一個寶貝！』他未同阿米力亞拉手之前，就是這樣想。

（中略）

這幾個人坐下吃飯。談的是打仗和榮耀，拿破侖和威靈敦。那時候的官報，天天都登打勝仗，這兩位少年軍官很想在報上看見自己的名字，可惜他們運氣不好，總未奉調前敵。他們兩個人的能激動人的談話，很能激動利貝克小姐，阿米力亞卻發抖，很害怕。約瑟先生又說他打虎的故事，和炮隊軍官要約他的故事：飯桌上所有吃的東西，他都取來送給利貝克小姐，自己也吃了許多，喝了許多。

當堂客們出飯廳的時候，約瑟跳起來開門，作出很能迷女人的樣子——走回來坐下吃紅酒，灌了一鐘又一鐘，喝得很快。

奧茲本附耳對多賓說道，「他裝滿了子藥。」不久往服克斯和爾的大馬車到了。

第六回　服克斯和爾

馬車裏的人，個個都以爲今天晚上約瑟會請利貝克小姐作塞德力夫人的。家裏兩位老人家默許了這個辦法，惟有老塞德力覺得瞧不起他自己的兒子。說他兒子好虛榮，自私自利，嬾惰，像女人。這位老人家受不住他兒子自以爲時髦少年的神氣，很笑他所講的張大其辭的故事。老塞德力說道，『我留一半財產給他，此外他還有他自己名下的錢；但是我很曉得，設使我同你，和他的妹妹，忽然明天死了，約瑟會喊一聲「上帝呀！」還是一樣的吃一樣的喝，我卻不來爲他煩心。他喜歡娶誰就娶誰。與我無干。』

阿米力亞卻不然。她這樣謹愼這樣好性格的人，自然是很熱心這件事的。有一兩次約瑟正想要同他妹妹說幾句重要話，他妹妹原是很願意聽的，但是這個大胖子總辦不到把他心裏的祕密說出來，他只能大大的嘆一口氣，又走開了，很令他的妹妹失望。

這樣的神祕，常令阿米力亞心裏擾動不安。假使她並未對利貝克說過這件事，她卻同管家婆說了許多長久而親密的話。管家婆無意中露出幾句給女僕聽了，女僕就許對廚子簡單的說了幾句，廚子就把幾句話告訴了全數作小買賣的人，於是在這個附近地方，有許多人都談到約瑟先生要娶老婆的話。

塞德力太太的意見，自然以爲她的兒子娶畫師的女兒作老婆是很失身分的事。但管家婆說道，『我們嫁S（殆指塞德力　譯者註）先生的時候，也不過是開雜貨店的，S先生不過是股票經紀的錄事，我們那時候全湊起來也不到五百鎊，我們現在卻是很有錢了。』阿米力亞也是這樣想，那位好脾氣的塞德力太太，慢慢也是這樣想。

老塞德力卻守中立。他說道，『隨約瑟喜歡什麼人就娶什麼人；這不是我的事。這個女孩子無身家；塞德力太太當日也是無身家的。這個女孩子好像脾氣好，也聰明，她也許能夠管得住他。太太，與其娶一個黑鬼婆子，生下十二個小黑鬼孫子來，還不如娶這位小姐爲妙呀。』

所以無一事不是替利貝克湊成好事的。走入飯廳吃飯的時候，她自然扶約瑟的手，坐馬車自然坐在他身邊，雖無人關於結婚的事提一個字，人人卻是默認的。她所要的只是約瑟對她求親，這時候利貝克很曉得無母親的苦處！——可寶的母親，她用不着十分鐘，就會把這件事安排好了，當談祕密話談到得意的時候，母親就會從這個少年男子口裏提出他的有趣味的承認啦！

當馬車過大橋的時候，這件事體的情形就是這樣。

這羣人到了御苑。當這個威重的約瑟下車的時候，圍住的人對這個胖子喝采，當約瑟手扶手的同利貝克小姐並排走的時候，他臉紅了，現得碩大有威勢。佐治自然是招呼阿米力亞。她的歡樂如同陽光之下一棵玫瑰花樹。

佐治說道，『多賓，好朋友，你招呼那些披肩等等。』當佐治挾住阿米力亞小姐並排走，當約瑟挾住利貝克小姐很爲難擠進入門的時候，這位老實多賓，只好挾着披肩等等獨自走。四張入門票，還是他掏腰包的。

他跟在他們後頭，極其謙遜的走。他不願意打散他們的興頭。他對於約瑟和利貝克，是毫不關切的。但是他想阿米力亞還可以配得起佐治奥兹本。當他看見這一對美少年穿來穿去的走，那位小姐樂到了不得，他留心看她的天眞爛漫的歡樂，自己也覺得有如父愛女的歡喜也許他也想挾點別的，不挾披肩等等（過往的人看見這個笨軍官拿了許多女人的累贅東西，都笑他）；但是多賓這個人，向來不是替自己打算盤的人，只要看見他的好朋友幸福，他自己爲什麽就該不滿意呢？這個園裏把戲多啦，燈火上萬千盞；有拉胡琴的，有唱的，有跳舞的，有跳繩的，有在燈光之下的隱士，有黑暗地方預備少年愛人見面的，有吃酒的有吃茶的，多賓都不注意。

讀者要曉得這四位少年分作兩對，說明今天晚上不許分散的，誰知進園之後，不到十分鐘，就分散了。遊人結隊遊園，雖然常會分散的，但是到了吃晚飯時候，總會再相會的，那時候彼此就可以談在園裏所遇見的事體。

奧茲本同阿米力亞小姐兩個人所遇的是什麽事呢？這是一件秘密。但是讀者可以放心，他們兩個人很歡樂行爲是端正的；因爲這兩個人在這十五年來，常時見面，他們對談，算不了什麽新鮮事。

一

但是當利貝克沙背小姐同她的胖子伴侶在一條幽僻小路上迷了路的時候，彼此就覺得所處的地位很易動情很難處的（那時候迷路的人不過二三十雙），利貝克小姐想道，這是千載一時的機會我若是要激動他開口求婚，就在此時了；約瑟也有這個意思，他要說的話，在他羞怯唇上抖動。他們走到看莫斯哥 (Moscow) 全景的地方，有一個粗人跳了沙普小姐的脚，小姐喊了一聲往後倒，倒在塞德力懷裏，這一件小事，很令這位先生加倍的溫柔加倍的有把握，居然又說他最愛說的印度故事，這算是第六次了。

利貝克說道，『你不知我多麼喜歡看看印度！』

約瑟說道，『你喜歡麽？』說話的神氣極其溫柔很能迷人；他正在要用一句更溫柔的問話接着這一句很巧妙的問話（他這時候喘氣吹氣很利害，利貝克的手原放在離約瑟的心部不遠地方，能够數他的心跳次數），誰知好事多磨，園裏搖鈴報告放煙火，許多人就亂跑，這兩個有趣味戀愛人也只好隨着大衆走。

多賓佐領原想到吃飯時候同他們會在一起的：他覺得這個地方的消遣並不十分活潑——他在約好現在會面地方面前散步兩次，卻無人理會他。那裏已經擺好了四個人的座位。那兩對一男一女在那裏談得很快樂，多賓曉得他們把他完全忘記了，好像世界上並無他這個人。

多賓很熱心的看看他們，說道，『我同他們在一起不過是攪他們的局，我不如去找隱士說話。』——他果然慢步走開了，離人聲、吃喝聲很遠，走入一條黑暗小路，這條路的盡頭就是紙紮的隱士所在的地方。這是沒得什麼味道的。作者曾有過閱歷，一個單身人在這所大園裏逛是極其蕭條的。

那兩對一男一女在廂子裏快樂談的都是很可樂很親密的話。約瑟大出風頭，很威嚴的叫跑堂們作這個作那個。拌生菜是他；開香賓酒是他；割雞也是他；桌上擺的東西被他吃了喝了許多。末後他一定要喝甜酒；凡是逛園的人都要喝的。他喊道，『火記，甜酒。』

這一大碗甜酒，就是這本小說的原因。毋論什麼都可以作原因，那嗎就不如用甜酒了，是不是？有一位美人去世，豈不是因為一盃毒藥麼？亞力山大皇帝之死，豈不是因為一碗葡萄酒麼？著本紀的人是這樣說的。——一碗甜酒就潛移了我這本『無英雄的小說』裏頭幾個重要人物的命運。這本書裏的人物，有好幾位雖然並未嘗過這碗甜酒，但是這碗甜酒，卻潛移他們的一生。

兩位小姐並未喝甜酒；奥茲本並不喜歡甜酒；於是只有這位胖子老饕一個人，把這碗甜酒吃光了；吃光了一碗甜酒的效果就是起初很令人驚異，隨後卻變作令人痛苦；因爲他說話和大笑，響到了不得；於是就有二三十人在厢子左右前後聽，奥茲本和兩位小姐很難爲情；他還要唱曲子（聲音很尖是醉漢唱歌的調），那時候聽游扇形底下奏樂的遊客很多，都被約瑟唱曲子，幾乎全引過來了，衆人大拍巴掌。

有一個人喊道，『胖子，唱得好；』有一個喊，『再唱呀！』又有一個喊道，『你這個胖子，跳索子纔好看咧！』厢子裏兩位小姐很害怕，奥茲本大怒。

奥茲本說道，『約瑟，我們站起來走罷。』兩位小姐站起來。

約瑟這時候，膽子有獅子那麽大，喊道，『不要動，我的小小寶貝呀。』一面兩手摟利貝克小姐的腰。厢外更大笑，約瑟接連的吃酒，戀愛唱歌；對衆人瞬瞬眼，擺擺酒盃，請他們進來同他對喝。

有一個人眞要進去同約瑟對喝，奥茲本正要打倒他，正在快要鬧事的時候，幸而多賓走來，喊道，『呆子們走開！』兩肩膀就推跑了好些人，餘人看見他帶着三角帽，神色兇猛，也都散了。他很震動的走進廂。

奧茲本說道，『多賓，你跑往那裏去了？』一面在他手上把白絨披肩拿過來，把阿米力亞裹起來，又說道，『你照應着約瑟，我領兩位小姐上馬車。』

約瑟還想站起來干預——奧茲本用手指一推，把他氣喘喘的推回原坐位，帶着兩位小姐出來。約瑟還對他們用手送吻，說道，『保佑你們，保佑你們。』他於是抓住多賓的手，哭得很可憐的把他自己的愛情祕密全告訴多賓。他很愛方纔走出去的女子；他曉他的行爲，打裂了她的心；他明天就娶她，在教堂行結婚禮；他要去敲門把天主教請來；他要他預備好了；多賓就趁着勢勸他趕快走出園子，好去教堂行結婚禮，只要哄他出了園門，就好辦了，立卽叫一輛車，這個醉鬼送回他的住所。

奧茲本平安無事送兩位小姐回家。

利貝克小姐想道，『他明天必定向我求婚，他說我是他的靈魂的寶貝，說過四次；他當着阿米力亞的面，抓我的手。他明天一定求婚。』阿米力亞也是這樣想。我敢說阿米力亞小姐同時還想到她伴新娘子的時候該穿什麽衣服，該拿什麽東西送大嫂子作見面禮，由此就想到她自己將來當新娘子的時候種種的事。

你們無知無識的少年女子們呀！你們那裏曉得甜酒的效果呀！晚上吃甜酒，明早是要鬧頭疼的！我是個男人，我說的是眞實話；毋論什麽頭疼都比不上服克斯和爾的甜酒所發生的頭疼。事後二十年，我還能夠記得兩盃甜酒的利害——不過兩小盃！我是個顧體面的人，是絕不說謊的，我那時候吃的不過是兩小盃；約瑟原是個有肝病的人，他至少吃了二升（英量　譯者註）。

第二天早上，利貝克小姐以爲要走好運了，誰知約瑟早上呻吟受苦，受筆墨所不能達出的痛苦。那時候還未創造鹹汽水。讀者能夠相信嗎！那時候只有用小皮酒調和酒醉發生的熱病。奥兹本看見約瑟在他的住處的榻上呻吟，面前還擺着小皮酒。多賓已先到，招呼這個病酒的人。這兩位軍官彼此面面相看，看看躺在榻上的醉漢，彼此相視而笑。約瑟的跟人，原是一個最嚴肅最規矩的人，嚴重不肯說話，如同一個仵作，看見他的主人這種情形，也不能不笑。

當奥兹本上樓的時候，這個跟人附耳告訴他說道，「先生，昨晚塞德力先生鬧得很兇。他要同車夫打架。佐領沒法，只好抱他上樓，如同抱嬰孩一樣。』跟人說話的時候，臉上微笑，不過一剎那間，立刻就消滅了，神色仍然是不能窺見的鎮靜。他打開客廳門，喊道，『奧茲本先生。』

這個少年滑稽，看看醉漢之後，說道，『塞德力，你好呀，並未折斷骨頭麼？樓下有一個車夫，一雙眼睛打黑了，頭上裹了布，他說要同你打官司。』

塞德力低聲問道，『打官司，你說的什麼？』

『因爲你昨晚打他，是不是，你拳頭打得很好，更夫說，他向來未見過一個人倒地倒得那麼直。你試問多賓？』

多賓說道，『你曾同車夫打了一次，打得還不錯。』

『服克斯和爾園裏那個穿白褂子的人！約瑟怎樣的打他！堂客們怎樣的叫喊！我見你，心裏很樂。我以爲你們文官是沒得膽子的；約瑟，你吃了兩鍾的的時候，我不願在你的面前。』

約瑟在榻上說道，『當我受了激動時候，我相信我是很可怕的，』他還作出一副神色來，既無聊又好笑。多賓原是個多禮的人，也不能節制自己了，他同奧茲本兩個人大笑。

奧茲本毫不憐卹的趁勢討便宜。他想約瑟是一個懦夫。他心裏正在盤算約瑟同利貝克兩個人結婚問題，他很不高興他將來的舅爺同一個無名的女子結婚，她不過是一個暴發的保姆。奧茲本說道，『你這個可憐蟲，你打麼？你令人可怕麼？你雖然令全個園子裏的人笑你，你雖然自己在那裏哭，你連站也站不住。約瑟，你吃醉了酒，好笑。你記得你唱曲子麼？』

約瑟問道，『什麼呀？』

『你唱情曲，你喊阿米力亞的女朋友利貝克是你的最寶貝的小小的小寶貝，是不是？』這個不留情的少年雖經多賓苦勸，也不聽，提住多賓的手，重演昨晚的事，原演的人見了，十分難爲情。

當這兩個少年離開病人，把他交與醫生之後，奧茲本對多賓說道，『我什麼要饒了他？他爲什麼對我們洋洋的表示德色，在服克斯和爾令我們都變作傻子？這個女學生對他送秋波，向他露愛情的，是個什麼東西？這家人沒得她，她已經是夠下等的了。一個保姆也就罷了，但是我要一個上等女人作我的舅太太。我原是一個大度的人；但是我有我的自重地位，我曉我的地位：她也要曉得她自己的地位。我要挫折那個霸道的印度財主（殆指約瑟　譯者註），他已經是個傻子了，我叫他不要作更大的傻子。故此我叫他留點神，不然的話，那個女子要同他打官司的。』

多賓雖有點疑惑說道，『我猜你曉得最好應該怎麼辦。你常是一個保守派，你們這一族，是英國最老的一族。但是——』

奧茲本打叉說道，『我們去看兩位小姐，你自己去獻愛情給沙普小姐；』但是多賓不願意同奧茲本去看她們。

當他走過塞德力的大宅的時候，看見兩層樓上各有一個頭往外看，他未免好笑。其實是阿米力亞小姐在客廳的露台上，很熱心的向對過看，對過就是奧茲本家，她要看佐治奧茲本；第三層樓上就是沙普小姐的臥房，她要看約瑟。

奧茲本對阿米力亞說道，『安妹妹在望台上，但是沒得人來；』他很挖苦的對阿米力亞小姐描寫她哥哥的無聊情形，大笑，覺得很樂。

她神色很不樂，說道，『佐治，你笑約瑟，未免太過刻薄；』佐治看她越難受，越大笑，以爲好笑到了不得；當沙普小姐下樓來的時候，說她怎樣的迷住那個大胖子，同她大開頑笑。

他說道，『呀沙普小姐，設使你今早能夠看見他！他穿了有花的梳洗衣在那裏呻吟——在榻上打滚；假令你看見他伸出舌頭來給醫生看。』

沙普小姐問道，『看誰？』

『看誰呀？看誰呀？自然是看多賓，昨天晚上我們很招呼他。』

安米滿臉通紅，說道，『我們昨晚很對他不起，我——我簡直是忘記了他。』

奧兹本還是大笑，說道，『你自然是忘記了他。阿米力亞，一個人不能常常想到多賓。沙普小姐，你說能不能？』

沙普小姐帶着驕傲神色，說道，『當吃大餐的時候，他打翻了一鍾酒，自然注意他。我向來並無多賓佐領在我心裏。』

奧兹本說道，『好嗎，我把你這句話告訴他；』當他說話的時候，沙普小姐起首覺得不相信並且憎惡這個少年軍官。利貝克想道，『他拿我來開頑笑麼；他在約瑟面前笑我麼？他驚嚇約瑟麼？也許他不肯來。」——她兩眼有哭意，心跳得很快。

她裝作很老實的微笑說道，『你常好開頑笑，你只管開頑笑吧；無人保護我。』當沙普小姐走開時候，阿米力亞神色很怪責他，佐治也有點覺得不該這樣令這個無助的女子難堪。他說道，『我的至寶阿米力亞，你爲人太好，太慈心。你不曉得世事。我是曉得的。你的小朋友沙普小姐，必要曉得她自己的身分。』

『你看約瑟將……』

『我的寶貝，我老實說，我不曉得。他也許會，也許不會那樣作。我不能干預他的事。我只曉得他是一個傻氣好浮榮的人，令我的寶貝小女子昨晚處於難堪地位。我的頂寶貝，小小寶貝呀！』他又笑約瑟，約瑟安米也笑了。

這一天約瑟不來，但是阿米力亞並不害怕：因爲這個有心計的小女子，曾打發一個跟人，這是三保的副官，到約瑟寓所，要幾本書問候他；得了瑟約跟人轉述的話，說他的主人患病在床，醫生剛來看過。她想他明天必來，却不敢爲這件事對利貝克提過一個字；利貝克這天晚上，也絕口不提。

翌日兩位女子坐在榻上裝作作活計，或寫信或讀小說，三保滿臉笑容，挾着一包東西，盤子上放了一封信說道，「小姐，約瑟先生的信。」

阿米力亞一面開信一面抖抖的那封信說道：

寶貝阿米力亞，——我送你一本「樹林的孤兒。」我昨天太不好過，不能來。我今日前往拆爾騰安（Cheltenham）地方。我在服克斯和爾的行爲，有點不對，你若果能作得到的話，我求你同好脾氣的沙普小姐說一聲，恕我無罪，求她忘記了我酒後所說的話。我的健康很受擾動，我病好之後，就到蘇格蘭過幾個月。約瑟寒德力。

這封信就是判死刑的書。毋論什麼都完了，阿米力亞不敢看利貝克的淡白臉和火燒的眼，她却把封信丟落在她朋友的懷裏，站起來上樓，進自己的房裏，哭了一場。

不久管家婆進房找她，安慰她；阿米力亞靠着她的膀肩，把祕密告訴她，又哭，覺得好過些，不那麼難受了。管家婆說道，「小姐，你不必傷心。從前我不肯告訴你。我們並不喜歡她，只是當她初來時我們喜歡她。我親眼看見她偷讀你母親的信。女僕說她常開你的珠寶箱，開你的抽屜，開各人的抽屜，她說她把你的白緣飾送在她自己的箱子裏。』

阿米力亞說道，『是我給她的，是我給她的。』

但是這句話並不能改變管家婆看沙普小姐不起。她對女僕說道，『我不相信保姆們，既不是這樣，又不是那樣。她們還要擺太太小姐的架子，她們的工錢，也不過同你我的工錢一樣。』

現在家裏人人都曉得，惟有那個可憐的亞米力亞小姐不曉得，利貝克應該走啦，應該快快的走啦。我們這位可愛的阿米力亞小姐把她所有的抽屜，櫥櫃，箱子，盒子，翻過一個彀。把她所有的衣服，花邊，絲襪，零碎等件都細看一遍，挑了這樣，挑了那樣，包了一包，送給利貝克。她跑去找父親（曾經許過她按她歲數給金鎊），求他把錢送給利貝克，因爲她自己不要錢使用，她的朋友却要用。

她還要佐治奧玆本也湊一份，他果然就到大街上買了一件頂好的帽子，一件頂好的短掛。

她把這兩盒子東西送給利貝克，很得意的說道，『寶貝利貝克，這是佐治送你的禮。他眞會挑選，別人都不及他。』

利貝克答道，『無人能比，我多麼感謝他！』其實她心裏想道，『原是這個佐治奧茲本打散我們的婚姻的。』——因此就恨上他了。

她很安詳的收拾起程；遲疑推讓了幾次之後，她把阿米力亞所送的禮物都收了，她自然說永遠感謝塞德力太太；她却不十分騷擾這位老太太。塞德力太太覺得不便，顯然是要躲避她。當老塞德力送她一袋金鎊的時候，她吻他的手；求他許她以後當他是她的慈愛的朋友和保護人、她的行爲如是其動人，這個老頭子很想再寫一張二十鎊支票送給她；但是他忍住了，未曾寫：馬車在門口，要送他去吃飯，他對她說道，『我的寶貝，上帝保佑你。你若到倫敦來，請你到我們這裏。』說完走出去，叫車夫趕到市長宅。

最後就是利貝克同阿米力亞小姐分手。我的意思要用一幅紗蓋住這幅話別圖。這兩個女子之中，一位是熱心誠意的，一位是最會耍手段的。這兩位女子極溫柔的摟抱之後，滴了許多眼淚之後，嗅了幾次聞藥瓶，現出許多最好的感情之後，——利貝克同阿米力亞分手，利貝克嘴裏說永遠愛她的朋友。

〔删第七回至第十三回。這幾回所說的是利貝克小姐要釣約瑟塞德力，釣不成功之後，就告辭，去庇得克洛里家裏當保姆。這位庇得爵士是一個令人討厭的老頭子，舉動很不好。利貝克寫信給阿米力亞說他是一個矮胖老頭子，俗到了不得，髒到了不得。她却敷衍他巴結他，她對待這個宅子裏的人，都用這種手段。宅裏有一位庇得克洛里，是爵士的長子，這個人有政治的奢望；有一位叫羅登（Rawdon）克洛里，是一個馬隊裏的是個浮蕩子；有一位克洛里夫人，是爵士的續弦太太，是一個可憐蟲，常受爵士氣；這位夫人有兩個小女兒；有一位克洛里老小姐有七萬鎊進款，親戚們都巴結她；此外還有一位叫作標特（Buto）克洛里，是爵士的兄弟，住在總牧師宅子裏，是個鄰居。利貝克巴結他們，使他們少她不得，最能夠得克洛里老小姐和羅登的歡心。

當下佐治在倫敦殊不理會阿米力亞小姐，有一部分的理由是因爲佐治自己凡事都漫不經心，有一部分却因爲他父親的勸告，他父親恐怕塞德力要破產。〕

第十四回　克洛里小姐見客

過了幾時，有一輛旅行馬車趕到花園巷裏一所極其舒服家具極其齊備的房子，車的後座有一位神氣頗不滿意的女人披了綠色面紗，滿頭縮緊的拳髮，駕車座上坐了一個胖大不說話的男人。這是克洛里老小姐的馬車。當馬車停住的時候，就有許多家人和一個少年女子伴侶許多外衣的，把車上一大圓堆的披肩拿下來。這一大堆裏頭就有克洛里小姐。他們把她扶上樓，放在床上，這間睡房早已生火弄暖了，以便這個病人來住。立刻打發人好請醫生們。醫生們來了，商量過，開了方子，都走了。克洛里小姐的少年伴侶，等到醫生們開過方子之後，走來聽他們的吩付，照着用解熱藥。

第二天就有克洛里佐領從侍衞隊營房走來：他的黑馬在他的有病的伯母（或叔母　譯者註）門前爬搔乾草。他來問候病人，表示許多愛情。病狀好像是很可慮。他看見克洛里小姐的女僕（就是那個不滿意的）含怒而絕望；他看見巴力斯（Briggs）小姐（這是陪伴克洛里小姐的）獨自一個人在客廳裏滴淚。她聽見她的朋友有病，趕快回來的。她很想飛到她朋友的病榻，當有病的時候這病榻都是她安排鋪平的。這時候却不許她入克洛里小姐的臥室。侍候吃藥的是一位新來的人——是從鄉下來的一個新來的人——是一個名譽很不好的某某小姐……。

這時候她哭不成聲，把她的被人打碎的感情和她的小紅鼻子都埋在她的手帕裏。

羅登克洛里叫女僕把名片送上去，克洛里小姐的新來的伴侶，從病房走下來，羅登走上前去迎她，她伸出小手來，放在羅登手裏，瞪了巴力斯小姐一眼，表示很看不起她，領這位軍官進去現在很蕭條的飯廳，從前在這裏是常請客的。

克洛里小姐本來住在他兄弟的鄉下大宅子，現在却得病，回來倫敦，其中原有許多的原因；但是這諸多原因是毫無浪漫性質不該在這本講上等社會和言情的小說上說的。這位老小姐在上等社會上過活，吃得太多，喝得太多，在牧師兄弟家因為吃晚飯的時候，吃了許多龍蝦，因此得了病，她還不認，說是因為天氣潮濕得的病，叫作者從那裏說起呢？這一病來勢很兇，她的當牧師的兄弟說她幾乎『脫了鉤』（殆如俗語蹺辮子　譯者註）；全族人都很着急要曉得她的遺囑，盼望到發狂，羅登這時候也盼望不久至少就有四萬鎊到手。克洛里先生（卽是總牧師）送了幾本精選的小册子來叫她好籌備浮華世界和花園巷世界到另一個世界；那一頓龍蝦幾乎要了老小姐的命，幸虧來了一位好醫生把龍蝦降伏了，叫她精神充足，可以回去倫敦。爵士盼望她死，她却又好了，很不高興。

當人人都服事克洛里老小姐的時候，當有許多信差從牧師住宅到爵士的住宅來往不絕，傳遞病狀消息的時候，宅裏還有一個病人，是無人照應的，這個病人就是爵士的夫人。爵士因爲可以借光不必花錢，就讓醫生去看看他的夫人。他孤零的一個人睡在一間寂寞屋子裏，誰也不理她，當她不如花園裏一根野草。

她兩個小女兒得不着保姆的教導之益，因爲沙普小姐看護老小姐很得法，這位老小姐只肯從她手裏吃藥。老小姐原有自己的人，早已被廢了。這個女侍回到倫敦之後，見得巴力斯小姐也失寵了，同她一樣，才能聊以自慰。

羅登因爲病，續了假，在家裏照應病人。他常坐在病房的前廳。（她在大客房養病，從一間藍色小客廳走進去）他的父親常常見得在這前廳裏；毋論羅登怎樣輕脚步下樓，他父親房門一定打開，老頭子野貓臉必定往外看的。這兩個人爲什麼要彼此偵察？大約父子兩人，都要巴結這位老小姐，互相競爭，這是無疑的了。利貝克有時走出來，分開的安慰他們，父子兩個都很着急的要從老小姐的這個心腹人嘴裏聽消息。

當吃大餐的時候——她下來半點鐘吃飯——她叫她們兩個人不要爭吵；吃完了又到病房，這天晚上再不下樓了；羅登騎馬回去營房，他的父親同一個朋友喝糖酒。利貝克小姐在病房裏過了兩個禮拜，是受夠了；但是她的神經好像是鐵打的，捱了許多辛苦，絲毫都不受擾動。

她當時並不說，日久以後，才說出她如何辛苦；說出這位老小姐怎樣的容易發怒；怎樣的生氣；怎樣睡不着；怎樣怕死；怎樣日夜的呻吟；這位老小姐身體健康的時候是什麼都不管，到得了病，對於死後的世界却着急到發狂。——我請少年美貌讀者們想像一個好世慾自私自利，無德性，無感激，無宗教的老婆子，因爲痛苦，害怕，在床上打滾，又去掉假髮。讀者試想像看，諸位當未老之前，先要學會畏天愛人呀！

沙普小姐極其耐煩的守着這個不秀不雅病床。她事事留心，無無用的事物。後來她把克洛里老小姐養病的許多故事告訴人，——這許多故事令這位老小姐滿臉通紅衝出一層胭脂發露出來。老小姐病的時候，沙普小姐絕未發過一次脾氣；常是清醒的；她的良心很清淨，故此睡無不酣；毋論什麽時候都能睡，故此她臉並未露出困倦神色。她的臉也許青白些，眼圈比素來黑些；但是毋論什麽時候她一出了病房都是帶着微笑的，有精神，打扮得很清楚，她穿了梳裝衣戴了小帽還是很苗條的，同穿上最鮮豔的晚裝一樣。

羅登以爲她長得好看，戀愛她發狂啦。愛情的鋒利箭尖，透過他的無感覺的原皮了。不過六個禮拜——接近——機會——他完全變作沙普小姐犧牲了。他心裏的祕密不告訴人，偏偏在牧師宅裏告訴他的姑母。她打趣他；她曉得他的糊塗；她警告他；最後她却承認小沙普很聰明，很好頑，很古怪，很好脾氣，很老實，很慈愛。但是羅登不可以拿她的愛情當頑耍；老小姐是絕不能饒他的；因爲她自己也被這個小保姆打倒了，她愛沙普小姐如同愛女兒一樣。羅登必要走開，走回去他的營裏，走回去繁華倫敦，不要拿這個女子的感情當兒戲。

過了幾時，沙普小姐還在花園巷的宅子。那時候庇得爵士的夫人死了。當她病的時候只有克洛里照應她安慰她。這個可憐的夫人，有好幾年只有這個克洛里待她好，只有她安慰她。她的心早已死了，死在她的軀體之先。她把她的心賣給庇得爵士，要作爵士夫人。在浮華世界上作母親的作女兒的那天不作這樣的買賣！

當她死的時候，她的丈夫在倫敦，招呼他的不可勝數的計劃，不知用了多少位律師，在那裏忙得很。他却騰出時候去花園巷，送了許多封信給利貝克，勸她，囑她，號令她回去鄉下照應他的兩個女兒，她們當母親病的時候，簡直的是無人陪伴。但是老小姐不肯放她走。這位老小姐原是最無情的，毋論同什麽人要好，不久就厭倦了，就把人踢開不管了，倫敦的時髦太太小姐們都是這樣的；但是當她還是同人好到了不得的時候，她是不肯放手的，還是用大氣力抱住利貝克，不放她走。

她聽見克洛里夫人死了，是毫不動情的；她說道，『我猜我只好把宴會改遲幾日的了；』過了一會，又說道，『我盼望我的兄弟不作那樣不要臉的事，還要續弦。』羅登說道，『他果然再娶的話，庇得必定很怒的。』羅登常是這樣看待他哥哥的。利貝克不響。全家人算起來，以她爲最嚴肅，受最深的印像。在羅登未走之先，她就走出病室；但是他們在樓下偶然又會談了一回。

翌日早上，利貝克在窗口往外看，她忽然喊了一聲，把老小姐驚了一跳。老小姐正在看法國小說，看得很高興。她喊道，『瑪當，庇得爵士來啦。』老小姐喊道，『我的寶貝，我不能見他。我不願見他。叫跟人去說我不在家，不然還是你下樓去說我病得利害，毋論什麽人都不見。』老小姐吩咐完了，還讀她的小說。

庇得爵士正要上樓，利貝克小姐下來說道，『她病得很利害，不能見你。』

庇得爵士答道，『不見我更好。貝克小姐，我要見的是你。你跟我到廳房裏。』兩個人於是走進去。

爵士說道，『小姐，我要你回去。』爵士兩眼釘住利貝克，一面脫黑手套和帽子。他兩眼的神色很怪異，釘她釘得很利害。沙普小姐起首幾乎發抖。

沙普小姐答道，『我盼望不久就來，只要克洛里小姐好了——我就回來——照應可寶的孩子們。

庇得爵士答道，『你這兩句話說了有三個月了，你還是扯住我的妹妹不放。她把你熬够了之後，就把你摔開，如同摔破物一樣。我告訴你，我要你，我要你回去辦喪事。你還是來，還是不來？』

利貝克小姐露出很震動神氣，說道，『我不敢，我一個單身人，在你家裏，——我看是不對的。』

庇得爵士拍棹子說道，『我再說一遍，我要你。我無你，什麼事都不能辦。等到你走開了，我才曉得。家裏簡直是亂七八糟。現在不是從前那樣了。所有的帳目又是一場糊塗。你一定得回去。你回去吧。寶貝貝克，你回去呀。』

利貝克喘氣問道，『回去——當什麼？』

爵士抓住帽子，說道。『你若是喜歡的話，就請你回去當爵士夫人。你還不該滿意嗎？你回來當我的太太。你很配。什麼叫作出身。你同上等女人一樣的好。你小手指上的聰明，就多過國內毋論那一位小男爵（位在男爵之下　譯者註）的夫人。你願意來嗎？你來不來？』

利貝克很爲所動，說道，『哦，庇得爵士。』

庇得爵士接連說道，『貝克，你說來，我年紀雖老，我身體還壯健。我還有二十年好活。我願意令你歡樂，你試看我作給你看。你歡喜什麼就作什麼；你喜歡花多少就花多少。我撥一筆款給你。我辦事都是按規矩的。你看我呀！』這個老頭子居然跪下來，兩眼斜看她，如同一個淫怪一樣。

利貝克很驚怖，往後一跳。她一向都是很鎮靜的，這次却慌亂了，滴了幾點眞眼淚。

她說道，『庇得爵士。唉！爵士——我已經嫁人啦。』

第十五回　利貝克的丈夫出現一短時期

現在她一個人咀嚼今天這樣忽然而來的奇異事體的滋味，咀嚼已過的事體和可以發現過的事體。讀者試猜看，此時這位小姐——不是的，——這位利貝克太太私人的感覺是什麽樣？倘若在前幾頁中作者有權利窺見阿米力亞塞德力小姐的臥室，有小說家的無所不能，曉得那位小姐的痛苦和感情，爲什麽現在不能夠宣言他是利貝克的密友，曉得她的秘密，是這個少年女子的良心的掌管印信的人呢？

第一層，利貝克很眞誠的懊悔有這樣垂手可得的好運氣，却不能不拒絕。這是自然的情緒，凡是有正當知識的人都會懊悔的。她原是一個莫名一錢的小姐，有機會可以作爵士夫人，同享每年有四千鎊進款的快樂，却不能享受，凡是作母親的人，焉有不憐憫她的道理？凡是在浮華世界上的受過好教育的人，看見這樣一個勤敏可讚的女子，正在她不能領受的時候，有人給她這樣一個有體面、有利益的地位，能夠不憐恤她嗎？我很曉得我們這位朋友貝克的失望，是該令我們可憐她的。

我記得我自己有一天晚上在浮華世界在一個宴會裏我看見一位老小姐姓圖狄（譯言諂媚　譯者註），也在那裏，特為拖出一位畢列甫（譯言窮律師　譯者註）太太來，這是律師的太太，以便這位小姐好巴結她，恭維她。這位太太誠然是好人家出身，却是很窮的。

我心裏就問圖狄小姐為什麼這樣巴結她？難道她的丈夫當了裁判官麽？難道他的太太得了遺產麽？不久圖狄小姐很單簡的解說給我聽。她說道，「你要曉得畢列甫太太是某爵士的孫女兒。爵士有病，不到六個月就要死的。畢列甫太太的父親承繼；她不久就是一位小男爵的小姐啦。」圖狄小姐下禮拜，就請畢列甫夫婦吃飯。

倘若不過有變作小男爵的女兒機會，就可以得着這樣一位小姐的巴結，我們自然必要敬重一位少年女子的痛苦，因為她失了作一位小男爵夫人的機會。誰能想到克洛里夫人死得這樣早呢？她是一個有病的女人，却可再活十年的——利貝克懊悔又懊悔，想到她可以當小男爵夫人！想到她可以操縱那個老頭子，想到她可以謝標特太太的照應，謝謝庇得先生的令人難堪的屈尊。我當了小男爵夫人，就把倫敦的大宅重新裝飾，辦新家具。要置一輛最美的馬車，在音樂戲院裏要一個包廂；下一季就可以朝見。這都是可以作到的事；但是現在——現在全是疑惑和神祕。

利貝克是一個很有決斷很有能力的一個少年女子，既往不追，她絕不肯作無益和不好看的懊悔；是以她稍微懊悔過之後，很有智的注意到將來，比現在要緊得多。她測量她的地位，和這個地位的希望、疑惑和機會。

第一件，她是嫁了人的；——這是一件重大事實。庇得爵士是曉得的。她所以承認她已經嫁人，並不是庇得爵士攻其不備使她說出來的，她是忽然之間打好算盤說出來的。這件事終久有一天要露出來的，爲什麼不趁這個時候說出來呢？要娶她的人關於這件事必定不要響。最要緊的問題，卻是老小姐聽見了怎麼樣。利貝克小姐很有點不放心；但是她記得老小姐所說的話；老小姐承認看不起家世；記得她的膽大自私見解；記得她的浪漫習癖；記得她的異常寵愛她的姪子，和她屢次宣言她喜歡利貝克。利貝克想她愛這個姪子愛得很利害，毋論他犯了什麼罪過，她都可以饒恕他的她受慣了我的照應沒得我她是不能舒服的：等到宣布這個祕密的時候，自然大鬧一場，隨後就調解。毋論怎樣，躭擱是毫無用處。米煮成飯，今天宣布或是明天宣布，結果都是一樣的。於是利貝克小姐打定了主意，要老小姐曉得這件新聞。心裏就盤算用什麽最妙法子把新聞去告訴她；是否她自已親自抵擋必然發生的風潮，抑或走開及躲避這個潮頭，等到風潮平定再來。她寫了一封信說道：——

「我的最寶貝朋友，——我們所常討論的緊要關鍵時期已經到了。我的祕密，有一半已經有人曉得了，我想了又想，我現在敢說揭露全個祕密的時機已經到了。庇得爵士今早來找我——你試想看他來找我作什麽？——他來正式的宣布他要娶我，你想想看，可憐我這個小東西。我原可以當克洛里夫人。標特太太不知會多麽歡喜；假使我的名分在姑母（殆指老小姐　譯者註）之上，她不知多麽歡喜了！我可以當有一個人（殆指羅登　譯者註）的媽媽，不是——哦，當我想不久就要宣布，我發抖！——

「庇得爵士曉得我已經嫁人了，卻不曉嫁給誰，現在還不十分高興。老小姐因爲我不肯嫁他，實在生氣。但是她待我很慈愛很大方。她居然屈尊的說我可以是他的好太太，她還說她待我如同母親待女兒。她初次聽見這新聞必定震怒的。但是我們不必害怕，震怒也不過是一時的。我想不會久怒的；我很曉得是不會長的。她頂喜歡你（你這個淘氣不值一文錢的人），她會饒恕你的：我相信，除了你之外，她心裏只有我：她沒得我就難過。我的至寶呀！我曉得我們必定打勝仗的。你須脫離軍營：戒賭，戒賽馬，作一個好孩子；我們將住花園巷的大宅子：姑母把他所有的錢全數遺給我們。

「明天三點鐘我將想法子還在向來的地方散步。倘若B小姐（殆指巴力斯　譯者註）陪我走，你一定得來吃大餐，帶回信來，放在講經集第三册。但毋論怎樣，你要來見你的R（殆指利貝克　譯者註）。

「右致斯泰小姐。請武士橋街巴尼特（Barnet）鞍韉店轉交。」

我相信讀者總能看得出來，這位斯泰小姐有是鬆鬍子的，腳上穿有銅距的靴子，並不是什麼小姐，就是馬隊佐領羅登。

第十六回 插針包上的一封信

他們兩個怎樣結婚的，同讀者毫不相干。一位佐領已經成年了，一位少年女子也成年了，誰人能禁止他們買一張婚據，毋論在倫敦那一間教堂行結婚禮呢？我也不必告訴讀者，倘若一個女人已經有了主意，她自然就有辦法。我相信有一天，當沙普小姐下午要走去探她的好朋友阿米力亞塞德力小姐，盤桓半天的時候，有人就可以看見有一個少年女子很像沙普小姐的走入倫敦市的一間教堂同她進去的。還有一個男人，鬍子是染色的，進去了十五分鐘之後，這個男人就護她出來上馬車，兩個人就是這樣安安靜靜的結了婚啦。

這本小說要說許多羅登所作的事，這一件算是最誠實的。一個男人被一個女人迷住了，被迷住了就娶她；這個大壯士隨後逐漸讚美她，一見她就快樂，就動情，無限的深愛她，崇拜她到發狂，有誰能說，這不是男子漢該作的事；女人們至少也要說這個大壯士並不丟臉。當她唱歌的時候，一字一句無不深透他的骨髓，令他通身酥麻。當她說話的時候，他用盡腦力恭聽，稱奇。倘若她說一句笑話，他聽在肚裏直納悶，半點鐘後，他在街上忽然明白是句笑話，才笑出來，坐在他身邊的馬夫，或同他在公園並騎的明友，聽他忽然大笑很詫異。他奉她的話若神明，她的小小的一舉一動，他都以爲是一定不會錯的。他想道，「她唱得多麼好聽呀，——她畫得多麼好呀！她騎那匹善踢的馬騎得多麼好呀！」有時當他們兩個人密商的時候，他就說道，「貝克，你配當陸軍大元帥，或是配當大主教。」他這樣的一個例案，並不是罕見的事，我們那一天不看見雄赳赳的武夫跟着女人的裙帶走，兩撇髭子的猛士倒在女人懷裏，動也動不得呀？

當貝克告訴他說關鍵時機已近，辦事的時候到了，羅登就說他等她發號令他就去辦，如在軍中一樣。原來用不着他把信放在講經集第三册。利貝克很容易想出法子把女僕巴力斯支開了，就在向來的地方同羅登相會。她昨晚把事體想透了，今日把她的主意告訴他。他自然是事事都表同意的，很以爲是很對的；她的提議是最妙的；克洛里老小姐必然後悔的，不然，必定是回心轉意的。設使利貝克的主意完全不同，他也是一樣的奉命惟謹的實行。他說道，「貝克，你一個人抵得我們兩個人，你一定使我出險的。我未見過比得上你的人，利害人我卻會過幾個。」這個戀愛入迷的武官承認甘拜下風之後，離開她幹他那部分的事。

這件事不過是在營房附近租一所安靜房子，預備他們兩人住。因爲利貝克打定主義逃走。我想這一步棋走得很有斟酌。羅登勸她逃，勸過幾個禮拜了。她現在要逃，他是很歡喜的。他跑去租房子，房東要他每禮拜兩鎊，他立刻答應，房東很後悔她不多要。他又定了一架鋼琴，買了許多花，還有一堆一堆的好東西。說到披肩，手套，絲襪，法國金錶，手鐲，香水，都買來了。他花了許多錢，心才放下，走去俱樂部吃飯，等候他生平最大的事體降臨。

花園巷大宅子的茀爾金（Furkin）奶奶手下用了一個少年女子，這個人有許多本務，其中有一件就是送熱水給沙普小姐，這是茀爾金奶奶寧死都不肯幹的。這個女孩子有一個兄弟在羅登營裏；設使我們曉得眞實情形，我敢說她曉得許多布置都是同這本歷史有相干的。她就拿利貝克給她的三鎊錢買了一件黃披肩，一雙綠靴，一頂淺藍帽子，插了一條紅色鳥羽；又因沙普小姐並不是慷慨的，這一定是比提瑪爾丁（Betty Martin，這個女孩子名 譯者註）得了她的賄賂，替她辦事。

再說庇得爾士向沙普小姐求婚之後第二日，比提瑪爾丁按着時候，來敲保姆的臥室門。裏面無人答，她再敲，裏頭還是不響；比提拿了熱水推開門進了臥室。

床上是很平很整齊，如同昨天她鋪疊好的一樣，房子那一頭，放了細好的兩個小箱子；窗前桌上，在插針包上放了一封信。這封信擺在那裏，大約有一夜了。

比提脚尖踮她向前走，看了這封信四圍看看房子，很詫異，很滿意；把信拿起來，轉過這面，又轉那面，很笑了一笑，最後把信送到巴力斯姑娘房裏。

我卻要曉得比提怎麽曉得這封信是給巴力斯姑娘的？比提只到過星期學校，她不能寫不能讀。

這個女子喊道，『巴力斯姑娘，出了事體啦——沙普小姐屋裏無人；床上並沒睡過，她已經逃跑啦，這是她給你的信。』

巴力斯聽了一驚，梳子丟在地下，頭上一簇頭髮也落在肩膀上，喊道，『什麽呀，私奔啦！』她急忙打開信，說道，『這是什麽呀？』

信曰，

「寶貝巴力斯小姐，你是最心慈的人，會可憐我，同我表同情，饒恕我的。我是一個窮苦孤兒，在這裏享受了許多慈愛，我是帶着眼淚，祈禱，保佑，離開了這個家的呀。我對於我的女恩人誠然有許多義務，但是還有高過這樣的義務叫我走開。我去盡我的義務，——我去我丈夫家裏。是呀，我已經嫁了。我的丈夫號令我們到他家裏去。至寶的巴力斯小姐，請把這件事告訴我的至寶至愛的朋友，我的女恩人，你的精細的同情，會曉得應該怎樣告訴她。請你告訴她，我未走之前，我流淚在她的枕頭上——當她的病的時候，我不知替她弄平這個枕頭有多少次了——我渴想來服事——唉，當我回來花園巷的時候，不知我多麼歡樂！她的答話判定我的終身，你不知我怎樣的等候！當庇得爵士求我嫁他的時候，我會告訴他我是嫁了人的。克洛里小姐曾說我配作爵士夫人（她以為我配作她的兄嫂，我求上帝保佑她！）庇得爵士還饒恕我。當我應該把情形都告訴他的時候，我無膽說出來，我要告訴他，我是他的兒媳，我不能作他的夫人！我嫁了一個最好最大度的人——克洛里小姐的羅登，就是我的羅登。他發號令，我纔開口，跟他到他的窮陋家，他到那裏我跟他到那裏唉！我的最好最慈善的朋友，請你對我的羅登的最受親愛的姑母，替他替我這樣一個可憐的女子說情，他的親人曾經對我表示過這樣無可與比的情義。請你求克洛里小姐見她的兒女們。我無可再說的了，惟有禱告上天，保佑宅裏全數的人。利貝克克洛里半夜書。」

再說當標特太太坐車往花園巷，半夜在車裏冷到僵了；走入新生火的暖屋子裏取暖的時候，聽見巴力斯說利貝克小姐偷嫁羅登的故事，她說她來得湊巧，幫助克洛里小姐支持這樣震動人的事——說利貝克是一個狡詐小蕩婦，她早已疑她不是個好東西的了；至於羅登，她不曉得為什麼他的姑母這樣喜歡他，她早已當他是個蕩子，是無可救的了。標特太太又說這件可怕的壞事，至少有一樣好效果，至少也叫克洛里小姐開眼，曉得這個壞種的實在品格。標特太太隨即喝了熱茶和烤麵包，心裏舒服好些。因為現在宅子裏有了空房間，她不必住在咖啡店裏了，於是叫人搬她的箱子。

克洛里小姐差不多快到中午纔出房門——早起在床上喝巧克列茶，一面貝克小姐讀報給她聽，這是向來辦法，不然的話，她作別的消遣。樓下幾個陰謀家等到克洛里小姐進她的客廳時候，纔把新聞告訴她。當下只告訴她說標特太太從家鄉搭郵車來了，歇在咖啡店，同小姐請安，要同巴力斯吃早飯。標特太太來，向來算不了什麼回事；現在卻很歡迎她；克洛里小姐爲的是有了機會同她弟婦（或兄嫂）談談已故克洛里夫人的事，辦她的葬事，和庇得爵士要娶利貝克的話。

一直等到她老人家坐在客廳的交椅裏，許多人把披肩等等四圍同她堆好了，兩個人摟抱過，問候過之後，幾個陰謀家纔要她老人家受罪。克洛小姐的兩個朋友把透露這件神祕事的辦法都安排好了，把種種疑陣都擺好了，要她疑惑，要她恐怖到第一等程度，她們纔動手。

標特太太說道『她不肯嫁庇得爵士，寶貝克洛里小姐，你要預備聽新聞，因爲——因爲她不能不拒絕他，她也是無法。』

克洛里小姐答道，『其中自然有個緣故，她喜歡別人，我昨天告訴過巴力斯啦。』

巴力斯喊道『喜歡別人麼？我的寶貝朋友，她已經嫁人啦。』

標特太太也幫嘴說道，『已經嫁人啦；』兩個人都叉手坐着，看她們的犧牲。

克洛里小姐喊道，『她一進來，你們立刻叫她來見我。這個小鬼頭她怎麽這樣大膽，不告訴我呀？』

『她許久還不能來。寶貝朋友，你要預備聽新聞——她走出去很久了——她走了。』

這個老小姐說道，『這怎樣好，誰替我調治巧克列茶呀？你們找她回來；我願意她回來。』

標特太太喊道，『瑪當，她昨天晚上逃走了。』

巴力斯喊道，『她留下一封信給我，她嫁了——』

『天可憐見的，你得先預備她不要嚇了她，我的寶貝巴力斯，你不可令她受酷刑（這道一串她字指克洛里老小姐　譯者註）。

老小姐發怒發抖的問道，『她嫁給誰呀？』

『嫁給一個親戚。』

犧牲喊道，『她不肯嫁庇得爵士，她到底嫁了誰，你們立刻說。不要令我發狂。』

『呀，瑪當巴力斯小姐，你得叫她不要受驚——她嫁了羅登克洛里。』

老小姐怒到發狂，斷斷續續的說道，『羅登娶了親——利貝克——保姆——是個無名——你們這些傻子呆子滾出去，——你這個糊塗巴力斯老東西——你怎敢這樣大膽呀？你是同謀的——你要他娶親，心裏想我把錢財遺留給他——瑪爾達（是標特太太的名　譯者註），是你幹的。』

『瑪當，你想想看我肯叫家裏的姪兒娶一個教畫先生的女兒麼？』

老小姐一面用盡平生之力拉鈴，一面喊道，『不然她的母親是法國大貴族之後。』標特太太說道，『不然，她的母親是音樂戲院的女戲子，她自己還登台演過戲，也許還作過更下流的事。』

老小姐喊了末後一聲，暈倒在椅上。他們只好送她回臥室。她一陣一陣的神經昏亂。打發人去請醫生藥師到了。標特太太在她床邊當看護。她說道，『她的親人應該在她左右的。』

他們纔把老小姐送到臥室，有新客來了，他們也要把新聞告訴他。來的就是庇得爵士。他進來就問道，『貝克在那裏？她的行李在那裏？她同我一道回去。』

巴力斯問道，『你還未聽見關於她偷嫁漢子的令人詫異的新聞麼？』庇得爵士問道，

『這件事同我有什麼相干？我曉得她已經嫁了人。這有什麼希奇。你請她立刻下來，不要我等，』

巴力斯問道，『難道你還不曉得她已經逃走了麼？把克洛里小姐驚嚇得很利害，她聽見她嫁了羅登克洛里，幾乎嚇死，難道你還不曉得麼？』

庇得爵士聽見利貝克已經嫁於他兒子，大怒，破口亂罵，罵得實在難聽，我不好在這裏轉述他的話，連巴力斯小姐也抖抖的跑出去了。

過了一天，爵士就回到鄉下，跑進利貝克小姐從前在這裏住的房子——拿腳踢開她的箱子，把她的信件，衣服，和其他零碎東西摔得滿地。他的管酒食管家的女兒拾了些去。餘下的衣服，就是爵士的兩個小女兒穿上演戲。這時候她們的母親死了纔幾天，埋在他人的墳堆中，無人哭她，無人理她。

有一天羅登兩夫婦坐在那所舒服小房子裏，羅登說道，『假如那位老小姐不回心轉意的話。』她試新鋼琴，試了一早上。新手套很合手；她披上新披肩，很好看；新戒指在她的手指上閃光；

新錶在手上狄打狄打的響；羅登說道，「貝克，假如她不轉灣，怎麽樣？」

她拍拍丈夫的臉說道，「我將叫你發大財。」

他吻她的小手，說道，「你毋論什麽都能辦，你當眞能辦；我們將坐馬車上大館子吃大餐。」

第十七回　多賓怎樣買了一座鋼琴

在浮華世界上只有一件公開的事，是譏刺同情操能够手拉手並行的；在這裏頭你可以看見極可愛極悽慘的兩相反襯的事你在這裏頭，可以溫和及傷感，或野蠻及罵世，都是正當的：我說的是一種公會，天天報上都有登載的。我想倫敦人很少未到過這種公會的。凡是到過場好發議論的人，必會想到，將來有一天，輪到他們這樣下場，拍賣人奉債主之命，或奉辦理遺囑者之命，當衆拍賣某某死者的書籍，家具，金銀器皿，衣服，美酒。

這時候拍賣快完了。客廳裏頂好的家具；極難得有名的美酒；世代家傳的全副極可貴的金銀器皿，前幾天已經拍賣完了。頂好的酒是一個管事的替他主人約翰奧茲本買了。有一部分最有用的金銀器皿是倫敦市的少年股票經紀買了。現在請在場的人買零碎東西。那個拍賣人正在那裏喊，解說一幅畫的種種好處，勸在場的人買：但是此時在場的人不如前幾天那麼多，也不如前幾天的人那麼闊。

這一天拍賣人請人買的東西很多，作者不必細說了；只有其中一件作者是要說說的；這是一座小的四方鋼琴，從樓上搬下來的（客廳的大鋼琴早已賣掉了）；有一個少年婦女很快手很有本事的試了一試（令那軍官臉紅，又驚跳一次）。輪到拍賣這個琴的時候，她的代理人起首還價。

兩方面爭買這個鋼琴，爭了許久，這位少年婦女不爭了；鎚子拍下來；拍賣人說道。『留埃斯(Lewis)先生，二十五鎊。』這個留埃斯先生的主人就得了這座四方鋼琴。既拍買到手之後，他站在那裏好像如釋重負，那兩位拍買不到手的人看看他，那少年婦女對她的朋友說道：

『羅登，不是別人，就是多賓佐領。』

我猜貝克對於他丈夫租來的鋼琴不甚滿意，不然就是租主把鋼琴抬回去了，不肯再租，不然也許是她偏喜歡這座鋼琴，記得從前在阿米力亞小姐的小繡房裏常奏過的。

這次的拍賣是在老約翰塞德力宅子裏。這時候老塞德力是一個破產人了。股票交易所已經宣布他無力還債，隨後就是破產，不能作買賣了。奥兹本約管事走來買有名的美酒，搬過對門宅子裏。有十二把銀勺，十二把銀叉，十二把小銀勺及銀叉等等，是三個少年股票經紀買了，他們從前同這個老頭子有過交易，得過他許多好處。這一場大禍就好像船在海上遇風打沉了，他們在海上打撈得一方塊桅，送給塞德力太太，略表一番好意罷了；那架四方小鋼琴原是阿米力亞的；恐怕她現在還要用。多賓既不會彈琴，一如他不會跳索，大約他買琴，並不是爲自己用的。原來這一架鋼琴是送去孚藍（Fulham）街一所小住宅裏的。這一條街都是小房子，都是倫敦市的錄事們住的。老塞德力破產之後，無家可歸，就在他的一個錄事伽拉普（Chapp）家裏埋頭罷了。他的太太，他的女兒阿米力亞，都住在這裏。

約瑟一聽說他父親破了產，並不來倫敦，只寫一封信給他的母親，請她只管在他的經理人手上支錢使用，免得兩位老親顧慮眼前無錢用。他辦了這件事之後，仍回他的住處，同從前一樣。他還是同從前一樣趕他的馬車；吃他的紅酒；打他的牌；說他的印度故事；那個愛爾蘭寡婦同從前一樣的安慰他，巴結他。他送給父母的錢，雖說是能救兩老口子的急，這兩位老人心裏卻並無很深的印像；我聽阿米力亞告訴我，自從她父親破產以來，終日都是垂頭喪氣的，惟有那天那殺個少年股票經紀把一包銀叉銀勺送來的時候，老頭子是第一次抬起頭來，心裏很感動，比太太利害，這包銀器雖然是送給他太太的，他卻大哭如同孩子一樣。——

再說那位老姑母過了一個月，還不回心轉意。宅子裏的家人不讓羅登進門，不許他的僕人們在花園巷大宅子住；所有他的信都退回不收。老小姐有病不出門——標特太太還在那裏不走。羅登兩夫婦看見標特太太老不走，很有點不放心。

羅登說道，「我纔明白過來，她爲什麽在鄉下宅子的時候，總要我們兩個人相會」

利貝克說道，「她眞是一個巧猾女人。」

羅登說道，「倘若你不後悔的話，我也不後悔。」他現在還是愛他的太太愛到了不得利貝克吻他作答，她見他丈夫深信她，很高興。

她心裏想道，「假使他不是這樣傻，我還可以造就他成一個人物。」但是她絕不叫他曉她對於他的意思；她很耐煩的聽他說馬號裏軍營裏食堂的故事；笑他所說的笑話；他說他有一個朋友開賭館，又有一個人去賽馬，她聽了都故作表示關切的意思。當他回家的時候，她很活潑歡喜：他要出門，她囑他走：他在家的時候，她彈唱給他聽，弄好酒給他吃，照應他飲食，把他的拖鞋弄暖了給他穿，把他弄到非常的舒服。我聽見我的祖母說最好的女人是假裝的。我們不曉得她們遮掩了多少事不叫我們曉得：當她們好像是最老實，最深信我們的時候，她們是最留心我們：她們臉上那麼容易現出來的坦白笑容，往往都是圈套，要欺我們，或躲閃我們，或叫我們不防備——我不是只說賣弄風情的女人是這樣，連那些自命為家庭表率女德完備的女人也是這樣。誰不看見過女人隱藏拙夫的無聊，或哄騙野蠻丈夫的狂怒？我們甘受這樣的可愛的奴隸性，恭維女人：我們稱這樣可愛的狡猾作眞情。一個善於料理家務的女人必然是一個善騙的；科泥力亞（Cornelia）之欺瞞她的丈夫，如同波提乏（Potiphar）之欺瞞——不過方法不同罷了。

利貝克就是用這許多小心敷衍，使那個老蕩子羅登克洛里變作一個很觀喜聽話的丈夫。凡是他從前所到的地方，現在他都不去啦。朋友們不過在俱樂部打聽過他一兩次，既沒得他，他們卻不甚關切：凡在浮華場上人們都是看不見就不關切的。他的隱居不出的太太總是微笑的，高興的，他的小家庭，飲食起居等等，都是很舒服的，他覺得新鮮祕密可愛。他們結婚既未宣佈，亦未登報。他的債主若是曉得他娶了一個莫名一錢的女人，都要跑來討債，把他壓倒了。貝克帶着心恨的笑，說道，『我的親戚們不會罵我不好的』；當她未在社會取得相當地位之前，她甘願等候她的姑母回心轉意。她住在這裏不見客，只見不多幾位她丈夫的朋友。他們都見得她很好。這裏有吃有喝，有說有笑，有音樂，凡是來過的朋友都喜歡。有兩位軍官顯然是被克洛里太太迷住了；但是她很謹慎的，無一刻不防，無一刻不謙退的：況且他們都曉得克洛里是一個有名的好決鬪，好吃醋的打手，更能完全保護他的太太。

第十八回　多賓拍買的鋼琴是誰彈呀

我們這段故事到了這個時候有一會子工夫同有名的大事和人物有相關。當拿破崙棲身在厄爾巴（Elba）島上沒得多少時候，就逃回來登了岸，他的大鷹旗從這裏飛到那裏，居然飛到巴黎了。我不曉得鷹眼肯不肯看看倫敦的一個小地方？那裏是很僻靜的，我恐怕大鷹只管飛，那裏的人也不理會。

那時候拿破崙在法國南邊登岸的消息到了倫敦。這樣的新聞可以在維也納（Vienna）地方發生恐慌，可以使俄羅斯丟下牌來，可以使普魯斯躲到角上，可以使搭力藍（Jelleyrand）梅特涅（Metternich）兩個人相對搖頭，可以使哈登堡（Hardenberg）王爵，甚至於可以使倫敦德黎侯爵（London Terry）惑疑；但是這樣新聞怎樣能夠感動一位住在拉塞爾大街的少年婦女呢？她睡覺的時候，有更夫在門前報更點；她在門前那塊大地散步時，有欄杆圍住：她若是出街買花邊時有黑奴三保拿了一根大手杖跟着她；她有許多保護她的安琪兒（有領工錢的，有不領工錢的）照應她，同她穿衣服，送她上床睡，防護她。這一個女子，不過十八歲，很可憐見的在屋裏或是同她的情人密談調情，或是作針線，他們帝王們的戰爭，少不得還要波及這位女子，未免太難了。是呀！拿破崙此時正是孤注一擲，卻波及可憐見的小阿米力亞的歡樂。

第一層，這件新聞一到，她的父親就破產。這個老頭子的全數投機事業近來都很不幸；生意失敗；商人倒盤；他以為債票會落的，卻長了。若是得勝，是罕見而遲慢的。誰不曉得失敗是快而容易的。老頭子一句也不告訴家裏人。他的闊宅子裏諸事還是照常的進行；他的太太毫無疑心，一樣的如常無事忙；他的女兒只想着她自己的愛情的事，禍事臨頭，她什麼也不管。

有一天晚上，塞德力太太正在那裏寫請客帖子；奥茲本們請過一次了，她不能落後；約翰塞德力回家很晚，坐在爐邊不響，她的太太一面同他閒談。阿米力亞不好過，無精神，上樓去了。她的母親接着說道，「佐治奥茲本不理她，她不歡樂。他們架子擺得太足了，我眞不耐煩他們的女孩子們有三個禮拜未到我們這裏來；佐治來倫敦兩次，都不到我們這裏。愛都華狄勒（Dale）曾看見佐治在音樂戲院裏。我很曉得愛都華想娶她：還有多賓佐領，我看他也想，——不過我討厭軍官。佐治很變了一個浮華少年啦還擺許多軍官架子。我們必定要給人看看，我們同他們一樣的闊。我們只要鼓勵愛都華狄勒，你就曉得啦。我們一定要大請客，約翰，你爲什麼不說話？你看下兩個禮拜的禮拜二請客，好不好？你爲什麼不答我？天呀！約翰，發現什麼事呀？」

她的太太向前來，他跳起來，向前迎太太，他摟住太太，急急的說道，「瑪理，我們毀了。寶貝，我們要重新造世界啦。我不如立刻都告訴你。」他一面說，一面四肢發抖，幾乎摔倒在地。他想這個消息一定會打倒她太太的——不料還是他自己最受震動。當他倒在椅上的時候，反要她來安慰他。她抓住他的手，吻他的手，抱住他的頸：喊他她的約翰，她的寶貝約翰，她的老頭子，她的慈愛老頭子：她倒出一百個不聯貫的戀愛和溫柔的字眼；她的誠懇聲音，她的簡單摟抱，令他的慈愛心又快樂又痛苦，鼓勵他，安慰他。

兩老口子談得很晚，他告訴她怎樣失敗怎樣不順手。最老的朋友們怎樣害他，有幾位意料不到的人如何是好漢，幫助他；——他說了許多話，她卻有一次很感動，支持不住了。她說道，「我的上帝，我的上帝，這件事將使安米的心腸痛裂。」

父親把女兒忘記了。她在樓上很不歡樂，兩眼不閉，躺在床上。他有的是朋友，有的是家，有的是父母，卻是寂寞寡儔的一個人。我們能夠把我們所有的事告訴幾個人呀？對着不表同情的人，誰肯開口呀？對不能明白的人誰肯說話呀？我們這位溫柔阿米力亞就是這樣變作伶仃孤獨。自從她有密語以來，就無可以告語的人。她不能把她的疑團和憂慮告訴母親；將來的姑子卻變作日見其疎外，她心裏常懷着隱憂，有許多疑懼，卻不敢承認。

她明白佐治奧玆本靠不住，對不起她，心裏卻嘗試一定說他不是這樣的。她說過許多話，佐治完全不理。她不知疑心他多少次，只知有己，把她看得不足重輕，她還是要打倒這樣的疑心。她天天掙扎，天天受痛苦，她能夠對誰說呢？她是英雄，自己也不過一半悟解她。她不敢承認她所愛的人不如她；她亦不敢覺得她委身於這個人，未免太早了。她一旦戀愛這個人，她是一個貞潔知恥的女子，爲人太過謙遜，太過溫柔，太過信任，太過力弱，女性太足，不肯追回她的愛情。我們男子對於我們婦女們的愛情是橫行霸道的，要她們服從我們的道理。我們讓她們的身體很自由出外，不用面紗和 yakmaks 改扮她們，卻用微笑，拳頭髮，淡紅帽子改扮她們，但是她們的靈魂只許一個男人看見她們卻並不是不願意的服從，情願在家當我們的奴隸——服事我們，替我們作煩瑣無聊的事。

這個性情溫柔女子的心就是這樣受監禁受痛苦；這時候正是一八一五年三月，拿破崙在法國南邊登岸，路易第十八逃走，全歐震動，股票跌價，約翰塞德力破產。

這位老股票經紀在未倒之前，他所經過的痛苦，我們不必細說了。他們在交易所宣布他；他不在他的辦事地方；他所出的票據無人要：正式宣布破產。他的住宅和家具被人據住，當衆拍賣，把他和他們的家屬逐出。

他的家人也是散了。阿米力亞的女僕表示很屈尊的神色，另找好主去了。黑鬼三保打定主意開酒店。老管家婆巴力金疏普在他們家裏多年的人，眼見約瑟和阿米力亞出世的，眼見約翰塞德力向他夫人當小姐時求親的，自願不要工錢仍跟他們，她在這家日久，已弄到些錢了：她陪她們到小住所，服事他們，埋怨他們有若干時。

隨後就是塞德力同他的全數債主爭辯，這些人很麻煩這個老頭，不過六過禮拜他就變老了，老得利害過於前十五年。麻煩他反對他的人很多，其中最利害的就是他的老朋友，老鄰居約翰奧茲本，他當初原是蒙塞德力提拔的——得過塞德力的恩惠何止一百次——況且他們兩個人還是兒女親家。

當債主會議的時候，奧茲本的行爲最野蠻，最看不起塞德力，幾乎令這個老頭子傷心欲裂。奧茲本立刻不許他的兒子佐治同阿米力亞往來，恐嚇他，罵那位可憐的老實小姐，罵她是一個狡猾女子。忿恨是有許多條件的。其中最要緊的一條就是忿恨的人必要說所恨的人壞話，還要相信這種謊話怎能夠不自相矛盾。

當塞德力破產，全家搬出那所大宅子和聲明佐治同阿米力亞小姐脫離關係時候，老奧茲本寫了一封很短的野蠻信給她，說她的父親行爲太壞，他們兩家的婚姻告終——當末後判決到來時，並不十分震動她，並不如他的父母所預料的。阿米力亞聽見這消息是很鎮靜。這時候不過是證實從前的惡兆，不過是宣讀判決之辭——罪是早已犯過的了——所犯的就是愛錯了人，戀愛得太利害，反對理性的戀愛。她現在不把心思告訴人，同從前一樣。她現在深信完全毫無希望，並不覺得比從前不歡樂，從前她雖覺得卻不敢承認無希望。所以她從大宅子搬到小房子，並不覺得什麼分別；她大半天還是在她的小屋子；不響的衰頹逐天逐天的死。我並不說凡是女人都是這樣。我的寶貝小姐，我看你的心不會這樣破裂的。你是一位心堅的人，有正當主義的。我不敢說我的心會怎樣破裂；我的心曾經受過痛苦，我卻要受認，我活過來的。但是有些女人，心是很軟的，很脆薄的，很精細的，很溫柔的。

毋論什麼時候老塞德力想起阿米力亞和佐治的親事，或有人提起，他是非常的痛恨，不亞於奧茲本所表示的。他咒罵奧茲本及他的家人，罵他們無心肝，狠惡忘恩負義。他發誓說，毋論世上什麼人都不能勸他把女兒嫁給這樣一個惡棍的兒子，吩咐女兒撇開佐治，把所收受過他的禮物信件，都交還他。

她答應照辦，嘗試服從她父母的命令。她找出兩三件零碎首飾，說到他給她的信，她從收藏信的地方，把信拿出來，再讀一遍——好像她不是從前讀過都很記得的：她卻捨不得還信。她的力量實在辦不到；她又把信放在她懷裏——如同女人懷抱已死的孩子。這些信就是末後一件聊以自慰的東西假使奪了去，她覺得自己是會死的，不然會立刻變瘋了的。她還記得信來的時候她怎樣的臉紅，怎樣立刻提起精神來！她還記得怎樣的腳步輕輕跳走了，心裏直跳，走去無人看見的地方讀信！設使來信是很冷的，她卻解作是熱的！設使來信是短的，或是只顧爲己的，她總會找出許多藉口的話迴護寫信人！

拿破崙逃走登岸的消息，英軍第——師團接到了，卻異常高興，異常熱心，凡是曉得這一個有名的師團都能明白這種情形。上自營長下至極小的鼓卒無不都裝滿了希望，奢望，和愛國的狂熱；謝謝法國皇帝出來擾亂歐洲。現在正是機會表示他們的同袍也能打仗如同遠征西班牙的軍隊一樣，表示第——師團的勇氣並不爲西印度和黃熱病所消磨淨盡。有兩位軍官盼望不必花錢就可以補缺在戰事未告終之前（她打定主意預聞），奧都特少佐的太太盼望丈夫升官，她就可以寫她的頭銜幾等寶星大佐奧都特夫人。我們兩個朋友多賓和奧茲本也同他們一樣的受激動：不過各有不同——多賓是安靜的，奧茲本卻是很吵很忙的，都是要各盡其職，贏得功名。

因爲這個消息激動全國，激動陸軍很利害，私事都不甚注意了；因此，佐治奧茲本已經有了差使，忙着預備出發渴想升官，自然不甚爲其他事體所動。老塞德力的破產，他卻不甚失意。他只管試他的新軍服，穿上了很好看，那天卻是塞德力的債主開第一次會議。老奧茲本告訴他的兒子，說這個破產人行爲怎樣的不好，怎樣像光棍，怎樣的不要臉，叫他記住他關於阿米力亞所說的話，他們男女兩個人的關係是永遠破散的了；當天晚上就給他許多錢還軍衣肩章的債。這個少年軍官是最喜歡花錢的，拿了錢，說了不多的幾句話就走了。塞德力大宅子是封鎖了，這是他曾享受過許多快樂時候的地方。這所舒服宅子、關鎖了，阿米力亞和她的父母都不能進去了：他們搬到那裏去了？眼見他們毀他有點動情。他這天晚上在店裏很愁悶，吃了許多酒，同袍們都注意。

多賓走進來，諫他少吃酒，他說因爲提不起精神纔吃的；但是他的朋友起首問他不便答的話，帶了有表示的神色問他新聞，奧茲本就不肯同他說話；只說覺得很不安，很不樂。

過了三天，多賓到營房裏，看見佐治奧茲本在屋裏頭，在桌上還有許多紙張，這位少年軍官顯然是絕望神色。他說道，「你看，她——她把我送她們東西還我——還我這樣零碎首飾。」桌上有一小包，寫的是送交佐治奧茲本佐領，旁邊放着幾樣東西——一個戒指，一把小銀刀，是佐治小的時候在墟場買來送她的；還有一條金鏈，一個小盒子，裏頭有頭髮。他很後悔，呻吟說道，『全完了。威理（Wile 多賓之名的短稱　譯者註），你看了，你若是願意讀這封信，我就請你讀。』

佐治指一封信，這封小信，不過只有幾行；信曰：

『我父親吩咐我還你當較爲歡樂時候你所送我的禮物：吩咐我，這是我末後一次寫信給你。你降在我們身上的這場大禍，我想你的感覺同我的感覺一樣多。我們現在所處的窮苦景象，絕不能履行婚約，是我免你不必守婚約的。我們所最難受的痛苦，就是你父親的刻薄的疑心，我相信你卻並不預聞。告別了。告別了。我祈禱上帝給我力量忍受這次及其他禍害，我求上帝常保佑你。阿。

我將常彈鋼琴——你的鋼琴。你送琴給我，纔像你平日的爲人。』

他們兩個人談了許多，又歇了許久之後，奧兹本問道，『他們住在什麼地方？』他並未追隨她，覺得很有點不好意思。又問道，『他們住在什麼地方？信裏並無住址』

多賓曉得他不獨送鋼琴；他曾寫信給塞德力太太，求她讓他來見——昨天他見過塞太太，見過阿米力亞，在未到營房之先；這包東西和這封告別的信，都是他帶來的。

多賓看見塞德力太太很願意見他，當鋼琴送到的時候，大爲感動，她猜一定是佐治送來的，是表示他的友誼的一個記號。塞德力太太全猜錯了，多賓卻不糾正她的錯誤，聽她說了許多訴苦和不幸的故事——安慰她，他也很不以老奧兹本這樣刻薄的待她的第一個恩人爲然。等到這位老太太盡情把種種愁苦說過了之後，多賓居然有膽子請阿米力亞來相見。她在樓上，她母親領她下樓來。

阿米力亞面貌憔悴，神色失望，令人可憐，多賓看了害怕；看她的不活動無血色臉，就曉得她會得致命傷的病。阿米力亞陪她坐了一兩分鐘，把小包放在他手上，說道，『請你拿去給奧兹本佐領，——我盼看他很好——你走來看我們我謝謝你——我們很喜歡這所新屋子。——媽媽，我看我還是上樓去，因爲我的精神不甚強健。』她說了這幾句話，對多賓屈膝行禮，帶着微笑，這個可憐的女子就走了。她的母親領她上樓的時候，還回頭對着多賓露出痛心神色。多賓這個好人，用不着這樣哀告。他很戀愛這位小姐，用不着哀告。他覺得有說不出的愁苦，憐憫及恐怖，他見過她之後，走出來，覺得自己好像是一個罪人。

當奧茲本聽說他的朋友已經見着她，他就很熱心的問了許多關切她的話。她怎麽樣啦？她神色是什麽樣？她說些什麽話？他的朋友捉住他的手，看他的臉。

『佐治，她快要死啦。』這是多賓說的話，——他不能再說了。

塞德力搬了家，用一個強健而美的愛爾蘭女子作一切家裏的事：這個女僕前幾天已經想法幫助或安慰阿米力亞，安米太憂愁，不答她，况且她還不曉得她在那裏想法幫她忙。

多賓同奧茲本說話後四點鐘，這個女僕走進阿米力亞屋子來，她還是照常的一聲不響，對着他的許多信件發愁——這些信件就是她的珍寶。這個女孩子微笑，快樂，露出奇怪神色，想了許多方法，要小姐注意，誰知她不理女僕。

那女僕說道，『安米小姐。』

安米小姐並不回過頭來看，只說道，『我就來。』那女僕接連說道，『這裏有一封信。那裏有點東西——有人——是的，這裏一封新信給你——不必再讀舊信啦。』她把信遞給小姐，小姐接了信就讀。

這封信說道，『我一定要見你。最寶貝的安米——最寶貝的愛——最寶貝的夫人，你來呀。』

佐治和她的母親都在外面，等她讀完信出來。

第十九至二十一回（删）

〔這兩回說因爲多賓出了大力，佐治奧茲本接連的同阿米力亞見面。他的父親卻在那裏忙的要他同一位有錢小姐定婚，他也不管。等到要提這件事的時候，佐治預備反對他的父親。〕

第二十二回 結婚 一部分的蜜月

毋論怎樣肯堅守，毋論怎樣大膽的敵人，也不能接連的捱餓；所以老奧茲本對於他的敵人（殆指其子佐治 譯者注）很有把握，很不關心；只要他的兒女沒得接濟，他心裏很相信他兒子自然要投降。可惜當他們父子初次鬪氣的時候，他給了他兒子許多錢，但是老奧茲本想這一筆的接濟，不過暫時的，不過展緩幾天他投降日期罷了。有好幾天他們父子兩人不通音問，老的只好悶氣不響，卻並不擾動；因爲他說他曉得在什麼地方能逼壓他的兒子，只要等逼壓的效果。他告訴他的女兒們，他父子不和所發生的事，卻囑咐她們不要理會這件事，還是一樣的歡迎佐治回家，好像並未有過這件事的。每天吃飯，還照舊擺佐治的坐位，也許老頭子頗着急的盼望兒子回家；他卻不來。有人到他的住處，咖啡館打聽，那裏的人說他同他的朋友多賓不在倫敦。

四月底有一天，大風雨，大雨掃那間咖啡館門前的路——佐治奧茲本走入咖啡室，神氣疲倦；臉無血色；穿得卻很好看，很時髦。室裏坐着多賓，也是穿藍色銅扣子的衣服，不穿軍衣。

多賓在咖啡室裏等了有一點多鐘。拿了許多新聞紙看，毋論那一張卻都不能讀下去。抬頭看鐘，看了好幾次；他看街看冒雨走路的人也不知看了多少次；他用手指敲桌子；他咬指甲，都咬遍了，幾乎咬到肉了：他在牛奶盃上，放平了茶勺；放不穩，丟下來，不知放了多少次；總而言之，他發現種種不安的記號，凡是心裏着急懸望，心境不寧的人，都是這樣作許多無謂的事消遣。

有許多他的同袍也用這間咖啡室的人，都同他開頑笑，笑他穿這樣好看的衣服，神色卻極其不寧。有一位問他是不是就要去行結婚禮。多賓大笑，說當他果然行結婚禮的時候，送他喜餅吃。後來奧茲本進來啦，穿得很好看，臉無血色，神色不寧。他用一條放了許多香水的黃色手帕擦了臉。他同多賓拉拉手，看看鐘，吩咐跑堂的拿蜜酒來。他吃了兩盃蜜酒。他的朋友很關切的問他身體怎樣。

他說道，『多賓，我昨夜通宵睡不着，等到天亮纔睡着的，頭疼發熱。九點鐘纔起來，跑來洗澡。我覺得很古怪。』

多賓答道，『我也覺得古怪。你吃點東西吧。』

『多賓，你是一個很好的老朋友。我舉盃祝你的健康脫離——』

多賓打叉說道，『你不要再喝啦，兩盃很夠啦。約翰，把蜜酒拿走。你放點胡椒在燒雞上。你卻要快點吃，時候快到，我們該在那裏啦。』

這兩位軍官說話的時候，正差一刻就到十二點鐘。奧茲本的跟人把他主人的寫字盒和小衣包放在大車裏，這輛大車在門口等了許久的了。兩位軍官上車，跟人坐在車夫旁邊，嫌車夫身上濕，罵他。

跟人說道，『好在教堂門口有可以找更好的車；這卻是一件痛快的事。』那輛大馬車就起行走過好幾條大街，趕到離孚藍路不遠的一所教堂。

有一輛車，帶着四匹馬，在教堂門口等；另外還有一輛車。因爲下雨，只有幾個閒人看熱鬧。

佐治說道，『這是幹什麼！我說過只要一雙。』

約瑟塞德力的跟人在那裏伺候着，說道，『我的主人要四。』約瑟的跟人和奧茲本的跟人跟奧茲本和多賓後頭進教堂，說道，『這是窮結婚，連喜酒喜花都幾乎沒得。』

約瑟走上前迎他們，說道，『你們來了。佐治，我的孩子，你誤了五分鐘。這是什麼天呀？很像印度的大雨節的起首。但是我的馬車是不漏雨的。來呀，我的母親和安米都在聖器室。』

約瑟眞是好看。他比從前胖得多。他的領子更高；他的臉色更紅；他的內衣的邊露在他的雜色背心外頭。他的兩雙很好看的腳穿了發光長靴；他所穿的淺藍褂子插了一朵喜花，好像一大朵開透的辛夷花。

一言以蔽之，佐治作孤注一擲。他要結婚啦。所以他臉無血色，害怕——晚上睡不着，白天很擾亂不寧。我聽過許多人行過結婚禮的，都承認有過這種情景。你若是行過三四次結婚禮，也許你就慣了；但是第一次下水，人人都說，是很可怕的。

新娘子穿的是一件棕色綢外衣，戴了有粉紅色帶子的草帽；帽上披了一條通花白色面紗，是她的哥哥約瑟送的。多賓請她受了一個金錶連金鏈，她這時候戴在身上；她的母親給她一枝金鋼鑽胸針——這位老太太幾乎只剩這件首飾啦。當行禮的時候，老太太哭了又哭，只有那個愛爾蘭女僕還有一房東的女人伽拉普奶奶安慰她。老塞德力不肯來。約瑟代表他父親，是他遣嫁，多賓伴新郎。

教堂裏只有教士等，和結婚人，和他們的親友，跟人們，並無他人。兩個跟人離開遠遠的坐在那裏，帶點很無禮的樣子。雨在窗上直流。無人說話的時候，聽見雨聲和塞德力老太太哭泣聲。教士的聲音經過光牆廻響是慘悽的。奧茲本的「我願意」說得很沉的。安米的回答是從心裏跳到唇邊的，卻幾乎無人聽見，只有多賓聽見。

行完禮之後，約瑟走過來吻他的妹妹，好幾個月以來這是他頭一次吻她——佐治的愁悶神色消滅了。這時候好像是很得意很有光彩。他很相愛的把手放在多賓肩上，說道，「維廉，輪到你啦；」多賓走上前，觸阿米力亞的臉。

於是他們走入禮器房，在册上簽字。佐治抓多賓的手，說道，「多賓，上帝保佑你。」佐治很像兩眼含淚。多賓只是點頭答他。多賓心裏是滿意極了，說不出話來。

奧茲本說道，「你立刻寫信，你能來就來。」塞德力老太太同女兒話別之後，新娘新郎就出去上車。教堂門口站了幾個身上濕了的孩子，佐治喊道，「小鬼們，走開。」他們上車時候，大雨倒在他們臉上。當車馬在泥水裏趕走的時候，那幾個孩子喊了幾聲悽慘的喝采聲。

多賓站在教堂的門廊看，樣子很古怪。一堆旁觀的人笑他。他既不是想他們，也不是想他們的笑。

有聲音在他的背後說道，『多賓，回家吃中飯吧，』一隻手放在他肩膀上，他的半睡半醒，方被打叉，但是這位佐領無心去同約瑟塞德力去吃喝。他把那位哭哭啼啼的老太太，約瑟，送上車，他一言不發就走了。這一輛馬車走啦，孩子們又喊了一陣帶挖苦的喝采聲。

多賓說道，『小乞丐們過來，』他給了他們幾個六便士，自己一個人冒雨走了。喜事是辦完了。他們結了婚，歡樂，他祈禱上帝。自從他當孩子以來，未有像今天這樣可憐，這樣寂寞的了。他渴望到心痛，望頭幾天趕快過去，他就可以再見她的面。

話說他們結婚後十日，有我們認得的三個少年，一面看窗子裏的光景，一面看藍色海水，這是布來屯 (Brighton) 地方給遊客的好處。從一個窗子裏，有鋼琴的音韻出來，有一位鬈髮女子在那裏每天彈六點鐘的鋼琴，同居的人很高興：另一個窗子裏是一個小鴉頭頑孩子：這孩子的父親在下一層的窗子裏吃大蝦當早餐，讀『時』報。那一邊有一位小姐等着，看少年軍官走過，他們一定在山岩山散步的；不然，就是一個從倫敦市來的人，好逛海邊的，拿了一個遠鏡，足有六磅炮那麽大，向海上望，所有的遊戲船，漁船，洗澡機器，來來往往，都可以望見。但是我們沒得閒工夫描寫布來屯啦。

這三個散步的人，內中有一個對那兩個說道，『租住在女裁縫店樓上的一個女子，多麽美貌呀！克洛里，當我走過的時候，她很對我瞬了一眼，你看見嗎？』

那一個說道，『約瑟，你這個光棍，不要破了她的心，你這個蕩子，不要拿她的愛情當兒戲！』約瑟聽了很高興，說道，『你走開，』一面招頭看那個女僕，女僕用眉眼傳情。他現在穿得十分漂亮，比當他妹子出嫁那一天穿得要好看。他近來很學軍人樣子，同兩個軍人朋友走，把靴鞋距弄得很響，見着好看的女僕，都要同她們眉眼傳情。

這個冶遊公子問道，『堂客們未回來之先，我們幹些什麽？』堂客們坐了他的馬車，出去逛了。

他的朋友，身材高，黑鬚子的，說道，『我們不如打牙球。』

約瑟有點恐怖答道，『佐領，我再也不打牙球啦。今天不打啦。克洛里，昨天我打够了。』

克洛里笑道，『你打得很好，奧茲本，你說是不是？』奧茲本說道，『打得眞好。約瑟不獨球打得好，毋論頑什麼東西也是好的。我很想這裏左近有老虎好打；飯前我們還可以去打死幾隻老虎。（那裏有一個美貌女子！約瑟，你看，她的脚踝，有多麼好看呀？）你告訴我們打虎的故事，你當日怎樣的在樹林裏打死那隻老虎——克洛里，這是很奇怪的一件事。』佐治奧茲本這時候打呵。他說道，『這裏實在是無聊得很；我們該幹些什麼？』

克洛里說道，『我們不如去看看新從集（馬市）裏帶來的幾匹馬？』

那個光棍約瑟說道，『我們不如去某店那裏吃凍子，那裏很有美貌女子，』他的意思是想一矢射雙鵰。

佐治說道，『我們不如去看飛電快馬車到站；』這是時候啦。還是他這一個條陳佔優勝，他們三個人於是掉過頭來，向馬車站走，看快馬車到站。

當他們走過的時候，他們遇着大車——就是約瑟的廠車車上繪了極華麗的徽章——他常坐這輛馬車在倫敦郊外出風頭，一個人坐在車上，兩手叉在胸前，帽子斜斜的，很威風；有時有一個婦女坐在身邊，他更歡樂。

現在車裏是兩個人：一個身材小，淡色頭髮，穿得最時髦；一個穿棕色綢外衣，戴紅邊的草帽，臉圓，玫瑰色，滿臉歡樂，我們看一眼都是好的。當那輛馬車快走近這三位男人時候，她吩咐停車，吩咐過之後，她有點畏怯，很無理的起首臉紅。她說道，『佐治，我們跑馬車，很快樂，我們回來了，很高興；約瑟，你不要叫他回家太遲。』

利貝克說道，『塞德力先生，你不要把我們的丈夫教壞啦，你這個壞人，』他用穿了最好看的法國製的皮手套的手的一隻很好看的小手指，對約瑟揮。她又說道，『不許打牙球，不許吸烟，不許淘氣！』

約瑟對答的話，只能說出『我的克洛里太太——哈！哈！我絕不能他居然能够坐得還舒服，頭靠住他的肩膀，抬頭對着他的犧牲笑，這一隻手放在他背上，用手杖支住，那一隻手（戴了金鋼鑽戒指）在內衣緣邊和背心裏亂掏。當馬車趕走的時候，他用那隻有金鋼鑽戒指的手，送吻給那兩位美貌太太。他這時候得意到了不得，恨不得全個倫敦郊外，印度各處的人，能够看見他這時候的樂境，對這樣美貌女人，擺手，同侍衛營的羅登克洛里這樣一個有名的冶遊公子同車。

佐治奧兹本和阿米力亞結婚之後，這兩個新夫婦就走來布來屯過幾天；在船店租了幾間房子，過得很舒服，很安靜。後來約瑟也來了。他們不獨得了約瑟作同伴，還有別的熱人也來了。有一天他們從海邊散步回客寓的時候，他們碰見的還不是利貝克和她的丈夫嗎？兩方面一見就認得。利貝克就飛入她的最寶貝朋友的懷裏。克洛里與奧兹本拉手：過了幾點鐘之後，貝克居然想出法子叫奧兹本忘記了他們從前一次的拌嘴。她說道，「奧兹本佐領你還記得嗎？末了一次我們在克洛里小姐家裏見面時候，我對於你很無禮。我那時候以爲你不理阿米力亞。我因爲這件事很生氣：很鹵莽：很刻薄：很忘恩。饒恕我吧！」她一面很摯誠很大方的伸出手來，奧兹本只好同她拉手。讀者要曉得，你只要卑躬坦白認錯，你不曉得有多少好處。我有一次曉得一個在浮華世界閱世很深的人，他常對於鄰居，特爲作點小小不對的事，以便後來坦白大方對鄰居認錯。他得了什麽效果呢？我這位朋友處處都被人歡迎，人家都說他這個人誠然是性急——卻是一個老實人。貝克當面認錯，奧茲本以爲她是一個誠實人。

這兩對少年夫婦彼此都有許多故事好說。他們談他們結婚的事；對於他們前程，都是極其坦白的討論。佐治同阿米力亞結婚，隨後由多賓告訴佐治的父親；佐治對於告訴後的結果，卻很發抖。羅登的希望所依賴的克洛里老小姐，現在還是不理他們。他們因爲不能進公園巷宅子的大門，這位老小姐的極孝順的姪兒姪婦就跟她到了布來屯。她住處的門口，他們卻布滿了偵探。

利貝克笑說道，「我很想你能夠看見常在我們的門口的克洛里朋友們，我的寶貝，你向來見過討債人麽？見過地保和他手下的人麽？我們的客寓對過就是賣蔬菜店，上一個禮拜，曾有這種下流人在對過看守着，等我們出來。我們一直等到禮拜日纔能出門。倘若姑母不後悔，我們怎麽辦呀？」

羅登大笑，說了十幾段關於討債人的故事，及利貝克對付他們的妙法。他發誓說，全個歐洲，沒得一個女人能夠用說話敷衍討債人，勝過利貝克的。他們一結婚之後，立刻就有人來討債，利貝克就起首使手段，羅登就起首見得這樣一位太太，有無窮的妙用。他們賒帳賒得眞不少，欠帳也不知有多少，沒得現錢很費事。羅登欠了這許多債，他着急嗎？他毫不着急。誰不看見在浮華世界上的人，過借債舒服日子的，誰不是很講究飲食起居的？他們要什麼有什麼；心裏還是很安樂的。羅登夫婦在布來屯住的是頂好的房間；店主人送第一樣菜進來的時候，對他們鞠躬，當他們是頂闊的老客人：羅登卻罵菜不好，罵酒不好，國裏頂闊的人的派頭也不過這樣。只要你住得久，只要你擺出大架子來，店主們待你如同待在銀行裏存款很多的人一樣。

這兩對新夫婦常彼此往來。兩三夜之後，當太太們另坐在一處談話的時候，男人們打小牌，這種消遣，和約瑟走來（坐大車馬車來的）同羅登打牙球，很孝敬了羅登幾個錢，他就有了現錢花，得了許多好處。

再說這三個人就走去看飛電馬車到站。果然到的時刻很準，這輛大馬車內外都塞滿了客人，如飛的跑來，吹着喇叭，趕到車站。

佐治看見他的朋友在車上，喊道，『好呀，多賓來了。』他早已答應來，卻等到今天纔到。多賓下了車，奥茲本同老朋友拉手說道，『老朋友，你好呀？你來了，很好。安米很歡喜見你。』隨卽低聲抖抖的問道，『有什麼新聞，你會到我家麽？老頭子怎樣說？你都告訴我。』

多賓臉上很無血色，很嚴重。他說道，『我見着你的父親。阿米力亞，佐治太太怎麽樣啦？我回來把新聞都告訴你：但是我帶了最要緊的新聞來：就是——』

佐治說道，『老朋友，你說出來呀。』

『我們奉令往比利時。全軍都去——連侍衛營都去。哈維圖巴（Heavytop 軍官名，譯言上重下輕　譯者註）害脚風病，動不得，氣到發狂。奥都特（O'Dowd）當司令，下禮拜我們就要從茶擔木（Chatham）出發。』

少年夫婦們聽見就要打仗，自然很震動，男子們個個都露出很嚴重神色。

第二十三回至第二十四回（删）

［這兩回說多賓把佐治同阿米力亞結婚的事告訴老奥茲本。奥茲本老頭子在家傳的聖經裏，他的兒女的名單上，除了佐治的名，不當他是兒子，預備不分給他家產。佐治雖要赴前敵打仗，也不

能絲毫移動老頭子的主意」。

第二十五回　重要人物都以爲該離開布來屯

佐治帶多賓到船店裏見太太們，多賓露出快樂和好說話的神氣，這卻證明這位少年軍官變作一個更有手段的作僞人了。他想法子遮掩他自己私人的感覺，第一層是因爲看見阿米力亞不比從前，現在是新嫁娘啦，第二層因爲他要遮掩他心裏顧慮到他帶來的悽慘新聞，必定會令他很難過的。

他說道，『佐治，我的意思以爲等不到三個禮拜，拿破崙的騎兵步兵就攻我們，叫公爵忙碌，使西班牙戰事同眼前的戰事相比，不過是兒戲。但是你切勿告訴你的新在人。也許我們這一方面並無任何戰事，我們在比利時不過是駐防罷了。有許多人都是這樣想；比國都城有許多闊人，有許多時髦夫人小姐們。』他們於是約好，對阿米力亞說，英國軍隊往比利時不過是駐紮，不會有戰事的。

他們兩個人安排好了這個作僞的多賓見了佐治奧茲本太太，很快活的行禮，她現在是新娘子，他恭維她幾句（恭維得極笨，走了火不生效力），隨卽談及這裏的海面空氣，地方上的熱鬧，路上的美，飛電快馬車的好處——阿米力亞簡直是不懂他的意思，利貝克覺得好笑，他卻很留心的觀察多賓，凡是走近她身邊的人，她都是這樣小心觀察。

我們必要承認，阿米力亞不甚恭維她丈夫的朋友，多賓佐領。他說話刁嘴，他的相貌不好看，很平常：舉動很笨，很難看。她喜歡他，爲的是他親附她的丈夫（這原算不了什麼）。她以爲她丈夫肯同他作朋友，這是她丈夫大度愛人的地方。佐治常學多賓說話不清（刁嘴）和古怪樣子給她看，但是我們要還他一個公道，他常說他朋友的諸多好處。當她得意的時候，尚未立卽曉得多賓爲人，她不甚看得起他——他也很曉得她的意思，很低首下心的忍受。將來有一天她曉得他更深，就改變了她對於待他的見解；但是日子還遠咧。

說到利貝克，多賓同這兩位太太談話，不到兩點鐘，她就曉得他的秘密啦。她不喜歡他，心裏很怕他；他也不甚喜歡她。多賓原是極其誠實的一個人，她的巧妙手段，她奉承動不了他，他自然而然的拒絕她，躲避她。因爲她並不比別的女人強，也是一樣的會吃醋，因爲他崇拜阿米力亞，故此很不喜歡她。雖是這樣說：她同他還是很恭敬很和氣的。奧茲本的朋友麼！她的最寶貝的恩人的一位朋友麼！她說她永遠誠心愛他她很記得那天晚上在服克斯和爾的故事，當二位太太打扮去吃大餐的時候，她還同他開點頑笑。羅登不甚理多賓，約瑟卻莊嚴的同他要好，洋洋有德色。

當佐治同多賓兩個人在多賓屋裏的時候，多賓從他的寫字盒拿出一封信來，是老奧茲本託他轉交兒子的。佐治看信皮帶點驚恐，說道，「這不是我父親的筆跡的確不是的，這封信是老奧茲本的律師寫的；信曰：

「先生，我奉奧茲本先生之命轉告你，他還是照着他從前對你說過的一番話行事，又因爲你既喜歡娶了親，他從此以後不當你是他家裏的人。這是末後的定見，是不能挽回的定見。

當你未成丁的時候，你所花過的錢，和後來這幾年你那樣浪費支用過的錢，雖然是很透支過你所應得的款項（是你已死的母親的財產三分之一，你母死後，這宗款項分給你和兩位奧茲本小姐）；我奉奧茲本先生之命對你說，他不在你名下的財產扣還，撥二千磅給你，四厘息（卽是六千鎊之三分之一），一經取得你的收據，就交給你或你的代理人。一八一五年五月七日希格斯（Higgs）。』

『又啓者，奥玆本先生叫我對你說，關於這件事，或毋論任何他事，他不肯受你的任何口信，信件，通知。這次說過，就算數。』

佐治很野蠻的對多賓說道，『你把這件事辦得太好了。』他把他父親的信摔給多賓，說道，『多賓，你看呀，我變了一個乞丐啦，全爲的是鍾情。我們爲什麽不等候？當打仗的時候，一個彈子過來早可以把我打死了。將來還是可以打死我的，安米變作一個寡婦，於她有什麽好處？全是你幹的。你一定要我結了婚，把我毁了，你纔能够安心。二千鎊叫我怎樣過呀？二千鎊不够兩年的花銷。自從我到了這裏以來，我同克洛里打牌打球，我已經輸了一百四十鎊給他了。你眞是一個會替朋友辦事的人。』

多賓很無聊的讀過這封信之後，答道，『我不能不承認你的地位很爲難，你說得不錯，有一部分原是我鬧出來的。』他很帶點不高興，又說道，『很有人願意同你換地位。我請問你，軍營裏有幾位佐領有現成二千鎊呀？你只好靠薪俸過日子，等你的父親回轉過來，倘若你死了，你每年留一百鎊給你的太太。」

佐治大怒說道，「你以爲我這樣花慣錢的人，一百鎊一年就够我花的麽？多賓，你說這句話，你就是一個騃子。這幾個錢就够我在社會上保全我的身分嗎？我不能改我的習慣。我一定要享許多福的。我不是吃大麥粥養大，如同某軍長，我也不是吃馬鈴薯養大，如同奧都特（蘇格蘭人居多吃大麥粥過日，愛爾蘭人居多吃馬鈴薯過日 譯者註）。難道你要我的太太替軍人們洗衣服麽？難道你要我的太太坐在行李車上，跟着軍隊走麽？」

多賓還是很和氣的說道，「也罷，也罷，我們替她找一輛較好的車子。但是，佐治，你要記得，你此時不過是一位被廢的太子；當鬧大風潮的時候，你該安靜，不要鬧，風潮是不會久的。只要官報上說及你的名字，我敢擔保你的老父對於你是會回心轉意的。」

佐治答道，「官報上有名麽？在官報上那一部分有名？在陣亡及受傷的報告單上，還許是列在第一名。」

多賓說道，「呸，等到受傷纔喊，也還來得及。佐治，你是曉得的，倘有什麽不幸發生的話，我還有不多的幾個錢，我又是個不娶親的人。』他又微笑說道，『我不會忘記我的乾兒子的。』於是兩個人不吵嘴了——他們兩個人從前一向就是這樣——佐治總是無緣無故的責備他的老朋友一場，隨後說久同多賓生氣是一件不可能的事，就很慷慨的饒了他。

羅登在他的梳洗房裏對太太喊道，『貝克。』那時候她在自己屋裏打扮，出來吃大餐，貝克的尖利聲音說道，『什麽？』她正在那裏轉過頭來照鏡子。她穿上雅緻頂鮮的白衣服，露出肩膀和小頸串，一條淺藍帶子，現出少年女子的天眞爛漫和歡樂。

克洛里走出屋裏來，用兩把刷子在頭上敲兩下，很歡樂的看他的美貌太太，說道，『奧兹本若是隨軍出發，奧兹本太太幹些什麽呢？』

貝克答道，『我猜她哭到哭到眼睛都出來。她一想到這件事，已經對我啼泣過十多次啦。』

羅登看他的太太過於無情，半怒的說道，『我猜，你方不管咧？』

貝克答道，『你這個沒出息東西！你還不曉得我想同你去麽，況且你與他們不同，你去是當軍長的副官。我們不是赴前敵的。』羅登太太舉起頭說，神氣很迷她的丈夫，他禁不住低下頭來吻她的頭。

貝克接着說道，「羅登寶貝——你想想看——你當愛神未走之先，不如同他要債，是不是？她稱佐治奧茲本作愛神。她曾恭維他美貌有十多次了。當未睡之前奧茲本常跑到羅登這裏來，兩個人打牌，她常在他背後看。

她屢次說奧茲本是一個可怕的放蕩東西，常恐嚇他要把他的不正經舉動和淘氣浪費習慣，告訴安米。她拿雪茄點着了送給他；她曉得這種擺佈的效果，從前對於羅登克洛里試過多次。奧茲本以爲她風流，痲利，古怪，特別可愛。當他們跑馬車和吃大餐的時候，貝克自然是出風頭，蓋過安米，安米是不說話的羞怯的，羅登太太和安米的丈夫卻不然，不知滔滔不絕的兩個人說了多少話，羅登一言不發，只在那裏吃，吃得格格的響（後來約瑟到了，也是這樣）。

安米很放心不下她的朋友。利貝克的聰敏，活潑，和材藝，很令她不安，她同佐治結婚不過一個禮拜，佐治就已經覺得無聊，很想同別人在一起！她恐怖將來。她想他怎樣聰明，怎樣漂亮，我這一個無能傻東西，我怎樣能够作他的同伴？他肯娶我，他是多麼大度呀：——他什麼都不要，屈尊娶我我原該不要他娶我的，不過我沒得這副心腸。我應該在家不嫁服事爸爸的。她這時候纔第一次想起來她不顧父母滿面通紅，覺得難受。她想道，『唉！我這個人很不孝很自私——父母受痛苦，我忘了他們，這是我自顧自——勉強佐治娶我，又是我自顧自。我曉得我配不上他——我曉得他沒得我也是會歡樂的——但是我卻試過不嫁他。』

一個新娘子，結婚還不一個禮拜，心裏就發生這樣思想，這樣認錯，也未免太難爲這個新娘子啦。她的情景卻真是這樣。有一天是五月晚上，月亮非常之好（多賓還未來到），和暖怡人，窗子大開，佐治和利貝克在露臺上看海，羅登和約瑟在裏頭搖骰子——阿米力亞坐在一把大交椅，沒得人理她，她只好看看在露臺上的一對，和賭錢的一對，覺得絕望後悔。結婚方到一個禮拜，就到了這種地位了！

佐治也許是心太軟，也許是太過注意他的領條，不能立刻把他的同袍從倫敦帶來的新聞告訴阿米力亞。他卻走進她屋裏，手上拿了律師的信，神色很嚴肅，很鄭重。她的太太，最好防察禍害的，以爲大禍臨頭，跑到丈夫身邊，求她的最寶貝的佐治把什麽話都告訴她——他是奉命赴前敵；下禮拜就開仗——她都曉得。

最寶貝的佐治躲閃她所問的出征異國的盤問，很慘然的搖搖頭，說道，「安米，不是的；不是這件事：我自身卻不打緊：我爲的是你。我得了從父親那裏來的惡消息。他不肯同我通音信；他把我們摔出來了；叫我們過窮苦日子；我能撒手過苦日子；但是你，我的寶貝，你怎樣能受窮苦呀？你讀信。」他把信遞給她。

阿米力亞聽她的高貴英雄說這幾句慷慨激昂的話，兩眼帶溫柔的恐怖神色，坐在床上，讀信。但是讀過這封信之後，她的神色反淸爽得多。同我們所戀愛的人分受窮乏，自熱血的女人看來，並不是什麼不如意的事，作者已經說過了的。這種想念，居然令阿米力亞心裏舒服。當這個不該歡樂的時候，她反覺得歡樂，自己覺得有點慚愧，強制自己，很無聊的說道，「唉！佐治，你同你的父親乖離，你的心不曉得多麼痛苦呀！」佐治帶點愁痛神色，說道，「我的心很痛呀。」

她接連說道，「他不能同你久生氣，我很曉得，無人能夠同你久生氣的。我的最寶貴最仁慈的丈夫，他必定饒恕你的。呀！倘若他不能饒恕你，我將永遠不能饒恕我自己。」

佐治說道，『我的可憐的安米呀，我並不是爲我自己的不幸而憂慮，我憂的是你的不幸。我不慮過窮苦日子；我不是自誇的話，我想我的才具足够在世上進行。』

他的太太打义說道，『你是有才具的，』她以爲戰事一經告終，她的丈夫立刻就是軍長。

奥茲本接連說道，『是呀，我將能够進行，如同他人一樣：但是你，我的寶貝女孩子，你怎能够忍受失去了許多享受和社會上的身分，這都是我的太太應得的？我的至寶貴的女孩子住在兵房；軍人的太太在行營裏；忍受種種騷擾和困乏！使我難受。

安米因爲丈夫只爲這一件事發愁，她卻放了心，抓住他的手，滿臉發光采，帶着微笑起首唱時髦曲子裏頭的一段，這一段裏頭先是女英雄責備她的丈夫不理她，隨後就說倘若他不變心，待她好，不拋棄她，她答應補他的褲子，弄酒給他喝。她停了一會子，這個當口她的臉很美很樂，說道，『佐治，二千鎊不是很多錢啦嗎？』

佐治笑她太老實；後來兩人下樓吃餐，阿米力亞扶住佐治的膀子，還唱那時髦曲子，快活得很，比前些日子快活得多。

吃餐的時候，並不愁悶，吃得很快樂。佐治讀過律師給他的信，心裏原是很愁悶的，卻因眼前就要開赴前敵抵擋住了。多賓還是一樣好說話。他把那前往比利時的軍隊告訴他們，說是日夜宴會。這位巧妙佐領因爲別有用意，就描寫奧都特少佐太太怎樣收拾她自己的和她丈夫的行裝，怎樣把她丈夫頂好的肩章塞在茶葉罐裏，卻把她自己的有名的黃色頭巾上面有一隻天堂鳥的，用棕色紙包着，鎖在少佐的錫製的三角帽盒裏，不知將來在根脫 (Ghent) 見法國君王或在比都赴宴會時，有什麼效果。

阿米力亞聽了，嚇了一跳，喊道，『根脫！比國京都！佐治，軍隊奉命出發麼？是不是出發？』她的可愛微笑的臉，露出恐怖，抓住佐治。

他很和藹的答道，『寶貝，不要害怕。不過坐十二點鐘的船。不會傷害你的。安米，你同我一道去。』

貝克說道，『我打算去。我是單上有名的。達甫圖 (Jufto) 軍長是最喜歡對我獻媚的人。羅登，是不是？』

羅登大笑，多賓的臉發紅。說道，『她不能去。你想看有多麽——，』他原要說危險兩個字，卻止住不說了。他終席所說的話，都是要證明至無危險的。他忽然不說出來，變作忙亂，不響了。阿米力亞非常的高興說道，『我必定去，我願意去。』佐治恭維她有決斷，拍拍她的下巴。問在場的人曾否看見過這樣一位潑悍的太太。衆人都說她應該陪他去。佐治說道，『好在有奥都特太太照管她。』她只要丈夫在她身邊，她還管什麽？他們分離的痛苦就是這樣消滅了。打仗和危險是有的，但是打仗危險也許再過幾個月纔發生。毋論怎樣，總有展緩的時候，這就能使阿米力亞歡喜，同停戰一樣的歡樂，多賓心裏也很歡迎。現在他的最大的利益和希望就是要見她，他心裏盤算他要怎樣的防護她。他想，設使是我娶她，我不讓他同去。但是佐治是她的丈夫，只好不勸他。

後來是利貝克摟住阿米力亞的臉，引她離開飯桌，男人們在那裏討論許多重要事體，很高興的吃酒說話。

那天晚上羅登接到她太太的一封信，他雖然是把信弄成一團，立刻在蠟燭上燒了，我們

（指作者　譯者註）的運氣好，曾在利貝克的背後看見這封信。這封信說道，『緊要新聞。標特太太走了。你同愛神（卽佐治奧茲本　譯者註）追賭帳，他明天就許動身。你要記得。利。』故此當衆人正要走入堂客的屋裏吃咖啡的時候，羅登摸摸奧茲本的手肘，很客氣的說道，『奧茲本，你若是便的話，請你把那筆小款還我。』誠然是不便，佐治也只好從小册子裏掏出許多鈔票給他，另外一張一個禮拜期的支票。

這件事辦完之後，佐治，約瑟，多賓三個人商量，一致的商定明日坐約瑟的廠車回倫敦。我看約瑟原想不走，要等到羅登克洛里離開布來屯纔走，但是佐治多賓兩個人不許，他只好答應送他們回倫敦，吩咐備四匹馬。翌日吃過早飯，他們走了。阿米力亞起得很早，收拾箱子，收拾得很快，那時候奧茲本還躺在床上，嘴裏說很可憐她沒得一個女僕幫她忙。她卻是很高興自己一個人辦。她對於利貝克心裏已經有點不安；她們雖然是彼此很相愛的相吻；我們卻都曉得吃醋是怎樣一回事；阿米力亞既是一個女人，也有女人們這樣的美德。

［下略。羅登竭力要同他的姑母克洛里老小姐和解，卻完全無效，他兩夫婦也只好離開布

來屯。

第二十六回　在敦倫與茶坦木之間

我們的朋友佐治，原是有位分的人，是一個時髦人，從布來屯動身，自然要坐四馬大車，趕到一個濶地方的大飯店，裏頭有一排頂華麗的套房，飯桌上擺着金銀器皿，有六七個穿黑衣服不說話的堂倌圍着，預備歡迎他和他的新娘子。佐治好像一位王公那麼濶，作主人請約瑟和多賓；阿米力亞這是頭一次坐在女主人的位，非常的羞怯。

佐治說酒不好，又難爲堂倌們，約瑟喝脚魚湯，很滿意。因爲女主人不知擺在她面前的湯盌裏頭是什麼東西，既不放脚魚肉，又不放脚魚脊，就送湯給他，還是多賓替他添上的。

多賓看見這樣華美的屋子，又看見酒菜這樣考究，有點害怕，飯後當約瑟在交椅上睡酣的時候，他就規勸佐治。佐治脚魚和香賓酒，原是大主教請客的派頭，他責備佐治不該這樣濶綽；責備也是毫無效果。佐治說道，『我出門旅行是習慣了擺上等人架子的，我的太太應該作出上等女人樣子。只要我的口袋裏還有一個錢，我不要她乏供應。』這就是這位慷慨人說的話，他很喜歡他自己的氣概。多賓卻不去使他相信阿力米亞的歡樂，不在乎脚魚湯。

吃過飯之後，有一會子工夫。阿米力亞說要到孚藍看母親：佐治卻帶點不願意的許她去。她就逃跑了，走進她的極其寬大的臥室，中間擺着很大的殯床，堂倌們說當聯盟國帝王在倫敦的時候，亞力山大帝的妹妹就睡在這大床上。她很快很樂的戴上小帽子，披上披肩。當她回去飯廳的時候，佐治還在那裏吃紅酒，並無想走的意思。她問道，「至寶，你不陪我去嗎？」「至寶」今晚有事，不能奉陪。他的跟人僱車陪她去。馬車到了大飯店的門口，阿米力亞看看他的臉，毫無效果，只好失望的對他屈屈膝，慘然的下樓，多賓跟下去，送她上馬車，吩咐車夫趕到地。那個地方原來是窮苦人住的，連跟人也不好意思當着大飯店的堂倌面對車夫說，只好說趕上前再把地名告訴他。

多賓走回去他所住的老地方，他心裏大約是很想同奧茲本太太同車。佐治卻無這樣的雅好；因爲他喝够了紅酒之後，走去花半價看戲，奧茲本佐領是很好看戲的，他自己還會演戲，營裏演戲的時候，他曾登過臺，演得很好。約瑟一直睡到天黑後纔醒。堂倌們挪動酒瓶，倒出餘酒，纔把他驚醒，他嚇了一跳；又喊了一輛車送這位肥胖英雄回寓。

老塞德力太太看見馬車到了門口。自然是很熱心很慈愛的走出去，歡迎這個啼哭發抖的新嫁娘。收拾小花園的老家人，看見了害怕，退後。那個愛爾蘭小女僕從廚房走出來微笑說道，『上帝保佑你。』阿米力亞幾乎不能走入小客廳。

讀者凡是稍有點情感的人，都可以很容易的想像母女兩人見面，可怎樣的啼哭，怎樣的摟抱，作者不必細說啦。我請問，什麼時候，婦女們纔不哭？當什麼歡樂，憂愁，或他種事體的時候，纔不哭？嫁女的時候，母女自然是自由的哭。我曾見過兩個女人本來是互相怨恨的，關於嫁娶問題，他們會相吻，相向啼哭的。兩個女人既是相愛的話，自然更要哭啦！女兒出嫁的時候，母親就好像又嫁一次：至於後來的事，誰不曉得當外婆的格外母性呀？——其實凡是一個女人，必定要等到她當了外婆的時候，纔能實實在在曉得當母親。阿米力亞同她的母親當天快黑的時候，在屋裏怎樣的附耳說話，怎樣的嗚咽，怎樣的笑，怎樣的哭，我們爲要批評，我們卻要敬重這種事。老塞德力就是這樣。他並未猜着趕到門口的馬車裏面是誰。他並未跑下樓來會他的女兒，當她進屋的時候他卻很熱情的吻她（他在屋裏還是照常的讀信件和賬目），他陪他們母女兩人坐了一會子，走出去，讓他們。

自從她離開這小房子，離家，不過九日——好像是過了許久的。已往同現在之間相隔了多麼大的一片海灣呀！她從現在的地位，當作另外一個人，追想既往，追想她未嫁時吸收於愛情的時候，兩眼只見一個人受了父母的愛情，雖說是並非毫不感激，至少也是看得冷淡，好像是應該享受的——她的心肝她的思想全在完成一個欲望。她追想雖過去不久而已經遠逝的既往日子，覺得慚愧；見她母親的光景，滿肚都是慈愛的追悔。獎品是到手了，難道贏得獎品的人還懷疑團，還不滿意麼？凡是作小說的人對於他書中的男英雄女英雄結了婚之後，大概就閉幕，好像是這本戲已經演完了：什麼人生的疑團和競爭都告終了：好像是一結婚之後，向前去都是春天，都是快樂的，好像兩夫婦無所事事，終天惟有手拉手，一直到老，都是歡樂的，都是十成的收穫。但是我們阿米力亞纔結婚，已經很憂慮的回頭看在彼岸的同她送別的朋友們。

因爲新嫁娘回門，她的母親要忙着要大請女兒，於是跑到底下廚房，動手預備華美的茶點。

說到表示好意，各人原有各人的意思，這位老太太以爲一個小饅頭，另外一個小碟上鋪滿了蜜餞橘皮，必定是請新嫁娘回門的，很合宜的點心。

當她母親在廚房忙着預備點心的時候，阿米力亞走上樓，不知不覺就走進她未嫁時所住的小屋子，坐在椅子上。她往椅背一靠，好像這把椅子是個老朋友；就想到前一個禮拜和這個禮拜以前的生活。她此時已經不樂的空泛的追念從前的事：當時很煩心的想什麼東西，等到想到手了，不獨不令人快樂，反令人疑惑，令人悽慘：在浮華世界，這樣可憐的人，真不少。

她在椅子上追想從前的佐治的形像，這是她未嫁以前所對着跪拜的。她自己曾承認她所崇拜的宏麗英雄與實在的本人，怎樣的不同麼？這要經過許多許多年，然後女人的驕氣和慕虛榮的性情，纔讓她承認，她若是果然承認，那個男人必定是很不良的。想到這時候利貝克的閃光綠眼珠和有毒的微笑對着她，令她喪膽。

她看雪白的小床，前幾天原是她的床，今晚她想睡在這床上，早上醒來，母親對她微笑，同從前一樣。她卻想起那所闊飯店，有一間大房子，中間有一鋪很大的殯殮床，在那裏等她去睡。可實的小白床呀！她有過多少次，長時不眠，在枕上啼哭呀！她從前怎樣的絕望，只盼望死在這床上；現在她的全數想望都完成了，她以爲得不着的愛人現在不是已經到手啦嗎？慈心的母親呀！她怎樣的耐煩怎樣的慈愛守護着這張小床呀！阿米力亞走過去，跪在床邊；這個受了傷，膽怯，而柔和多情的靈魂，跪在那裏求慰藉，我們卻要承認，她很少從這裏求慰藉的。她一向都是信仰愛情的；這時候這副悽慘流血失望的心腸，起首覺得要另外一個慰藉人啦。

我們有權利轉述或偷聽她的祈禱話麼？兄弟們，這是祕密，出乎浮華世界之外的，我們所說的故事是在這個世界之內的。

但是我可以說，當請她下樓吃茶點，她走下來的時候，她的精神好得多；她不是同往日那樣失望，或哀傷她的命運，或想起佐治的冷淡，或想起利貝克的眼啦。她下樓吻父親母親，對老頭子說話，使他很快樂。她坐下彈多賓買來送給她的鋼琴，唱她父親所愛聽的歌曲。她很稱讚茶點好。她竭力要人人快樂，她自己也快樂；回去睡在那張殯殮床睡得很着，等到佐治從戲院回來，她方微笑的驚醒。

第二天佐治又要辦別的事，他一到了倫敦就寫了一封信給他父親的律師，要明天同律師見面。他住在飯店裏，打球打牌輸給克洛里佐領的錢，幾乎把他輸乾淨了。他的口袋裏要裝些錢方好旅行，卻無法可想，只好先支用他父親吩咐律師給他的二千鎊。他心裏是完全相信他父親不久必定會轉灣的。毋論什麼父親，能夠堅持許久反對如他這樣可以作模範的兒子麼？倘若以往的及他個人的長處不能令父親轉灣，佐治打定主意在眼前的戰事中，異常的奮勇，老頭子一定會讓步的。倘若這樣還不能呢？吓！怕什麼，眼前都是世界。他打牌的手運可以變好的，二千鎊錢不在少數，有得花啦。

他又打發馬車送阿米力亞回娘家，請她和丈母自由的置辦東西，替佐治奧茲本太太這樣身分的人及行裝，預備到外國旅行。她們只有一天工夫辦行裝，這一天自然是很忙的。塞德力太太今天又坐一次馬車，從這間女裁縫店到那間細布店買辦東西，有時候是阿諛的買賣人，有時是多禮的店鋪主人，送她上車，她就覺得幾乎同從前一樣的快樂，這是自從老塞德力破產以來她第一次覺得眞歡樂。阿米力亞出來買好東西，講價錢也覺得快樂。（毋論什麼人，卽使是最講哲學的人會看得起不歡喜上街買東西的女人麼）？她服從她丈夫的吩咐，令自己快樂一場，買了許多女人用的東西，店裏的人都說她知雅，挑選得很好。

後來的戰事，奥兹本太太是不甚關心，她以爲幾乎不用見仗，就可以把拿破崙打倒了。馬給特（Margate）的郵船是天天開行，滿載了時髦男女往比都和根脫。他們居多是去遊覽的，不是去觀戰的。報紙上把這個可憐蟲的暴發戶和大騙子（殆指拿破崙 譯者註）恥笑够了，挖苦够了。這樣的一個可憐蟲科西嘉（Corsica）島人能够敵得過歐洲的軍隊和名垂不朽的威靈敦的天縱之才麽？阿米力亞把拿破崙看得一文不值；這個溫柔女子拿她左右前後的人的見解作自己的見解，她這樣易於相信他人的人，太過卑抑，不肯替自己想的。總而言之，她母子兩人忙了一天置辦東西，她是頭一次出來在倫敦買東西，總說是辦得不錯。

當下佐治斜斜的戴上帽子，支出兩隻膀，大模大樣，擺出軍人勢子，走進律師辦公室，好像他就是錄事們的主人。他兇兇的表示栽培他們的神氣，吩咐他們一個人去告訴希格斯說他在這裏相候。這位律師的腦子多過他三倍，律師的進款五十倍他的進款，律師的閱歷千倍他的閱歷，他卻以爲他所看不起的律師，是一個可憐蟲的下手，應該立刻把他所辦事丟開，來伺候佐領。他卻不曾看見辦公室裏的人恥笑他，從總錄事起到有契約的學徒，從有契約的學徒，到穿破衣服的書手，和臉無血色的跑街人，穿了一身太窄的衣服，無不恥笑他。奧茲本坐在那裏拿手杖敲皮靴，以爲這一羣錄事都是可憐的小鬼。這一羣可憐的小鬼都曉得他們的事。他們晚上在酒店俱樂部吃酒的時候，彼此常談他這件事。倫敦的狀師和狀師們的錄事，什麼事不曉得，他們各處打聽，什麼也瞞不了他們。他們的朋友們，不言不語的管理倫敦。

當佐治走入希格斯的辦公室的時候，心裏也許盼望這位律師已經奉命把他的父親所議的通融或調解的辦法告訴他；也許他這樣驕蹇冷淡態度，是特爲裝出，表示他的氣概和決絕；倘若真是這樣，他的兇猛卻遇着對方律師的冷淡和不足重輕，他的大模大樣，變作毫無道理。當佐領入來的時候，律師裝作寫東西。他說道，「先生，請坐，我一會子就來招呼你這件小事。普先生，請你把放款的文件取出來。」說完他又寫東西。

普先生把文件拿出來，律師就按照本日行市核算二千鎊的債票；他就問奧茲本佐領，要銀行支票，抑或是吩咐銀行買債票。他隨隨便便的說道，『已故的塞德力太太的保管財產人，有一位不在倫敦，但是我的僱主吩咐我照着你的意思辦，趕快把這件事辦結了。』

佐領很生氣的說道，『先生，給我一張支票。』當律師核算支票的數目時，佐治又說道，『不要管什麽先令和半便士啦；』他自己恭維自己，以爲這樣的大方手段，就可以使這個老怪臉紅，他把支票放在口袋裏，就出了辦公室。

希格斯對普先生說道，『兩年之內，這個人就要坐監。』

『先生，你看奥兹本不回心轉意麽？』

希格斯答道，『華表柱會轉過來麽？』

普錄事說道，『他花錢花得很快。他娶親不過一禮拜，我看見他和別的軍營朋友們，散戲之後，扶女戲子亥太太（Highflyer 譯言高飛者　譯者註）上車。』他們又說了一件事，從此以後，就完全忘記了佐治奥兹本了。

這張支票是向布洛克 （Bullock） 等取錢的。佐治走去取款，布洛克看見佐治，臉無人色，好像是有罪的，立刻縮進去。佐治向來未曾有過這許多錢，兩眼只顧看錢，卻未留意他的臉無人色的妹夫的神氣，也未注意他溜了進去。

布洛克把佐治的神情和舉動告訴老奧茲本。說道，「他膽子很大的就跑來取錢。已經盡數拿走啦。如他這樣浪費的人，幾百鎊能夠幾天呀？」老奧茲本發誓說不管他幾時用完，從此以後，

布洛克天天在老奧茲本家裏吃餐啦。佐治辦了今天的事，覺得很高興。他趕快預備行李和行裝，

他發了幾張支票還阿米力亞置辦行裝的帳，架子擺到同貴族一樣。

第二十七回（刪）

「佐治介紹他的太太見他的同袍，他們看她很好，營裏的太太們，有許多位喜歡她。」

第二十八回　阿米力亞到荷蘭

軍隊和軍官們是由政府派船輸送：當出發的時候，別的船岸上的軍人們喝采，軍樂隊奏『上帝保護國王』，船上的軍官們搖帽子，水兵們喝采，運輸艦向河口行，赴俄斯坦德(Ostend)。當下約瑟答應了保護他的妹妹和少佐的太太，她們的衣箱行李和那條有天堂鳥的頭巾都放在軍隊的行李內：故此我們這兩位女英雄身邊並無什麼累贅東西。坐了馬車到藍兹給特(Ramsgate)。她們上了郵船往俄斯坦德。

此後約瑟的生活有極多的事故，都可以作為此後若干年的談料，他把他所最喜歡說的打虎故事也擇在一邊不談啦，以後談的都是驚魂動魄的滑鐵盧大戰的許多故事啦。當他一答應了護送堂客之後，有人留意他，說他就留唇上的鬍子不薙啦。當他在茶坦木的時候，他加入操演。他極留意聽他的同袍（後來有時他這樣稱呼他們）談話，盡力學了好幾個軍營的名詞。奥都特太太很能幫他這樣研究；當他們末後上船那一天，他穿上編繩褂子，白褲子，有金邊的軍帽。他的大馬車也上了船，他祕密告訴船上的客人們說他是到威靈敦公爵軍中的，人家以爲他是一個大人物，是一位軍需監，至少也是政府的差官。

他在海上很難過，兩位堂客也躺下動不得了。阿米力亞看見運輸艦就活過來了。約瑟進客寓的時候，還是動不得。多賓保護兩位堂客，還要忙着招呼約瑟的大車和他們的行李驗關等等，因爲這時候約瑟沒得跟人，奧玆本約瑟的跟人當在茶坦木的時候就密謀好了，不肯渡海。這兩個跟人的反叛舉動來得很驟，發作在最後一天，約瑟很害怕，正要打算不出發的了，但是多賓很責備他，挖苦他：預先把鬍子留好了，約瑟聽勸，纔上了船。多賓替他僱了一個比國跟人，他那一國話都不會說，只會裝出忙碌的樣子，又追着約瑟稱爵爺，約瑟就喜歡他。

人人都相信軍事的領袖（英國人相信威靈敦公爵，其熱度不亞於法國人曾一度相信拿破崙），國防是辦到很完備的，若要幫忙，立刻就有，況且能幫忙的軍隊人數很多，故此就無人恐怖，故此我們這幾位旅行家，其中有兩位是自然膽怯的，同別的英國旅行家一樣，是很安心的。這有名的一枝陸軍坐了船從內河到布魯日（Bruges）和根脫兩處，從那裏登岸往比都。約瑟在公衆船隻上陪伴兩位太太；這種船上是非常舒服的。在這種走得很慢而極其舒的船上，飲食是非常之考究的。有人傳說從前有一位英國旅行家，來比利時過一個禮拜，坐在這樣的船上，喜歡船上的飲食，他就只管從根脫到布魯日，往返來回，後來有了鐵路，不與坐船，他氣極了，坐了末後一次的船，他就跳水死了。約瑟卻是不肯這樣死的，卻舒服到了不得，奧都特太太說他只要娶了她的妹妹，他就享全福啦。他坐在船上吃皮酒，喊跟人，對兩位太太說話。

他的勇氣非常。他說道，「拿破崙攻打我們麼！我的寶貝，我的可憐兒的安米，不必害怕。毫無危險。我告訴你吧，聯軍兩個月就到巴黎，那時候我請你在御苑吃飯！我告訴你們吧，有三十萬俄國兵從某某兩路入法國，三十萬兵歸某某兩軍長指揮。我的寶貝，你不曉得軍事。我卻很曉得，我告訴你法國的步兵打不過俄國的步兵，拿破崙手下的將官沒得一個能配同俄國某軍長拿蠟燭的。此外還有奧國兵至少也有五十萬人，離邊界不過十站。此外還有王爺帶的普魯斯軍隊。自從繆拉（Murat）死過之後，就是他最會用騎兵唏！奧都特太太？你看我們這個小女孩子要害怕麼？伊西多（Isidor）約瑟的比利時跟人名 譯者註）你看有害怕的理由麼？你去拿皮酒。」

約瑟見過敵人數次，換而言之，他在別處兩個地見過許多堂客，這時候就不畏怯啦，尤其是吃了幾盃酒有了保護之後，很喜歡說話。他常請軍官們吃喝，軍官見他亂擺軍人架子，很好笑，很喜歡他。陸軍裏有一枝很出名的軍隊，是用一隻山羊先行的，又有一支是用一隻鹿先行的，佐治笑他的舅爺太胖，說他的軍隊是用一隻象先行的。

佐治自從介紹阿米力亞見軍官們之後，她免不了要同不甚高等的女人在一起，佐治覺得難爲情，就告訴多賓說，打算要調往別的較好營頭，他的太太就可以遠離那些庸俗女人啦。看不起自己所在的社會，原是俗人的見解，男人犯這樣毛病的多，女人卻少（最時髦的女人自然犯這樣毛病），阿米力亞是個自然，是個不裝模作樣的女人，卻並無這樣人造的難爲情，她的丈夫卻誤以爲是粗鄙。

當下許多人在那裏過活，尤其是追逐快樂，以爲是無窮期的快樂，以爲前線並無敵軍。當我們這幾位旅行家到了比國都城的時候，軍隊已駐紮在這裏，他們是到了歐洲的一個最繁華最有光彩的小都城，凡是浮華世界上最能誘人的繁華都有。賭錢是隨處都有；跳舞會是多到了不得；吃喝是更不必說了，這位老饕約瑟樂到了不得：有一間戲院，裏頭有個喝得很好的，令聽者歎樂：有很好的騎馬地方，添上許多陸軍的宏麗；這是一個罕見的舊城市，衣服特別，建築奇異，阿米力亞向來未到過外國，這時候眼見的都令她快樂：這個時候和後來幾個禮拜她住在一個很華美的寓所，費用是約瑟和奧茲本擔任的，奧茲本有了許多錢，很照應她的太太——有兩個禮拜內，他們的蜜月剛好過完了，阿米力亞是很歡樂很高興。

當這個時期，人人都覺得新鮮，覺得有趣，有教堂可看，有畫院可看——有騎馬的時候，有聽戲的時候。軍樂隊是終天奏樂。英國的最闊人物都在公園裏散步——不停的有軍隊的宴會。佐治今日領着太太散步，明日領她遊宴，他喜歡自己，自己說是變作很戀家室人啦。她陪他散步，陪他遊宴！她心裏不曉得有多麼高興啦？她寫信給她母親，滿紙都是快樂感激的話。她的丈夫叫她買花邊，衣服，珠寶和各色各樣的現物呀！他是最慈心，最好，最慷慨的人！

自從達理阿（Darius）以來，隨營闊人之多，未有能過於一八一五年在這裏跟隨威靈敦公爵軍隊的了；他到跳舞宴會，鬧到開仗爲止。六月十五日，有一位高貴公爵其人在此都開一個大跳舞會，是歷史上很有名的一件大事。驚動了全都的人。我聽見當時在比都的堂客們說，女人們最注意這件事，比注意前線敵軍還利害得多。這時候堂客們要入場劵，什麽競爭，陰謀，哀求的法子，都用盡了，也是惟有我們英國堂客們肯用這許多法子，要鑽入本國的大人物的社會。約瑟和奧都特太太，想得一張請帖，想到喘氣，想了許多法子要入場劵，也得不到手；但是我們別的朋友運氣好得多。佐治請過巴阿克（Bareacres）貴族一次，這位貴族就設法替佐治取得一張入場劵，是給他和阿米力亞的，這就算是貴族還敬他；他就很高興。多賓原是他的軍長的朋友，有一天笑嘻嘻的跑來見阿米力亞，拿出一張同樣的請帖，約瑟見了，羨慕得很，佐治心裏納悶，他居然也入社會了。最後是羅登夫婦原是帶騎兵軍長的朋友，自然是在被請之列。

到了開大跳舞會的晚上，佐治替阿米力亞把新衣服首飾都置辦齊備，坐馬車到跳舞場，他的太太卻不認得一個人。他四處的找巴阿克貴族夫人，夫人卻不理他，以爲替他夫婦弄到一份請帖就够了——他請阿米力亞安坐在長凳上，他就叫她一個人在那裏深思吧，他以爲替她置了新衣服，帶她到了會場，他的義務已盡了，她到了之後，可以隨意消遣的了。她的思想卻不是最快樂的，只有老實的多賓走過來驚動她的思想。

阿米力亞的樣子簡直的是不成（她的丈夫覺得生氣），羅登太太這次出場，卻是大發異彩。她到得很遲。她的臉是發光的；她的衣服是盡美的。在許多闊人之中，就有許多人的眼睛都向她看，利貝克是很鎮靜的，如同她從前在女學校的時候領帶小女孩子到教堂一樣的鎮靜。內中有許多人她是認識的，紈袴子們都走過來包圍她。場中的堂客們互相耳語，說是羅登從尼姑庵裏把她帶走的，說她是法國貴族的親戚。她說法國話好到十足，也許傳說的話是真的，衆人都說她的態度很好，她的神氣很華貴。有五十多個男人圍住她，都要求同她跳舞。她說她已經答應過他人啦，今晚只跳一回；她立刻走到無人理會，很無聊不樂的阿米力亞那裏。她要立刻結果阿米力亞，就跳過去，很親熱的歡迎她的至寶阿米力亞，從此就起首敷衍她，挑剔阿米力亞的衣服不好，挑剔她的梳頭人不好，明早一定要打發人過去打扮她。她說這個是很快樂的跳舞會，人人都認得。只有幾個無名之輩是不認得的。她到了這裏不過兩禮拜，在普通社會中應酬過三次，利貝克就學會這裏上等社會說話的腔調，即使是本地人也不過如此：只因她說法國話說得這樣好，你纔能够曉得她不是生來就是一位時髦女人。

佐治一進了跳舞場把阿米力亞接在長凳上就跑了，當他一看見利貝克坐在他的太太身邊，他不久就走回來。貝克正在那裏對阿米力亞說她的丈夫怎樣犯過。她說道，「我的寶貝，你要攔阻你的丈夫，不許他賭錢，不然的話，他將毀了自己。他同羅登天天晚上打牌，你曉得他是很窮的，奧茲本先生若是不小心的話，羅登將要把他的錢全贏過來的。你這個人太不小心啦。你爲什麼不攔阻他？你爲什麼在家對着多賓發愁悶，你何妨晚上到我這裏來。我曉得他這個人很可愛的——他來啦。你這個沒出息東西，你到那裏去啦？阿米力亞爲你在這裏哭，幾乎哭到眼睛都出來啦。你來找我同你跳麼？」她隨即把披肩和花球放在阿米力亞身邊，兩個人走開去跳。惟有女人們曉得怎樣傷他人的心。她們的小箭尖是有毒的，傷人的力量比男人較鈍的利器大過千倍。可憐我們這個阿米力亞，向來不恨人不看輕人的，在這個無情的小敵人的掌握中實在是無能力。

佐治同利貝克跳了兩次或三次——阿米力亞幾乎不曉得他們跳過多少次。她坐在一隅，並無人理會她，只有羅登走來同她說了幾句無味的話；後來夜深的時候，多賓居然壯着膽送茶點來給她吃。他不肯當她這樣愁苦的時候問她爲什麼，她卻告訴他說，羅登太太告訴她佐治仍然是不撤手的賭錢，她有點恐怖，拿這兩句話作爲她滿眼含淚的藉口。

多賓說道，『一個人到了非賭不可的時候，甘心受蠢笨光棍的騙，這是很奇怪的事；』安米說道，『可不是。』她心裏卻想到別的事體上。她所以發愁，並非爲的是丈夫輸錢。

後來因爲利貝克快要走啦。佐治回來拿她的披肩和花球。她還不肯屈尊回來同阿米力亞告別，可憐這個女子隨她的丈夫自來自去，一聲也不響低着頭。多賓是有人喊走了，同他的朋友（是一位師長）在那裏很深談，並未看見佐治同他的太太最後分手。佐治拿花走了；當他把花球交給原主的時候，有一個字條，蟠得同蛇一樣，擺在花裏。利貝克的眼立刻看見這個字條。她早年的時候，慣於對付這樣的字條。她伸手拿花球。當兩人眼看時候，他就曉得她知道花球裏有東西。她的丈夫催她走，好像心裏想心思，並不理會他的朋友同他的太太之間有什麼意會的記號。這都是小事。利貝克伸手佐治，一面遞她的極快的示意眼色，屈膝，就走。佐治向着她的手低頭，克洛里對他說了一句話，他並不回答，而且並未聽見，他腦海裏塞滿了得勝和騷動，一句話不說，就讓這兩夫婦走了。

佐治的太太別的事許看不見，但是遞花球的把戲，卻看見的。佐治奉命回來取披肩和花球，原是自然的事；近來這幾天他作過二十次了；現在她卻支持不住了。她說道，『維廉，你向來待我都是很好的——我——我很不舒服，你送我回家吧。』

多賓這時候站在離她不遠的地方，她忽然要依靠他了。她還不曉得喊他的名字，佐治卻是喊慣的，他立即送她出去。好在她的寓所很近；從外面的人堆中走過，這時候外面比裏面騷動得多。

佐治晚上常出去宴會，回家的時候，看見她不睡等他，他就生過兩三次氣：這次她卻一直上床就寢；她雖然睡不着，外面雖然是不停的騎馬人走過的聲響，她卻聽不見，今晚令她不能閉目的，另是別種擾動。

當下佐治高興到發狂，走到賭錢桌上亂賭，他贏了好幾次。他說道，『我今天晚上樣樣都是順手的。』但是他的好手運，也治不好他擾動不寧的病，他跳起來一會子，把所贏的錢放在口袋裏，跑去吃酒，一連吃了好幾盃。

他正在那裏對人亂說，高興異常，大笑大喊，多賓走來找着他。多賓剛纔在牌桌上找過他。多賓臉色發白，神氣嚴肅，他的同袍卻是滿臉通紅，快樂得很。

佐治喊道，『多賓！來呀！公爵的酒是有名的。』他又遞出酒盃來說道，『再來一盃。』

多賓還是很嚴肅的說道，『佐治，出來，不要吃啦。』

『吃吧，萬事不如吃酒好。老朋友，你吃呀，吃一盃，也開開笑口。我先對你吃一盃。』

多賓走上前，對他附耳說了兩句話，佐治跳起來，忙亂如狂，吞下一盃酒，把盃放在桌上，同他的朋友趕快走出去。維廉說道，『敵軍已經過河，我們的左翼已經開戰了。走吧。三點鐘內我們就要出發。』

佐治走開，腦筋亂跳，這個消息他盼望了許久，卻來得很驟。現在還管什麼愛情，還管什麼私情密約呀？當他急步走回去寓所的時候，他想到一千件事體，卻想不到私情密約——想到他以前的生活，和將來的機會——他眼前的命運——他的太太，還許養下個孩子，也許是他看不見的。唉！他很想沒作過當天晚上的事！他還可以有淨潔的良心同溫柔天眞爛漫的太太告別，她戀愛他，他卻看得不值錢！

他想到他結婚不久的生活。這幾個禮拜內，他浪費了許多錢。他過的什麼瘋狂欠打算的日子！萬一不幸，他有什麼遺留給她呀？他怎樣的配不上她呀！他爲什麼要娶她呀？他不配結婚。他的父親待他很優厚的，他爲什麼違背父親呀？這時候希望，後悔，奢望，柔情，自私的懊悔，塞滿他胸中。他坐下寫一封信給他的父親，他記得從前有一次，預備同人決鬭的時候，對父親說過的話。他寫完這封辭別信的時候，天色是微微的破曉。他封了信，在信面姓名上吻一吻。想起他自己怎樣拋棄他的慨慷的老父，怎樣不顧他的嚴父的千種的待他的好處。

當他進屋的時候，他曾看看阿米力亞的臥室；她睡得安靜，兩眼好像是閉着，他見她睡着了，很歡喜。當他從跳舞會回來的時候，他曾看見他的營裏的跟人，已經替他預備起行；跟人曉得示意，不要驚動，很快就收拾好了，並不驚吵。他想道，我還是進去驚醒阿米力亞，抑或是留個字給她的哥哥，由他把我動身的消息告訴她呢？他進去臥室再看一遍。

當他第一次進來的時候，她本未睡着，卻閉着眼，故此她雖然是醒，也不去責備他。但是當他從跳舞會回來的時候，在她回家之後不久，她心覺得安些，當他脚步很輕的往外走的時候，她的臉向着他，又輕輕的睡着了。他在慘淡燈光之下，能看見她的可愛淡白臉，眼皮是閉着的，一隻圓滑雪白膀子放在被外。他心裏想，上帝呀！她是多麼清潔呀！多麼溫柔婉順呀！多麼無人憐恤呀！我自己多麼自私呀！多麼野蠻呀！犯了多麼黑暗的罪惡呀！他覺得心裏不乾淨，十分慚愧，站在床脚看這個睡着的女子。他怎敢，他是個什麼人，怎敢替這樣清白無瑕的女子祈禱上帝呀！上帝保佑她！上帝保佑她！他到床口，看了那隻小軟手，慢慢不響的，低下頭，向着那溫柔和淡白的臉。

當他低下頭來的時候，兩隻可愛膀子攙住他的頸子。這可憐的女子說道，「佐治，我醒着啦。」她一面啼哭，悽慘到心裂啦。這個可憐女子，是醒啦，卻不相干。這個時候，聽見喇叭響聲，從駐軍處來的，全城都是喇叭聲；隨即就是步隊的鼓聲，蘇格蘭軍隊的尖脆笛聲，全個比都的人都驚醒了。

第二十九回 「我撇下的女子」

我並不自稱是一位戰事小說家。我所說的是不打仗的人們。我好像在戰艦船面都弄清楚，預備開炮，我們就走入艙裏乖乖的等着。我們若是在船面上是毫無益處，反令那班勇敢水兵不方便。我們送軍隊到城門就算啦，讓奧都特少佐去辦他的事，我們回來照呼奧都特太太和兩位太太，還有她們的行李。

再說利貝克太太明曉得懊悔無益，又曉得縱情悲傷反令他人悽慘，所以她打定主意不去發愁，同丈夫分手時要露出鎮靜。其實羅登佐領當分手時更爲傷感，過於他的有決心的太太。她已經把這個粗野的人降伏了；他盡他的能力戀愛崇拜她。他一生未曾有過如近來這個月這樣快樂，這是他們太太使他快樂的。從前全數的賽馬，食堂，獵場，賭場的種種快樂；從前全數的戀愛女裁縫，戲院裏跳舞女子，同種種得便宜的地方，同現在合法律的夫婦之樂比較，上覺得太無味了。利貝克曉得怎樣接續不斷的使他開心；他見得他的家裏，和她的陪伴，非常的有趣味，好過他自從小孩子以至於今所曾常去的地方或伴侶一千倍。他詛罵他從前的罪過和浪費，最可歎的就是他所欠的許多債這樣債務一定攔阻他的太太使她不能在世上進步。他常在半夜裏爲債務對利貝克歎氣；但是當他未娶親的時候雖有債務卻毫不着急，他自己也覺得奇怪。他有時說道，『這是怎麼樣講，我未娶妻之前，無論什麼借據我都敢簽字，只要放債的猶太人肯等，或展期三個月。自從我娶妻以來，我敢發誓說，我未在借據上簽過字，展期卻是有的。』

利貝卻曉得用什麼妙法消除這種愁苦想念。她說道，『我的傻愛，說什麼話，我們還有姑母咧。倘若她不給錢我們，還要你們所謂「官報」是不是；且慢，你的叔父標特若是死啦，我另有妙法。他的牧師缺常歸克洛里氏的弟輩們補的，爲什麼你就不該把你的軍官底缺賣了，去當牧師呢？』這個主意令羅登聽了大笑；好遠都能聽見他的哈哈大笑的聲音。達甫爾軍長住在樓上，是聽見的：利貝克還很高興的演牧師，對羅登演講第一次的經論，吃早飯的時候，軍長見了大樂。

這都是從前的話。當開仗消息傳來的時候，軍隊立刻就要出發，羅登露出極其嚴重的神色，貝克笑他，他還不高興。他聲音抖抖的說道，『貝克，我看你並不是以爲我害怕。但是我的身軀碩大，是一個好靶子，倘若一個彈子打來，把我打倒了，我留下一個人，也許是兩個人，無依靠，既是我害怕他們的，我想使他們有依靠。無論怎樣說，這不是一件頑笑的事呀。」

利貝克撫摩他有一百次，說了許多好話，敷衍她的丈夫，叫他不要生氣。只有當她被活潑和趣話所使，她纔說出許多取笑的話來，但是她也很能夠露出嚴肅面目。她很匆匆的滴兩點眼淚，帶着微笑，擡頭看她丈夫，說道，「我的至愛，以為我無感覺麼？」

他說道，『你想看。倘若我陣亡了，我們看看你有什麼東西過日子。我到了這裏，手運很好。這裏有二百三十鎊。我口袋裏還有十個拿破崙（錢名　譯者註）。我只要帶這些錢走，軍長是手段極闊的；倘若我陣亡了，用不着花錢的。這是你曉得的。小女子，你不要哭；我還可以活在世上來麻煩你啦。我的兩匹馬是不帶走的了，我騎軍長灰色馬：費用可以減少些，我曾告訴過他說我的馬跛了。我若是死了的話，這兩匹馬還值幾個錢。昨天有人曾肯出九十鎊買我的牝馬，那時候還沒得出發的新聞，我至少非一百鎊不賣，我是個儍子。那一匹馬，毋論什麼時候賣，都可以得好價的，你還是在比利時賣了他的好，因為馬販手上有許多張我的欠單，你還是不必在倫敦賣。軍長送給你的小母馬也可以賣錢。』他隨卽大笑說道，『好在不比在倫敦這裏沒得馬料帳。那裏有一個粧具盒値價二百鎊——我是賒來的；金蓋子和瓶子等等必定値三四十鎊。請你把這件東西和我的針，環錶和鏈等等拿去當舖。這些東西很値幾個錢。我曉得老小姐花了一百鎊買錶和鏈的。說什麽金蓋子，瓶子！可惜我當日不多拿幾個！有人曾逼我要一個鍍銀的脫靴板，我還可以得着一個粧具盒，隨帶銀煖壺和金銀餐具，我卻未要。貝克，我們只可算現成的。』

克洛里佐領一向都是自私自利絕少爲人的，到了這幾個月他爲愛情所降伏，纔肯這樣的顧到身後，計算他所有的物產，試看怎樣可以變賣，養贍他的太太。他拿了一枝筆在紙上寫孩子字記賬。他寫道，『雙筒手槍，値四十鎊；貂大衣値五十鎊；決鬪手槍（我曾用這手槍打過某佐領），連玫瑰木盒子，値二十鎊。還有附鞍的手槍皮袋等等；』他把這些東西都交給太太。

他現在要實行省儉，故此穿上頂舊的軍服和肩章，留下最新的交與太太（也許是他的寡婦）。羅登原是一個有名的豪華公子，這時候去從軍，他的行裝反不如一個小外委的像樣。嘴裏還喃喃的爲他現在要分手的太太祈禱。他把她抱起來，緊抱她一會子，他臉上發紫，兩眼含淚，放下她就走了。他騎馬同軍長並排走，嘴裏含着雪茄，一言不發；向在前的軍隊趕，一直等到走了好幾英里，他纔不擒鬍子開口說話。

作者說過了，利貝克打定主意，當她丈夫同她分手的時候，不露出兒女態。她從窗口擺手同她丈夫送行，他走過之後，她還在那裏站了一會子。這時候太陽方出來。昨晚她未曾歇息過。她此時還穿着跳舞衣，頭髮垂在頸子，有點亂了，眼圈帶黑。她照照鏡子，說道，『我爲什麽這樣難看，這個淡紅顏色反使我顯出臉無血色！』她把淡紅衣服脫下，有一個小字條就從圍胸丟在地下。她微笑拾起來，鎖在梳粧盒裏。把花球放在水盃裏，上床睡，睡得很安樂。

當她起來吃咖啡的時候，城裏是很寂靜的。她經過早上這番吃力和憂愁，靜養是必要的，是很舒服的。

她吃過點心之後，把羅登那盤賬再算一算，測量她自己的地位。假使他當眞陣亡了，她還可以過得去。除了她丈夫所遺留的物件之外，她還有她自己的首飾和嫁時的東西。當他們結婚的時候，羅登是很闊綽的，作者已經說過了。除了這許多東西和那匹小母馬之外，那位軍長，原是她的奴隸，她的崇拜人曾送過她許多值錢禮物，都是些披肩珠寶等類，可見得稱讚她的軍長有錢，有雅尙。說到鐘錶，她的屋裏都擺滿了，在那裏格打格打的響。因爲有一天晚上她說羅登給她的英國錶走得不準，第二天早上就有人送了一個小錶來，上頭還有某人的名字，還帶一條鏈子，蓋上滿鑲了湖色寶石，又有人送她一個小錶，也有某人的名字的，錶蓋是珠子鑲的只有一個小錢大。達甫圖軍長也買了一個送她；奥茲本也送了她一個。我們要說一句公道話，奥茲本太太卻沒得錶。但是她若肯開口問，佐治也會送她一個的；達甫圖軍長太太在英國有一個舊錶，還是她母親的東西，卻是很大的錶，可以當羅登所說的暖壺使用。

利貝克太太算過來算過去，毋論發生什麼環境，她一算至少也有六七百鎊，重新出來問世，她覺得非常高興，非常滿意；這一天早上她不作別的，只是布置，吩咐，向外看看，把她的物產都鎖起來。羅登的小册子裏有幾張鈔票，內裏還有一張二十鎊的支票，是奥茲本簽發的。她就想起奥茲本太太來。她說道，『我先去支了錢，隨後去看那個可憐的小安米。』倘若我這本小說沒得一位男英雄，我卻要說有位女英雄。我們英國軍隊出發赴前敵，軍隊裏的人，就說到公爵自己吧，也比不上這個副官的不能降伏的老婆當臨大難大疑的時候，那樣淡定鎮靜。——

軍隊撤下的還有一位我們的老朋友，這一位是文官，他的情緒和行爲我們也應該要曉得的。這一位是印度某處收稅官約瑟，他也被早上的喇叭聲音把他吵醒了。他原是最能睡的人，最戀床的人，毋論英國軍裏的軍鼓；喇叭，大笛怎樣吵，他還是可以睡着的，誰知有人來把他驚醒了，這個人並不是佐治奧玆本，因爲他們兩個人同屋，他心裏還有許多事，不然就是因爲要同他的太太分手，心裏難過，不會來辭行驚動他的舅爺的，走來吵約瑟的人，卻是多賓，一定要來同他辭行。

約瑟打呵說道，『你太客氣啦；』嘴裏雖是這樣說，心裏卻詛罵他。

多賓很不連貫的說道，『我不好不來同你辭行就走啦；你是曉得的，我們此去，就許有不回來的，我要來看看你——。』

約瑟揉揉兩眼問道，『這是怎麼講？』多賓嘴裏雖然是同他這樣要好，特爲來辭行，兩眼卻並不看這個大胖子，耳朵裏也並不曾聽見他說些什麼。多賓這個僞君子全副精神向佐治的住房看，向那裏聽，在約瑟屋子裏走來走去，把椅子也推翻了，手指敲桌子，口咬指甲，還現出別的許多很動情的記號。

約瑟向來就不甚看得起多賓，現在起首以爲他沒得勇氣。約瑟帶點挖苦腔調，說道，『多賓，我可以幫你什麼忙？』多賓走到床口，說道，『我來告訴你能作什麼。塞德力，一刻鐘之內，我們就出發，也許是佐治也許是我，不回來。你要記得，你未得着準確消息之前，不許你離開這裏。你要在這裏保護你的令妹，安慰她，照應她，不令她受什麼禍害。倘若佐治有點不測，你要記得她無人依靠，只依靠你一個人。倘若英軍失利，你要保護她平安回國；你要答應我，你永不拋棄你的妹妹。我曉得你不會拋棄她的：說到錢上，你是很慷慨的。你要錢嗎？我的意思是說，倘若不幸，你的錢，夠回國嗎？』約瑟很威嚴的說道，『先生，我要錢的時候，我曉得往那裏要。說到我的妹妹，你不必吩咐我應該怎樣對待她。』

多賓很和氣的答道，『約瑟，你說話像是一個有氣概的人，佐治能夠把她交給你，我很高興。君子說話是要算數的，我可以告訴佐治，說遇不測的時候，你肯保護她。』

約瑟答道，『自然，自然。』多賓揣度他用錢是很慷慨的，卻估得不錯。

多賓又說道，『打敗麼！絕不能的。你不要來嚇我。』約瑟已經說得這樣決絕，必定保護他的妹妹，多賓很放心。心裏想道，『毋論怎樣，若有不測，我已經替她安置好退路啦。』

倘若多賓當未出發之前要再看阿米力亞一眼，纔能夠放心，纔能夠滿意，他這種的自私卻受了懲罰，凡是這樣的爲已都應該受懲罰的。約瑟的臥房外面就是他們起坐的屋子，對門就是阿米力亞的臥室。外面喇叭響，把人都吵醒，不必隱瞞了。佐治的跟人在這間屋子收拾行李：佐治走出走進，捧東西給跟人。不料多賓有了機會，如願以償，看見阿米力亞的臉。但是什麼臉！臉上很白，絕望，狂亂，日後他追想她這時候的神色，還是害怕的，他看見她這個樣子，心裏有說不出來的傷痛憐憫。

她披了一件白色早服，頭髮垂在肩膀，兩隻大眼睛是定而無光的。她要現出她也有點用，在那裏幫忙收拾，從抽屜裏掏出一條帶子來，手上拿着帶子來來往往的追着佐治走，不響的跟着他。她跑出來站着，靠牆，兩手拿着帶子靠住胸口，帶子紅色的一端垂下來，如同一塊血跡。心慈的多賓看見她這樣，心裏覺得好像是犯了罪的想道，『上帝呀！她既是這樣傷悲，我敢去窺探麼？』這是無法可想的：無法能安慰這樣無助無言的愁苦。他站在那裏一會子，看她，無力助她，心裏難忍，如同刀割，如同父母對待一個受痛苦的嬰孩。

後來佐治抓住安米的手，領她回去臥室，他獨自一人出來。就在這一會子工夫，夫妻們分別了，他就走了。

佐治想道，『謝謝上天，分手的事完了』。他跳下樓，挾着劍，快向告警的地方跑，軍隊就在這裏聚集，兵丁軍官都向這裏跑，他脈跳臉紅：兩軍快要交鋒啦，他是身臨前敵之一。滿肚是疑惑希望，快樂的酷烈激動！孤注一擲，或是勝或是敗，這是多麼大的賭呀！他賭過許多次，那裏比得上這一次的大賭呀？凡是要用巧力要用勇氣的遊戲，這位少年，從小以來，都是死心塌地幹的。他是他的學校的選手，又是營裏的選手，毋論在學校或在營裏遊戲，同伴們都是喝采的，他羸的時候有一百次；毋論他到那裏，男男女女無不稱贊他，羨慕他。他身體強健，活潑，勇敢，最容易得人稱讚。自古以來，歌曲所唱的，小說所寫的，都是有氣力有勇敢的英雄；從特類(Troy)的故事以至今日，詩歌常選一個軍人作英雄。我卻要問是不是人們心裏都是懦夫，故此這樣稱讚勇敢，把臨陣的奮勇位置最高在其他性情之上，令人獎讚令人崇拜？

佐治一聽鼓角響叫他赴前敵，他就從溫柔的懷裏依依不捨的跳出來；他就擱了許久，總帶多少慚愧——其實他太太牢籠他的力量是很薄弱的。他的朋友們都有熱心和激動，從那位胖子少佐起以至那位小旗官，都有這種感覺。軍隊出發的時候，太陽剛上來——實在是好看——軍樂隊在前，後面就是帶隊的少佐，騎了壯馬，其後就是榴彈隊，佐領在前；中間是軍旗——隨後就是佐治，帶着他的隊伍。他擡頭，對阿米力亞微笑，向前走；軍樂也聽不見了。

第三十回　約瑟塞德力招呼他的妹妹

凡是高級軍官都奉命赴前敵，只剩下約瑟塞德力統領居留比國都城的幾個僑民，阿米力亞有病，此外有約瑟的跟人，還有一個作粗事的女僕，這就是約瑟所統帶的駐防軍。約瑟的精神雖然受了擾動，他的酣睡雖然被多賓闖進來，被早上的事所驚吵，他還躺在床上好幾點鐘，睡是睡不着，在床上滾來滾去，等到他向來起床的時候纔起來。太陽已經很高，軍隊已經走了多少里，約瑟纔穿了有花的梳粧衣，出來吃早飯。

有人告訴他公爵的前鋒昨晚大敗，公爵已去收集軍隊。約瑟當吃早飯的時候，膽子是大的，說道，「胡說，什麼打敗。公爵去打倒拿破崙，如他從前打敗他的軍長們一樣。」

那個人說道，「公爵的文件已經燒了，他們行李等件已經搬走了，已經替達爾馬提亞(Dalmatia)公爵預備行台啦。我是聽飯店的管事告訴我的。里士滿(Richmond)公爵的跟人們正在收拾東西。公爵是已經跑了，公爵夫人現在等候把金銀器具收拾好了，就要往俄斯坦德，同法國君主在一起。』

約瑟裝作不相信的樣子，說道，『法國君主在根脫。』

『法國君主昨晚逃到布魯日，今天坐船往根脫，柏立（Berri）公爵被擒。凡是求安穩的人，不如趕快跑，明天就要開水閘，等到全國都是水浸了的時候，誰能跑得丟呀？』

約瑟這時候雖不十分恐怖，心裏卻是很搖動的了。他說道，『你把大衣和小帽給我，跟我來。我自己去打聽這消息確不確。』他的比國跟人伊西多看見他主人披上軍衣，很害怕，說道，『貴族，不要穿軍服，法國人會發誓，凡是英國軍人，一個都不饒。』

約瑟道，『不許響。』約瑟的神氣這時候還是有果斷的，兩手插入口袋裏，誰知羅登克洛里太太剛好看見他作這件英雄事，她正在過來看阿米力亞，不搖鈴就走進外間來。

利貝克同向來一樣，穿得很淸楚很漂亮的；羅登走了，她睡得很安靜，這時候起來很有精神，兩頰微紅，臉上微笑，是很好看的，這個時候毋論什麽人都不能這樣，都是心裏深念，臉上發愁的，她看見約瑟在那裏掙扎穿衣服，費許多事，她大笑。

她說道，『約瑟先生，你預備去打仗麽？一個人也不留在比都保護我們客堂們麽？』約瑟費了許多氣力，算是把大衣穿上啦，對這位太太吃吃的說兩句話。『今天早上出發了之後，她好嗎——昨晚在跳舞會辛苦過之後，好嗎？』伊西多把有花的梳粧衣拿走了，送到主人屋裏去。

她兩手夾他的一隻手，說道，『承你問候，我很謝你。這個時候無人不恐怖，你卻多麽鎮靜呀！我們的寶貝小安米怎麽樣啦？夫婦離別是很可怕的。』

約瑟說道，『眞可怕。』

利貝克答道，『你們男人是什麽都受得了，毋論是離別，抑或是危險，你們都不算是一回事。你承認了吧，你要去打仗，把我們撇下不管。我曉得你是要去打仗——我看得出來。我有時想起來（約瑟先生，當我獨自一個人的時候，我常常想起你），我很害怕，我就想立刻跑過來，求你不要撇開我們就走了。』

利貝克這番話不是白說的。她的意思要說道，『我的先生，英國若是打敗，必定要退兵，你有一輛很舒服的馬車，我要有我的坐位。』約瑟是否明白她的意思，作者卻不知道。但是當利貝克在比都的時候，簡直不理他，他很生氣。她從來不介紹他見羅登克洛里的闊朋友；利貝克請客，又不請他；因爲他膽小不敢大賭，佐治和羅登兩個人都討厭他，有他在面前，他們不便自由尋樂。約瑟想道，『呀！現在她有所求於我，纔來找我。沒得人在左右，她纔想起舊朋友約瑟塞德力！』他雖然這樣遲疑，聽見利貝克恭維他有勇，他卻很高興。

他臉上發紅，裝出要緊神氣，說道，『我很想去觀戰。凡是有氣概的人都想去，你是曉得的。我曾在印度見過打仗，卻沒得這裏的局面大。』

利貝克答道，『你們男人只要快樂，什麼都肯犧牲。克洛里佐領今早別我走了，快活到了不得，好像是去打獵。他管什麼？你們男人們，那個來管一個可憐的無人照料的女人的悲傷痛苦呀？（這個懶惰好吃的大胖子，他當眞要去觀戰嗎？我卻有點不能相信）。塞德力先生，我特爲來求你安慰。我在地下跪了一早上。我們的丈夫朋友，軍隊，聯軍只顧冒險，我想起來很發抖。我到這裏來求保護，誰曉得我的另一位朋友——現在我只有這一位朋友啦——也要赴前敵！』

約瑟心裏這時候很舒服啦，答道，『瑪當，不要害怕。我不過說我想去——凡是英國人，那個不想去呀？但是我的義務拘留我在這裏我不能撇開那屋子裏的可憐兒的人。』他一面用手指指阿米力亞臥室的門。

利貝克拿手帕擦眼淚，聞聞手帕的香水，說道，『好一位慷慨激昂的哥哥！我錯怪你啦：原來你是有良心的。我剛才以爲你無良心。』

約瑟動動手，好像要把手放在心上的，說道，『我說的是實話。我的寶貝克洛里太太，你當眞錯怪了我。』

利貝克兩眼釘他一會子，隨即掉過臉去看窗子，說道，『你現在對於你的妹妹，是有良心的，我眞錯怪了你。但是我記得兩年前——那時候你對待我，全無良心。』

約瑟臉紅得很利害。利貝克說他所無的東西，這時候跳得很兇。他記得從前他躲避她的時候，記得他的愛情如火那麼猛烈的時候——記得她同他坐馬車的時候：記得她那時候替他織綠絲囊；記得他那時候坐在那裏看她的雪白手臂看她的一雙發亮的眼，看到入迷了。

利貝克從窗子走過來，又看他一次，低聲抖抖的說道，『我曉得你以爲我無義，你的冷淡，你躲避我的神色，近來我們見面時候，和我剛才進來，你所表示的態度，無一不證明你怪我負義：但是我躲避你，難道是無理由的嗎？讓你自己的心答復這一問。你以爲我的丈夫很願意歡迎你麽？他對我向來未說過生氣的話（我要說一句公道話還克洛里佐領），惟有因爲你，卻說過——所說的都是頂刻薄的話。』

約瑟既快樂又疑惑問道，『可了不得！我作過什麽事呀？我作過？——』

利貝克說道，『吃醋不是要緊的事嗎？他因爲你，叫我難受。從前毋論可以有過一次——現在我的心全是他的啦。我現在是無過的啦，寨德力先生，是不是？』

約瑟渾身都快樂到了不得，他一面測量被他所引誘的犧牲，只要對方說幾句妙巧話，兩眼對他送一兩次柔情，他的心又發火啦，什麽疑惑都忘記啦。自所羅門（Solomon）起，以至於毋論什麽人，比約瑟還要多智的人，那個不上女人的當呀？貝克想道，『倘有最不幸的事發生，我的退路是有把握的了；馬車裏右手的座，是我的了。』

假使不是伊西多這個時候走來收拾東西，我不曉得約瑟會怎樣的熱烈宣言他的愛情。約瑟正在要宣言的時候，看見伊西多進來，只好忍住了。利貝克也想到這時候應該走去安慰她的至寶阿米力亞啦。她對約瑟吻自己的手說道，『暫別啦，』就走過去敲阿米力亞臥室門。當她走進臥室，關了門，約瑟坐在椅子上瞪眼，歎氣，喘氣，好像是見了鬼怪。伊西多兩眼看他主人的衣帶，說道，『我的爵爺，你的衣服太緊窄啦；』約瑟卻聽不見，他的思想到了別處去了：他想起這迷人的利貝克一會子發紅，一會子發狂：一會又想到那個吃醋的羅登克洛里，自知心懷不良，想到克洛里的兩撇捲起來的兇鬍子，手上拿了裝好了彈預備要放的決鬭手槍，他卻害怕到縮作一團。

阿米力亞一見利貝克就恐怖起來，令她退後閃縮。令她想起昨天的事。她因爲害怕明天打仗的事，就忘了利貝克，——醋意也忘了——什麼都忘了，只記得她的丈夫赴了前敵有危險。作者原不肯走入這間可憐的臥室，一直等到這個天不怕地不怕的陋劣女子闖進去，才肯走進去的。可憐阿米力亞這個女子不知在地下跪了多少時候，不響地禱告，悲傷到了不得，在屋裏過了多少時候！戰事的記載家寫了多少打仗及打勝的發異彩的故事，卻很少告訴我們這樣悽慘的事。在這些熱鬧故事裏頭，這種悽慘的事變作太庸俗了：當衆人大聲喝采恭祝勝戰的時候，讀者聽不見寡婦哭丈夫，母親哭兒子的聲音。但當這時候，何嘗無這樣慘不忍聞的哭聲：不過這樣肝腸痛斷，無人過問的。呼號的人，在大聲慶祝得勝的時候，無人聽見罷了！

當阿米力亞第一次恐怖之後，利貝克兩隻綠眼睛看她，搖動她綢衣服和發光的首飾搖到有聲響的時候，她走過去伸出兩手摟抱她——阿米力亞生氣，她的花白色的臉通紅，過了一會兩眼才回望她，卻很鎮靜的，利貝克覺得詫異，覺得慚愧。

利貝克伸手抓阿米力亞的手，說道，『至寶貝的阿米力亞，你身體很不舒服，什麼事呀？我要曉得你爲什麼事，我才放心。』

阿米力亞把手縮回去——她自從有生以來，從未試過肯相信或不肯相信還敬好意好情的任何表示。但是這時候，縮回手，渾身打戰。她兩隻大眼睛很嚴肅的看着利貝克，說道，『利貝克，你爲什麼在這裏？』她這樣看她的朋友，令她難受。

利貝克想道，『她一定看見他在跳舞場給我信啦。』她低頭，說道，『寶貝阿米力亞，你不要受擾動。我不過來看我能——你好不好？」

阿米力亞說道，『你好麼？我看你是很好的。你不愛你的丈夫。假使你愛你的丈夫，你不會在這裏的。利貝克，請你告訴我，我向來曾待錯你沒有？』

利貝克還是低着頭，說道，『阿米力亞，你向來沒待錯過我。』

阿米力亞說道，『當你很窮的時候，誰幫助你？那時候，我不是當是姊妹麼？當他未娶我之先，你看見我們過的更歡樂日子。他心中眼中只有我；不然他肯拋棄身家，拋棄父母，慨然的娶我，使我歡樂麼？你為什麼走來離間我的丈夫和我？上帝所締結的兩夫婦，誰叫你來拆散他們呀？誰叫你把我丈夫的心奪了去呀？你以為你能愛他如同我那樣愛他嗎？他的愛情就是我的性命。你既曉得，你還要搶了去。利貝克，你不慚愧嗎？你是個壞女人，你是個心毒的女人——不忠的朋友，不貞潔的妻。』

利貝克掉過臉去，說道，『阿米力亞，我對上帝發誓，我並不對不起我的丈夫。』

阿米力亞說道，『利貝克，你不是對不起我麼？你曾使過手段，你卻未成功。你試撫心自問，你使過手段沒有；』—

利貝克想她還全不曉得。

阿米力亞說道，『他回來我這裏。我曉得他會回來的。我曉得毋論什麼奸詐，什麼巴結，能夠使他同我相離日久的。我曉得他會來。我祈禱叫他回來。』—

這個可憐女子這時候說話說得很有氣概，說得很多，利貝克是向來未曾見過的，一句話也說不出來。阿米力亞更可憐的接連說道，『我並未對你作這什麼事，你爲什麼要想法子從我手中搶了他去？我嫁了他不過六個禮拜，利貝克，你應該饒了我，讓我好好的過去。從我們結婚的第一天起，你就來損害我們的喜事。現在他走了，你走來看看我怎樣的不歡樂，是不是？你已經令我這兩個禮拜很難過了：今天你該饒了我了。』

利貝克攔住，說道，『我——我向未來過，』不幸這句話不確。

阿米力亞很激動的說道，『不是的。你是未來過。你是把他弄走了的。你現在來要從我手裏奪？他麼他剛才還在這裏，現在已經走啦。他剛才坐在那榻上。你不要摩榻。這是我們兩口子坐在那上頭說話的。我坐在他膝上，我兩手摟他的脖子我們兩個人齊說「我們的父親。」是呀，他剛才在這裏他們走來請他走的，他卻答應我回來的。』

利貝克心裏居然也感動了，說道，『我的寶貝，他將回來的。』

阿米力亞說道，『你看呀，這是他的帶子，你說顏色好看不好看？』她拿起帶子邊，對着吻。在這一天裏頭她有一會子用這條帶子束她自已的腰，她這時候忘記了生氣，忘記了醋意，連她的勁敵在她面前，她好像也忘記了。她臉上幾乎帶點微笑，不響的走向床邊，起首把佐治的枕頭弄平了。

利貝克也不響的走了。約瑟仍坐在椅子上，問道，『阿米力亞怎麼樣啦？』

利貝克說道，『應該有個人陪她。』她臉色很嚴肅的走了，說道，『我看她身上很不好過。』

約瑟留她吃飯，她不肯，走了。

第三十一回　約瑟逃走　大戰告終

我們住在太平世界的倫敦城向來未見過——請上帝令我們遠不見——比國都城那樣忙亂恐慌。一羣一隊的人向聲音所自來的城門走，有許多騎馬在平路上走，要先得從軍隊來的消息。人人都互相打聽新聞；連到英國的闊貴族和貴夫人都肯屈尊同不認得的人說話。法國的朋友們都在街上，激動到如瘋如狂，預料拿破崙打勝仗。作買賣的把店關了，跑出來幫着恐怖和吵鬧。女人們跑到教堂，跪在石板上台階上就祈禱。接連隱隱聽見炮聲。不久旅客們坐了火車出城去了。附和法國的人們的預料，起首有人當作事實啦。有人說道「他把多年的軍隊劃作兩段」。有人說道，「他直向比都進行。他將打倒英軍，今晚到這裏。」伊西多對他主人喊道，「他將打倒英軍，今晚到這裏。」這個人跳出跳進，從客店跳到街上，回來總添上許多打敗仗的新聞。約瑟的臉越變越白。這個大胖子起首恐慌起來。他吃了許多香賓酒也不能壯他的膽。還未到日落，他就害怕到了最高點，伊西多看見是很高興，因爲他曉得他主人身上穿的花邊衣服一定是他的了。

這時候堂客們都不在寓所。那位膽壯的少佐太太聽了一回炮聲之後，就想到隔壁的女朋友，跑進去照應阿米力亞，倘若辦得到的話，還要安慰她。少佐太太想起還要保護這個無助而溫柔的女，就加上許多自然的膽氣。她陪阿米力亞坐了五點鐘，有時責備她，有時談得很高興，不響的時候多，心裏很害怕的禱告。這位有膽的太太後來對人說道，「我抓住她的手，一刻不放鬆，等到日落爲止，那時炮聲完了。」女僕在附近的教堂跪下祈禱。

當炮聲停了的時候，奧都特太太從阿米力亞屋裏出來走入外間的客坐。約瑟坐在那裏，身邊擺着兩個空瓶子，什麽膽氣都完全跑光了。有一兩次他進去妹妹的臥室，現出十分恐慌的神色，好像要說什麽話。但是少佐太太坐在屋裏不動，他只好走出來，不說話。他很難爲情的要告訴他妹妹他要逃走。

但是當少佐太太走出來飯廳的時候，他在半光半黑中同兩個空的香賓酒瓶作伴，他就起首把心裏的話告訴她。

他說道，「奧都特太太，你還不該叫阿米力亞預備好了嗎？」

少佐太太說道，『你要陪她出去散步麼？她身體太弱，不能走動。』

約瑟說道，『我已經吩咐套車啦，也吩咐預備快馬啦；伊西多去租馬啦。』

少佐太太答道，『你爲什麼要晚上跑馬車？不如讓她睡在床上的好，是不是？我纔勸她躺下啦。』

約瑟說道，『喊她起來。』一面說一面很用力的用脚踏地。我已經吩咐備馬啦——是呀，已經備馬啦。什麼都完啦我——』

奧都特太太問道，『你怎樣麼？』

約瑟說道，『我要去根脫。人人都往那裏去；你要去，我有地方，半點鐘內我們就走。』

少佐的太太很看不起他的，看看他。她說道，『我要聽奧都特告訴我的路程。不然，我是不動的。你喜歡走，你走你的；阿米力亞同我都不走。』

約瑟又蹴脚說道，『她一定得走。』奧都特太太兩手叉在胸口，擱住睡房門。

她說道，『你是不是帶她回去見她的母親；抑或是你自己要回去找媽媽？請你走罷。我望你一路平安。我還勸你聽我的說話，你不如把鬍子薙光了的好，不然的話，恐怕他們要離爲你。」約瑟害怕生氣，變了發狂，粗口罵了一句；這時候剛好伊西多走來，也破口的罵，說是沒得馬。所有的馬都沒得了，因爲這一天，驚慌的人不止約瑟一個。

現在約瑟的恐慌已經够利害的了，等到天將晚的時候，他恐慌到幾乎發狂。作者已經說過女僕的愛人在軍營裏，出城去迎接拿破崙，這個愛人原是本地人，是一個比利時的一個輕裝騎兵。這一次打仗，比利時的軍隊實在是不要臉，毫無勇氣，這個女僕的愛人是一個好軍人，不敢違背帶兵官的號令不逃走。當他在比都的兵房裏的時候，這個少年軍人覺得很舒服，有空的時候就跑到廚房來陪這個女僕；當他們兩個人分手的時候，身上鞍子裝滿了好吃的東西，走去赴前敵的。

說到他所在的那一師，戰事算是完啦。這一師原是王爺帶的，再說到長刀和長鬍子，軍服和裝束的華美，這個少年和他的同袍都可以同任何軍隊相比。

當拿破崙部下尼（Ney）將軍衝擊聯軍前進時，勢如破竹，節節前進，誰知從比都出來的英軍改變了卡忒布剌（Quatre Bras）的陣勢，比利時王爵所帶的馬隊，望見法軍，首先逃走，節節失守，敗逃得很快。英國軍隊阻住，比軍不能不站住。到了這個時候，法國馬隊纔有機會同比軍接近薄戰；但是比軍情願同英軍見面，不願同法軍見面，掉過馬頭，從英國軍隊裏逃竄潰散。這一枝兵隊算是完了。不知到那裏去了。司令部也沒得了。這個少年只曉得獨自一人騎了馬亂跑，離開戰地很遠。他往那裏跑呢？自然是跑回廚房裏，找他所愛的女僕，是不是？

大約有十點鐘的時候，有刀聲響，走上奧茲本們所住的樓上。有人敲廚房門；女僕方從教堂回來，開廚房門，看見他的愛人，這個輕裝騎兵，那樣憔悴狼狽，幾乎暈倒。他臉無血色。她正要大喊，恐怕驚動她的主人們，就看見她的朋友，故此不敢響。她把她的英雄，領入廚房，給他皮酒喝，給他好菜吃。這都是約瑟無心吞吃的好東西。這個輕裝騎兵喝了許多酒，吃了許多肉，表示他並不是個鬼，實在是個人，一面吃喝，一面說打敗仗的事。他說的是他們的軍隊奮勇打仗，法軍來攻，他們很能支持。其後敗下來，英軍也敗下來。尼將軍遇一隊，打倒一隊。英軍被法軍擊殺。比軍上前攔阻無效。不倫瑞克（Brunswick）軍隊敗逃——公爵陣亡。我們簡直是全軍潰散。這次大敗，令他難過，只好灌皮酒解愁。

伊西多跑進廚房來，聽見了，跳出去告訴他的主人，他對約瑟喊道，「什麽都完了。公爵被俘（此公爵殆指威靈敦　譯者註）；不倫瑞克公爵陣亡；英軍敗走，只有一個人逃出來，他現時在廚房裏——你來聽他說。」約瑟走入廚房，那個逃兵還坐在桌邊，抱着一小罎皮酒，不肯放手。約瑟用不成文法的法國話叫這個輕裝騎兵把戰敗的情形告訴他。這個人越說越利害。只有他一個人逃出，其餘的人都死在戰場上。他親眼看見不倫瑞克公爵死倒在戰場上的，黑衣輕騎全逃了，蘇格蘭人被炮彈打得粉碎。

約瑟喘氣問道，「第某團怎樣啦？」

那個輕裝騎兵說道，「全軍覆沒啦。」女僕喊道，「唉，我的太太。」她傷心到發狂。滿屋子都是她的喊聲。

約瑟塞德力恐慌到了不得，不曉得在什麽地方躲避，不曉得怎麽樣找地方躲避。從廚房跑回去起坐屋裏，看看阿米力亞的房門，奧都特太太剛纔當着他的面關了門，上了鎖；但是他記得輿都特太太怎樣的看不起他，他在門口停了一會子，聽了一會子，打定主意跑到街上去，今天這是他第一次出門。他於是抓住一枝蠟燭，找他的金線帽子，在老地方找着，在外間的托架桌上，放在鏡子前面；他好照鏡，總要把鬍子扭好了，帽子戴好了，他纔出來露面。他是習慣了的，這個時候，他還要弄弄頭髮，戴好帽子。他對鏡子一照了，嚇了一驚，看見自己的灰白臉；尤其是看見自己的鬍子，因爲這個禮拜長得很茂盛。他一想，他們必定當他是一個軍人，記得剛纔伊西多警告過他，凡是打了敗仗的英國人都要被殺的；他脚步很不穩的走回去臥室，發狂的拉鈴叫跟人。

伊西多聞鈴跑進來。約瑟倒在椅子裏，把頸巾扯下來，領條翻下，兩手舉着喉嚨，在那裏等。

他喊道，『伊西多，割我，快快割我！』

伊西多想了一會子，以爲他發狂了，要他的跟人割他的喉嚨。

約瑟喊道，『鬍子鬍子——割呀，薙呀，快快！』——他的法國字很多，可惜不合文法。

伊西多不到一會子工夫，把鬍子薙了，聽見主人吩咐他拿帽子和便衣來，他高興得很。約瑟說道，『不穿軍衣啦，送給你啦。』——軍帽軍衣是跟人的了。

約瑟送了這兩樣東西之後，披一件黑色便衣，黑色背心，戴寬的白領條，平常皮帽。設使他有一件寬邊帽他是肯戴的。現在既是這樣打扮，你以爲他是一位英國的闊教士。

他又說了幾個法國字，跑下樓，走到街上。

那個騎兵雖然說他是比國軍隊中，或聯軍隊中，獨一逃出來的人，並未被尼將軍斬作幾塊，他的話卻並不確，因爲逃出來的人，還有許多。有許多他的同袍都回來了——都說是逃回來的——滿城裏都以爲是聯軍打敗了，曉得時時刻刻法軍都可以入城；人們接連的恐怖，處處都有人預備逃難。約瑟心裏想，沒得馬！很害怕。他曾經叫伊西多去問，有人肯借馬或賣馬的沒有，問了二十多處，回報說都沒有，約瑟心膽都丟了。不如步行逃走吧？他的身子太胖太笨，這時候他雖然怕死，他的身子卻還是不肯走。

所有英國人在比都所住的客寓幾乎都是向公園的，約瑟就在這一方，毫無主意的，走來走去。他看見有些人運氣比他好，坐了馬車走了；也有別人同他一樣的，有錢也買不出馬來。在要逃難的人叢中，約瑟看見某巴阿克貴族夫人和她的女兒，已經坐在馬車上，衣箱行李都收拾好了，就是無馬匹。

利貝克就住在這客店；從前就同這兩位貴族開過戰的。貴族夫人偶然在樓梯上遇見克洛里太太，是不理她的；凡是這位貴族夫人所到的地方，聽見有人說起克洛里太太，她是要說她壞話的。這位伯爵夫人很不以達甫圖軍長同他副官的太太親密爲然。她的女兒躲避克洛里太太，如同躲避傳染病一樣。惟有伯爵當他的太太和女兒不在面前，纔敢偸偸的同克洛里應酬。

利貝克有了報復她的無禮仇敵的辦法。客寓的人曉得克洛里佐領出發的時候，留下幾匹馬，當恐慌的時候，伯爵夫人居然屈尊打發女僕去說，夫人同克洛里太太請安，要打聽她的幾匹馬要多少錢。克洛里太太同伯爵夫人請安，送一張回條去，說的是，她不慣同女僕交易。

這句簡單乾脆的回話，卻令伯爵自己走來；也是不得要領，走回去。克洛里太太生氣賊道，『打發女僕來問我麼？伯爵夫人爲什麼不吩咐我去套車呀？要逃難的是夫人自己呀，抑或是女僕呀？』伯爵帶回去告訴他太太的就是這幾句話。

一定要買，有什麼法子呢？伯爵夫人見第二位欽使也辦不來，只好親自出馬。她懇求克洛里太太說價錢;只要她肯賣馬,伯爵夫人且願意請克洛里太太到宅子裏吃飯。克洛里太太很看不起她。

說道,『我不要穿號衣的地保伺候我。大約你總是不能回家的了;即使你能逃脫,你的金剛鑽是逃不脫的。將來落在法國人手上。不到兩點鐘,法軍就入城,那時候我已經走到半路啦。我不肯把我的馬賣給你,就是你把在跳舞場戴的兩顆頂大金剛鑽給了我,我也不願賣。』伯爵夫人害怕,生氣到發抖。她的金剛鑽縫在衣服裏,藏在伯爵的棉包和靴子裏。她說道,『我的金剛鑽已經存在銀行裏,我一定有馬。』利貝克當面大笑。貴族夫人下樓又坐在馬車裏;打發女僕,男僕,丈夫再到各處去找馬;那個回來得最遲的就遭殃!因為伯爵夫人打定了主意,馬一到就逃走,那時候丈夫回來也罷,不回來也罷,她總是要逃走的。

利貝克看着伯爵夫人坐在無馬的馬車,樂得很,兩眼瞪着她,大聲叫喊,哀憐她沒得辦法。她說道,『把金剛鑽都縫在車墊子裏!可惜得不着馬!法國人到來卻得着很好的擄掠品!——我說的是馬車和金剛鑽,不是說那位夫人!』她把這個消息告訴店主人,告訴僕人們,告訴客人們,告訴了院子裏不可勝數的閒人們。伯爵夫人想從車窗放槍打死她。

正在享受屈辱伯爵夫人的快樂時候，她看見約瑟，約瑟一看見她，就過去。

他的改變了的害怕的胖臉，現出他心裏的恐慌。他也是要逃走的人，也是要找馬匹。利貝克想道，「我要他買我的馬，我自己騎母馬。」

他走到她面前，問道，「你曉得什麼地方有馬賣麼？」這是他問第一百次啦。

利貝克大笑說道，「什麼呀？你要逃麼？塞德力先生，我以爲你是保護全數堂客們的選手。」

他喘氣答道，「我——我不是軍人呀。」

利貝克問道，「阿米力亞怎麼樣？誰保護你的小妹妹呀？你肯拋棄她嗎？」

約瑟答道，「譬如敵軍到了，我能夠幫她什麼忙呀？敵軍是不會傷害婦女們的；但是我的跟人告訴我，敵軍曾經發過誓不饒男人們，——敵人眞是懦夫。」

利貝克看他慌亂無主，很高興，答道，「眞可怕。」

約瑟說道，「我並不拋棄她。我一定不拋棄她。我的馬車裏有她的坐位，你若肯來的話，也有你的坐位，只要我們有馬。』——他說這句話，歎了一口氣。

利貝克說道，『我有兩匹馬出賣。』約瑟聽了，眞可以鑽入她懷裏。立卽吩咐他跟人，說道，『伊西多，把馬車拉來，我們有馬啦。馬在這裏啦。』

利貝克說道，『我的馬卻向來未駕過車。你若是要駕車。我的馬會把馬車踢碎了的。』

約瑟問道，『但是你的馬是可以任人騎的，是老實的？』

利貝克答道，『我的馬馴良如羊，能跑如兎。』

約瑟說道，『你看他能載得起我麼？』他自己想像以爲已經在馬背上，絕不想到可憐的阿米力亞。凡是喜歡買馬的人，誰能够抗拒這樣引誘呀？

利貝克請他到自己屋裏來，他着急到氣都喘不出的急於要辦成了這宗買賣。他平生在半點鐘裏頭所花的錢，都比不上這個半點鐘內所花的那麼多。利貝克是很會作生意的，她看買者的急於需買的程度，和她所賣的物件的希罕定價錢，她要價要得很兇，約瑟聽了，也不肯出價。她說道，『我要賣是兩匹一起賣，單一隻，我不賣。』

羅登曾定過價錢的，少一文都是不能賣的。樓下那位伯爵曾經出到這個價錢。她說她是很愛很看重塞德力一家的人，但是約瑟先生也要體恤窮人，窮人也是要吃飯的——總而言之，她是很講情義的人，說到作買賣卻是一點都不能退板的。

約瑟自然是願照她所要的價錢買兩匹馬，這是我們都可以猜着的。這一筆買馬的款子很大，他不能不要求她展限；這一筆賣馬的錢，到了利貝克的手上，很是一份小小的家產，她匆匆的一算，賣馬的錢和變賣羅登的物件的錢，還添上倘若他陣亡了她是他的寡婦所得的恤俸，她很可以獨立，不依賴他人，還可以不怕當寡婦啦。

這一天她有一兩次曾經想到逃難，但是她的理性叫她不必跑。她想道，『譬如法國軍隊果然進入城，我是一個軍官的可憐的寡婦，他們能夠把我怎樣啦？呸！屠城圍城的日子已經過去了，他們讓我們平安回家，不然的話，我可以帶着這些錢在外國過舒服日子。』

當下約瑟和伊西多跑去馬號看新買的馬，約瑟吩咐伊西多賓立刻備馬。他要今晚就逃，即刻就逃。他一面隨他的跟人忙着備馬，他回去預備起程。他這一逃，必定要祕密，他要從後門進自己的臥室他不管奧都特太太和阿米力亞，不肯對他們承認他逃走。

等到約瑟同利貝克買馬成交驗看過那兩匹馬之後，幾乎天又亮了。這時候雖然是過了半夜許久，城裏還是吵的；人們還未睡，屋裏還有燈光，門口還有人，街上還是很鬧忙的。嘴裏傳來的各種謠言很多：有一片謠言說普魯斯軍完全打敗了：又有片謠言說是英軍被攻，被法國打服了：第三派謠言說的是英軍還站得住。這第三派的謠言逐漸得勢。並未見法兵的面。從軍隊回來的失伍的人，落後的人，帶回來的新聞好得多：最後來了一個副官帶了文書入城，送交守城官。不久滿城都貼了官報說聯軍在卡忒布剌打勝仗。大戰六點鐘之後，聯軍把尼將軍的軍隊整個的打退了。當約瑟和利貝克講價的時候，這位副官必定已經進了城許久了，不然就是當約瑟驗看這兩匹馬的時候進城的。當他回到自己的客店時候，看見許多客店裏的人在門口談論新聞；消息一定是確的了。他上樓告訴那兩位堂客。他心裏想不必告訴他們他怎樣的要拋棄他們逃走，他怎樣買了兩匹馬，怎樣出的重價。

但凡人只管慮所愛者的平安，卻不甚看重或勝或敗的。阿米力亞聽見打勝仗的消息，覺得更擾動。她立刻就要去軍中看看。她淌淚哀求哥哥領她去。她的疑惑和他的恐怖到了發狂程度啦，昏迷了幾點鐘，瘋狂到跑來跑去，見了令人可憐。在離城十五英里的戰場上奮勇戰鬪之後，倒在沙場的人很不少，有許多還在那裏因痛打滾，但是他們所受的痛苦，還比不上這個可憐女子所受的咧。約瑟受不住看他妹妹受痛苦，把她交給奧都特太太照應，又下樓站在客店門口，那裏有許多人還盤桓不走，談論，等候新聞。

這時候天大亮了，重新又有新聞從戰場來，是親預戰事的人帶來的。大車長車裝送傷兵入城；內裏有許多是鬼哭神號的；也有從乾草堆裏，露出很憔悴的臉。約瑟心裏很難受，卻爲的是好奇，看裝傷兵的馬車走過——車裏叫痛喊苦聲音，是慘不忍聞——走倦了的馬，幾乎拖不動車啦。乾草堆裏有很微弱聲音喊道，『停住！停住！』就有一輛車停在約瑟所住的客店門外。

阿米力亞滿臉死色，散了頭髮，跑到露臺喊道，『這是佐治，我曉得是他！』並不是佐治，卻比並不是佐治好些；這是報佐治消息的人。

這是可憐的妥瑪斯達 (Jom Stubble)。二十四點鐘前，他曾拿軍旗從比都出發的，在戰場的時候曾奮勇保護軍旗。有一個法國兵用長矛刺他的脚，他受傷倒地，仍然奮勇保護軍旗，打完仗之後，有人在車上找着一個地方，就把他送回都城。

這個孩子聲音很微的喊道，『塞德力先生，塞德力先生！』約瑟聽見有人喊他，走上前，幾乎害怕。初時他辨認不出是誰喊他。

這小孩子安瑪斯達伸出一隻熱而無力的手來。說道，『他們吩咐把我送到這裏來。奥茲本，——和——和——多賓說的；叫你給護送我的人兩個拿破崙（錢幣名　譯者註）：我的母親將來還你。』當這個小孩子在車上過了好多點鐘發熱的時候，心裏想到他父親的牧師住宅，他不過是幾個月之前離開這所住宅的，當他想家想到發昏的時候，連痛苦都忘記了。

這所客店原是很寬大的，客店裏的人都是很仁慈的，把車裏所裝的傷兵都扶進來放在各種的床榻上。把這個小旗官送上樓，安置在奥茲本的屋子。阿米力亞和少佐的太太都跑下樓來。當他告訴他們戰事是完了。他們的丈夫都平安，讀者就可以想像這兩位堂客的感情；可以想像阿米力亞怎樣歡樂如樂如狂的摟住少佐太太；她怎樣的跪下感謝上帝，保存她丈夫的性命。

這個少年女人愁苦到發熱，神經極其擾亂，偶然來了這個受傷的小旗官，就把她病治好了，比什麼醫生都好。她和奧都特太太不停的照料這個受重傷很痛苦的孩子；阿米力亞既有人強她擔任這個義務，就沒得時候深念她自己的憂慮，也不能意相情願的只管害怕只管害怕，只管想像許多預兆。那個病人用粗淺的話語告訴她當日的事體，和第幾標的我們朋友們的動作。他們的損失很重。他們丟了許多軍官和兵卒。當那一枝兵衝鋒的時候，少佐的馬受傷，他們以爲他死了，以爲多賓補他的少佐缺，後來他們衝過去之後，回來原地，纔看見少佐坐在馬屍上吃酒。斬殺那個刺傷旗官的法國兵，原是奧玆本佐領。阿米力亞聽到這裏，臉色變了死白色，奧都特太太就叫旗官不要往下說。打完仗之後，多賓自己受了傷，還把旗官抱起來，送給外科軍醫治傷，又送到車上，叫人護送他回來城裏的。還是多賓答應給趕車的兩個拿破崙，倘若他把受傷人送到城裏塞德力先生所住的客店，告訴佐治奧玆本少佐的太太說戰事已經完了，她的丈夫並未受傷，身體很好。

奧都特太太說道，「多賓常笑我，卻是一個很有慈的人。」

那個少年旗官說全軍裏頭再沒得一位如他這樣的軍官，絕口不停的稱讚這位資格在先的佐領。稱讚他的謙遜，仁愛，及臨陣的鎮靜。阿米力亞並不十分留心聽他說這一番話：惟有說到佐治的時候，她才留心聽；當他不說佐治的時候，她卻想他。

阿米力亞照應她的病人，想起昨日的幸免的事，第二天過得不甚慢。在全軍裏頭，她只想一個人：只要這個人無傷無損，她就不算注意軍隊的舉動了。凡是約瑟把他從街上聽來的新聞告訴了她，她都不甚能夠入她的耳；這種新聞雖然能夠令這個膽怯的人，和許多比都城裏的人極其不安，她卻不大理會。法國軍隊誠然是敗退了，但是幾番血戰之後，纔把法軍打退的，勝敗還不能十分有把握；況且打退的不過是法國一師。拿破崙統帶大軍，遠在林尼 (Ligny) 地方，把普魯斯軍打到全軍覆沒，現在他可以自由全用力對付聯軍啦。威靈敦公爵向比都退，大約城外將有一場血戰，戰敗還不能斷定。威靈敦公爵所能依靠的不過二萬英國兵，因為德國軍隊都是未見過仗的鄉兵，比利時軍隊又是軍心不和的；他卻要靠這二萬人抵擋拿破崙帶來衝入比利時的五萬人。拿破崙統領的軍隊！毋論什麼有名聲有戰略的將官能夠同他對敵以寡勝衆呀？

約瑟想到這幾層只在那裏害怕到發抖。其餘全城的人也是這樣——他們都覺得昨天的一仗，不過是眼前就要發現的血戰的開端。有一枝兵同拿破崙對敵的已經潰散了。能够湊攏來抵抗拿破崙的英國兵不多時會力戰陣亡的，拿破崙就在他們的死屍上走過進城：那時候在城裏的人必要遭殃！城裏已經預備好歡迎詞，官吏們已經私下裏會商，拿破崙的行臺已預備好了，三色旗和恭賀得勝的東西，已經在那裏製造，專候歡迎拿破崙大皇帝。

陸續仍有許多出城逃難的人，凡是有車馬的人都逃走了。六月十七日下午，當約瑟走去利貝克的客店時候，看見那位伯爵夫人們的大車正在動身出城了。克洛里太太雖然不肯把馬給伯爵，他卻居然想出法子買了兩匹馬，開車向根脫走。路易在根脫預備好他的皮包。這個人偏走不動，惡運神卻偏要他逃走。

約瑟覺得昨天一天不過是展緩罷了，他費了許多錢買來的兩匹馬，今日卻必要用得着了。今天這一天他的憂愁很利害。只要在拿破崙與比都之間有英國軍隊，原用不着立刻就逃的；但是他已經把他所買的兩匹馬從遠處的馬號裏牽到他所住的客店的馬號裏，放在他眼前，免得被人偷去。伊西多不停的看守着馬號的門，上好鞍子，預備走。他很想他的主人逃走。

利貝克自從那天備受阿米力亞歡迎之後，就不想走近她。她把佐治給她的花球剪去了，再添上水，讀他給她的情書。她用手指搓那塊紙，說道，『可憐蟲，我只要用這塊小紙就可以把她壓碎啦！——她爲這樣的小事就必定痛苦到心裂——她所爲的不過是一個傻子——一個浮蕩子——不理她的人。我的羅登，勝過他十倍。』她隨即想到倘若羅登遇着不測，她該怎麼辦，他卻把馬留下來，卻是一件大幸的事。

這天克洛里太太看見伯爵夫人居然有了馬坐了大車逃難去了，心裏有點生氣，也想起自己也要預備作了點針線；她把她的大部分的首飾，票子，鈔票，縫在衣服裏，預備不虞——想跑就跑，想不跑就仍住在城裏，歡迎得勝人，不管他是英國人或是法國人。當天晚上羅登卻裹着大衣，在大雨之下支營帳，在那裏想他所撇下的太太，我不敢說同時利貝克不是在那裏夢想作上將夫人。

第二天是禮拜日。奧都特太太看見她所照應的兩個病人歇息了一夜，精神體氣都很好，她自己也覺得滿意。她自己是睡在阿米力亞屋裏的大椅子上，時時刻刻預備服事他們。等到天亮，她就回到她夫婦的住處；梳妝打扮得很好看。當她自一個人在臥室的時候，他的帽子還放在枕上，他的手杖還放在屋角，她也許曾向上天祈禱保佑她的有勇的丈夫平安。

當她回去的時候，把她的祈禱書帶來，把她的舅舅（或叔伯　譯者註）的一本經論也帶來，她因爲她的舅舅是一位很有學問的人，喜歡用長的拉丁字——但是她讀得很鄭重的，讀得大意不差。她想起來當她讀經論的時候，她的丈夫怎樣的留心聽！她今天打算讀經論，給阿米力亞和小旗官聽。同時有二萬所教堂讀同樣的經；有百萬英國男女跪下求天父保護。

他們是聽不見驚動在比都的這兩個人的炮聲，當奧都特太太讀經的時候，滑鐵盧的大炮聲隆隆的響，比前兩天的炮聲響得多。

當約瑟聽見炮聲響，他就打定主意不再受恐怖，要立刻逃走。他跑進病人的屋裏，他們三個人停着祈禱，他很着急的對阿米力亞說話，打他們的岔。

他說道，「安米，我不能再受啦。我替你買了一匹馬——你且不要管是用什麼價錢買的

——你必定裝束起來，同我一齊走，你騎在伊西多背後。』奧都太太把書放下，說道，『塞德力先生，你不要怪我說，你簡直的是一個懦夫。』約瑟說道，『阿米力亞，我要你來，不要理她說什麽；我們爲什麽在這裏等法國人來屠宰？』那個小旗官說道，『你忘記了第某標，奧都特太太，你不要拋棄我就逃跳啦。』奧都特太太走上去吻那個小孩子，說道，『我的好孩子，我不跑。只要我在你身邊，不會有人傷害你的。我不得到丈夫的一句話，我是不動的。我騎在那個人的馬上，坐在鞍褥的後頭，成個什麽樣子？』牠所描寫的這一幅畫；小孩子想起來就大笑，連阿米力亞也笑了。約瑟喊道，『我不請這個女人走——我不請她——我不請這個愛爾女人，我請你阿米力亞走；我再說一遍，你走不走？』阿米力亞很詫異的說道，『約瑟，我丈夫不在身邊，我就走了麽？』一面伸手給奧都特太太。約瑟實在不耐煩啦。

他大怒揮拳頭，說道，『那嗎，我走啦。』走出去用大力把門關了。奧都特太太走出去看，聽見馬蹄聲從大門出來。約瑟在前跑，伊西多戴了有紐帶的帽子在後跟，這位太太對於約瑟還說了許多看不起他的話。那兩匹馬有許久無人騎過，在街上亂跳。約瑟原是笨人，膽子又小，騎在馬上，很不好看。奧都特太太說道，『阿米力亞，你來看他騎進人家的窗子裏啦。眞是一條蠢牛入了磁器鋪，我向來未見過。』過了一會子，兩匹馬轉入赴根脫的大路上去了，奧都特太太只要眼還看得見他們，總是挖苦他們的。

這一天從早上至日落，炮聲並未停過。到了天黑，炮聲忽然停住了。

那一天的戰事，讀者都讀過啦。凡是英國人嘴裏都有這一段故事；我同你當孩子的時候，正是一仗打贏了，一仗打輸了的時候，我們聽說這一場有名的戰事，是百聽不厭的。打了敗仗的有勇氣的人們，幾百萬他們的同國的人心中，記起這件事來，總是激昂的。他們渴想報復的機會；倘若後來英法兩國又在戰場相見，輪到他們打贏，輪到他們高興，把仇恨憤怒交給我們，這樣看來，這兩個激昂的民族，就可以比較高下，你殺我，我殺你，一勝一敗，一榮一辱，永無了期啦。數百年後，我們法英兩國的人，還可以相誇相殺，顧全魔鬼所定的講體面的法典。

我們的朋友們在這個大戰場上，個個都預聞戰事，人人都是奮勇的。這一天從朝至晚，當婦女們在離戰場十英里之外祈禱的時候，各戰線的不怕死的英國步隊同法國馬隊對敵，有時被衝有時向前衝敵。在比都所聽見的大炮，把一行列一行列的人都轟倒了，已死的同袍倒地，未死的勇敢同袍湊上來再成行列。快到天晚時，法軍屢次來撲，屢次被拒，後來兇猛稍減些。法軍不獨要敵住英軍，還要同他國的軍隊戰，不然就是預備作最後的衝擊。果然是來撲；拿破崙的侍衛軍衝上聖吉安（St. Jean）山上來，英軍據住這個山頭，據了一整天，法軍要最後一次過的，把山上的英軍掃走了；英軍如雷轟的放炮痛擊，法軍死傷甚多，毫不畏懼，如黑潮湧上來。好像快衝到山頂的時候，卻起首搖動，起首無主意。隨後站住了，仍然是向着炮子的。後來英兵衝過來，侍衛軍方掉頭跑的。

得勝的軍隊如潮湧的追敵去了，比都聽不見炮聲了。戰場上和城裏都是一片黑：阿米力亞祈禱上帝保佑佐治，佐治那時候臉向地的爬在地下，彈子穿心，陣亡了。

第三十三回至三十四回（刪）

［這兩回說當比國發生這許多事的時候，克洛里氏的各親族人等接連的要取得克洛里

老小姐的歡心——末後還是庇得克洛里得勝。當他們得了消息說利貝克已產生一子，老小姐就宣布將財產送交庇得。庇得立刻娶了柘晤（Jane）貴小姐，他的丈母就過來管理他們全家。」

第三十五回　寡婦和母親

卡忒布剌和滑鐵盧兩場大戰的消息是同時到倫敦的。官報首先登這兩大戰的結果；英國聽見這個有榮耀的消息，被得勝和害怕所震動。其後登載各種特別情形；宣布得勝之後，登的就是陣亡的和受傷的名單。誰人能夠說出來他們讀這名單時的恐怖！當比利時大戰的緊要新聞到了英國三島的時候，每鄉每家都要讀死傷名單。等到曉得某親某好友或死或存的時候，讀者試想他們的極樂和感激，傷掉死亡的感情。毋論什麼人於事隔多年之後，試讀當時的舊報，也還要覺得當時這樣的懸望。陣亡將士的名單是逐日登報的：你讀過一天的報告就停止了，接着要讀第二天的。試想當日接連按日登報時，讀者的情景；况且這次戰事，英國赴敵的不過二萬人，我們英國人的感覺尚且如此，讀者試想二十年前歐洲的情形。那時候打仗的人不是按千算的，是按百萬算的；當其中一個兵打死一個敵人的時候，他間接的破裂了遠處的一個無辜的人的心。

奧茲本一家人得了佐治陣亡消息，很震動。兩個女孩子是無限的憂慼。佐治的老父更為愛傷。他以爲因爲兒子不聽父命故上帝降罰於他。這老頭子卻不敢承認刑罰太酷，他有點害怕，也不敢承認施罰未免過早。有時候他想起來好像他自己是請降罰於其子的人，震駭到發抖。從前原有調解的機會。媳婦也許死了；不然的話，他的兒子可以走回來說道，『父親，我犯了罪啦。』現在卻無希望了。他的兒子現在與他生死相隔，他的一隻愁苦眼永遠看他的父親。他還記得從前有過一次他兒發熱病，兩隻眼就是這樣看他的父親，那時候他睡在床上不能說話，人人都以爲這個孩子一定要死的了，兩眼很憂愁的瞪着父親。他還記得那個時候他作父親的怎樣抱住醫生不放，怎樣寸步不離的跟着醫生；後來兒子病好啦，這時候認得父親啦，他當父親的，這時候纔覺得如釋重負的放了心。現在是既無補救，又無治法，又無父子調解的機會了：最可憐的，是這時候兒子既無悔過的話安慰他的虛驕的威怒，也不能令他的受了毒的發怒的血自然運行。現在實在是難說，最傷老父的心的，是兒子已死，不能受父親的寬貸，抑或是老父現在得不着他自己的傲氣所盼望的悔過。

毋論這個老頭子這時候的感情是怎麼樣，這個古板老頭子絕不告訴人。他對兩個女兒絕不提起兒子的名，只吩咐大女兒叫家裏全數的女僕們守喪，男僕們都穿深黑衣服。停止宴會。女兒出嫁的日子已經選定了，卻不通知門壻；布洛克一看老頭子的臉，就不敢動問，也不敢催婚期。他同女眷們有時在客廳裏低聲說這件事。老頭子是向來不進客廳的。老頭子永遠在自己的書房；宅子前一排的窗戶都關了，喪期過了好幾天之後纔開的。

大約過了六月十八三個禮拜之後，多賓爵士（多賓佐領的父親　譯者註）去訪老奧茲本，臉無血色，還露出很擾動不安的神氣，一定要見老頭子，有話說。進了老奧茲本的屋子之後，說了幾句話，說話的，聽話的，都不曉得是說些什麼。爵士打開一包東西，取出一封信來，是一個大的紅印封住的。這位市政廳參議（位在市長之下　譯者註）帶點遲疑，說道，「我的兒子多賓少佐，託第某標的一位軍官帶了一封家信來。這位軍官是今天到的。奧茲本，我兒子的這封信裏頭，附了一封信，是給你的。」這位參議把信放在桌上，奧茲本一言不發，瞪了他兩眼。他的神色很驚嚇送信的人，他只好看看這個爲憂愁所傷的臉，趕快走了。

這封信是佐治的筆跡，是六月十六天未破曉之前寫的，正在佐治與阿米力亞分手之前，天印章上有奧茲本的假徽章，是從貴族譜略上冒取來用的，上頭有一句格言說的是『以戰求和』；原是一個公爵門第用的這個老頭子以爲他同這個門第有關係，就取來用。寫這封信的手，再不能執筆也再不能執戈的了。佐治所用的印章，當他陣亡之後，已經被人搶了。老頭子卻不曉得這一層。他坐在那裏兩眼瞪着這封信，露出恐怖和忘其所以的神色。當他拆信的時候，幾乎跌倒。

這個可憐的孩子的信，並無許多話。他心裏何嘗不覺得父母愛子之情，他卻過於驕傲，不肯承認。他只說明早就要開戰，他要同父親告別，鄭重的哀求老父善待他撇下的妻室——也許還要善待他的兒子。他承認他痛悔已經把他母親遺下的錢浪費了，已經花了一大部分。他謝謝他父親從前的慷慨；他現在答應父親，毋論他死在戰場或幸得生還，他的作爲，斷不至於汚辱佐治奧茲本這個名字。

他的英國人的習慣，驕傲性情，也許是不便說話，令他不能再多說。信上原有佐治所畫的吻，他父親卻不能看見。老奧茲本還是很痛恨，很想報復，把信丟在地下。他還是不愛，還是不恕他的兒子。

大約過了兩個月之後，兩個女兒陪着父親進教堂。她們看見他坐在另一個座位，並不是他向來坐慣的地方；他抬頭看牆，她們也向那裏看看；看見牆上有一座雕工極細石像，雕的是不列顛神像低頭對着一個甕（指盛屍灰甕　譯者註）哭，還有一柄斷刀，一隻臥獅，這是指明這座不像是爲一個陣亡戰士而建的。石匠店裏很有許多現成雕刻好的石像，當第十九世紀的最初十五年間，這種石像很有銷路。

石像下方還刻了奧茲本氏的徽章，還有幾句話，說道，『英國第某標步兵佐領，佐治奧茲本紀念碑。一八一五年六月十八日在滑鐵盧之役，爲君主爲國家陣亡，年二十八歲。爲國而死而甘心的，是有榮耀的。』

這兩位小姐一看見這座石刻，很動情，瑪理亞小姐支持不住了，只好離開教堂。教堂裏的人都很恭敬的讓兩位啼泣穿黑衣服的小姐走過，很可憐那個坐在陣亡軍官的紀念碑對面的神色嚴厲的老頭子。當這兩位小姐傷心完了的時候，就對自己說道，『父親肯饒恕佐治太太麽？』有許多認得奧茲本家裏的，曉得兒子娶親，父子從此就不和，這時候也談論這件事，談到那個少年寡婦有無調解機會。那條街上的人，市裏的人，且爲這件事賭博。

倘若這兩位小姐很着急的要曉得她們的父親會承認阿米力亞作媳婦，等秋末的時候，她們的父親宣言要出外，她們更着急了。他雖未說往那裏去，他們卻立刻曉得老頭子往比利時，她們曉得佐治的寡婦還在比國都城。她們從多賓老夫人那裏聽得關於阿米力亞的準確消息。因爲他標裏的第二少佐陣亡，多賓佐領就補了少佐缺；那位有勇的奧都特，這一次曾奮勇立過奇功，如同在其他諸戰役他有機會表示勇敢一樣，升了大佐，還得了寶星。

這一標裏頭，還有接連兩天打仗受了重傷的軍官，還在比都養傷。大戰之後，比都有好幾個月就變了一所陸軍的大醫院；這時候將士們都起首痊愈，花園裏和公衆遊戲場裏都是殘廢將士，老也有，少也有，他們纔出了虎口，這時候就賭錢，尋樂，戀愛。老奧茲本很容易找着第某標的軍官。他認得他們的軍服，從前一向都很留心他們的升遷調補，很喜歡談這一標和軍官的事，好像他自己也是標裏的人。他到了比都的第二天，當他從店走出來的時候，他看見一個兵，認得他的襟章和袖章，在花園裏一張石凳上歇息，奧茲本走過去，抖抖的坐在這個受傷纔愈的軍人身邊。

奧茲本說道，『你是不是在佐治奧茲本的隊裏？』停了一會，他又說道，『他是我的兒子。』

這個軍人不是佐領隊裏的，但是他舉手摩摩帽子，對着這個悴憔失意的老頭子，很慘很恭敬的行禮。那個兵說道，『全個陸軍裏頭，沒得比他更出色更好的軍官了。佐領所帶的隊伍的軍曹，卻在城裏，他受了槍傷，纔養好。你老先生若是喜歡的話，可以去見他，他可以把當日第某標的戰績告訴你。但是你老先生大約已經見過多賓少佐了，他是奧茲本佐領的好朋友；佐領的太太也在城裏！我聽見人人都說他很傷慘。他們說她神經錯亂了六七個禮拜。但是你老先生都曉得了——我求你饒恕我。』

奧茲本給了這個兵一個金鎊，請他把軍曹帶來公園客店，另外再給他一個金鎊；果然不久他就把軍曹領了來。第一個兵走了之後；他們告訴一兩位同袍說奧茲本佐領的父親來了，是怎樣一個手段闊綽的人，其後他們走去大吃大喝，只要口袋裏還有這位老先生給的錢，他們是要大吃喝的。

那位軍曹，傷纔養好，就陪着奧茲本往滑鐵盧及卡忒布剌兩處戰場，他替軍曹坐在他的馬車裏，領他在戰場上走。十六那一天這枝軍隊赴敵的地點，他看見了；法國馬隊緊追比軍的時候，這枝兵從斜坡追趕法軍的地方，他也看見了。有一個地點是兩個英國管軍旗的軍曹中彈死倒了，小旗官走來保着軍旗，卻被一個法國軍官來搶，奧茲本走來，把這個法國軍官一刀斬死，老奧茲本也看見這地點了。第二天這軍隊就是在這條路上退的；十七晚上下雨；他們就是在這崖邊冒雨支帳的。再往前去就是這天他們攻得和保守住的地點。屢次要結陣抵抗敵軍的馬隊來衝，用崖作保障，人都躺下，避法的兇猛的炮聲。到了晚上，敵軍末後一次猛攻之後，就往後退。英軍就在這個斜坡奉令前進，佐領搖刀衝下山坡，中彈陣亡。那軍曹低聲說道，『多賓少佐把佐領的屍身送回比都的，你老先生是曉得的了。』當這個軍人說故事的時候，就有許多鄉下人和找紀念品的，都跑過來，拿出許多紀念品如十字架，肩章，碎胸甲，碎國徽等等，請他們買。

奧茲本看過他兒子立功陣亡地方之後，同那個軍曹分手時候，很贈了他幾個錢。他兒子的葬地，他已經見過了。其實他一到了比都，就坐馬車去看的。佐治葬在離城不遠的一個風景很好的地方；有一天他同朋友們在這裏遊玩，他說願意葬在這裏。他陣亡之後，他的一個朋友就把他葬在花園的一角，有籬笆隔開，同天主教人的有廟有塔有花草的塋地分開。老奧茲本想到他的兒子，是一個英國上等人，是有名的英國軍隊中的一位佐領，為什麼就不配葬在外國人的葬地上，覺得有點丟臉。我們頂熱心的待人，能够說出來有多少是慕虛名呀；我們親愛人，有多少是為己呀？老奧茲本並未討論他的感情的攙雜性質，也未討論他的本能和為己怎樣的相關。他很堅信他的行為都是對的，毋論遇着什麼事，都要照他的主意辦——他的嫌怨如同蜂或蛇的毒，只要是反對他就放毒，他嫌怨人，還自鳴得意，自己常是對的，常往前進，絕不遲疑。無智的人，不是就用這幾種屬性，為世界的領袖麼？

奧茲本看過滑鐵盧之後回來，當太陽下山的時候，走進比國都城，碰見一輛廠車，裏頭坐了兩位堂客，一個男人，有一位軍官騎馬陪着馬車走。奧茲本看見了一驚，身子向後一動，坐在他旁邊的軍曹，很詫異的看看他，軍曹一面對着騎馬的軍官摩帽行禮，軍官板板的回禮。馬車裏原來是阿米力亞，旁邊坐的是旗官，對過坐着奧都特太太。這位堂客是阿米力亞，同老奧茲本從前所看見的大不相同了，從前她是一個鮮豔女子，現在是全變了，是一個臉無血色，瘦弱女人。她的好看棕色頭髮在寡婦帽子之下分開。她兩眼是定的，那裏也不看。當兩車相過的時候，這雙眼毫無神色的瞪奧茲本的臉，她卻不認得他；他原先也不認得她的，等到他抬頭看見多賓騎馬傍着馬車走，纔曉得是她。他恨她。他在這裏看見她的時候，他纔曉得他多麼恨她。當她的馬車走過之後，他掉過臉來，瞪着軍曹，軍曹自然不能不看看他，他兩眼露出詛罵和挑戰神色，對着軍曹，好像要說，『你怎敢看我？我恨她。把我的希望和我的傲氣全推翻了的，就是她。』他對着跟人破口大叫道，『你叫車夫快快趕。』一分鐘後，路上有馬蹄聲在奧茲本的馬車後，多賓騎馬來了。當兩輛馬車相過的時候，多賓的思想不曉得到什麼地去了，等到上前走了幾步，他纔記得剛纔走過的是奧茲本。他回過頭來，察看阿米力亞見了公公是什麼神氣，但是她不曉得走過去的是誰。多賓常天天陪阿米力亞出來的，這時候他把錶掏出來，說了兩句忽然想起有約會的藉口話，他就跑開了。阿米力亞也不覺他走了：她還是向前看，看看前面很遠的樹林，當日佐治是從那裏走的。

多賓騎馬走上前，伸手，喊道，『奧茲本先生，奧茲本先生！』奧茲本並不伸手去拉他的手，又大聲喊，要車夫快趕。

多賓一隻手放在車邊，說道，『先生，我想見你。我有口信傳給你聽。』奧茲本很兇的說道，『是那個女人的口信麽？』多賓答道，『不是的，是你兒子的。』奧茲本一聽這句話，立刻倒在車角上，多賓讓馬車在前走，自己在車後緊跟着，在城裏走過，到了奧茲本的客店，路上一言不發。他跟奧茲本到了他的住房。從前克洛里夫婦住在這裏，佐治是常到這裏來的。奧茲本說道，『多賓佐領，你有什麽話吩咐我，我說錯了，請你莫怪，我該稱你多賓少佐的，因爲好過你的人死了，你就補了他們的缺；』奧茲本說話，有時很喜歡帶點挖苦腔調。

多賓答道，『好過我的人是死了。我要對你說的就是這樣的一個人。』

奧茲本縐眉不樂的說道，『先生，不要說得太長。』

多賓說道，『我是仗着是他的最親密朋友，又是辦理他的遺囑的人，今日來同你說話。他的遺囑是在未赴敵之先寫的。你曉得他很沒得錢麽？你曉得他的寡婦過的是很苦的日子麽？』

奧茲本說道，『先生，我不認得他的寡婦。讓她回去她父親家裏吧。』但是多賓是打定主意不肯絲毫生氣，不管他打岔，往前說。

「先生，你曉得奥茲本太太的情形麽？她受了這個大打擊，她的姓命和她的理性，幾乎受了震動。她好得了好不了，此時還不敢說。幸虧她還有一個機會，我來對你說，就爲的是這一件事。她不久就要分娩。你還是把這個孩子父親的罪過，加在這個孩子的頭上呀？抑或你因爲佐治起見，饒恕了這個孩子呀？」

奥茲本大發其議論，第一層稱讚自己一番；第二層加重佐治不孝之罪。兒子那樣反叛他，他還是好好的待他。英國爲人父的人，沒得一個能够比他還慷慨大度的了。他是死了，還是不肯認錯。讓他承受他自己的不孝和罪過的效果。說到他自己，奥茲本先生，他是一個說話算數的人。他曾經發誓不同那個女人說話，不承認她作媳婦。他帶說了一句破口話作結束，說道，「等到我死的那一天，我還是這樣辦，請你告訴她。」

這一方是無希望的了。這個寡婦必要靠這幾個錢過苦日子的了，不然的話，只好靠約瑟能夠幫助她多少。多賓很憂悶的想道，「我可以告訴她，她是不管的：」因爲自從她受這大禍以來，她的思想全不在這種事體上，受了痛苦的壓力，她變糊塗了，好也罷，不好也罷，她都看得不足重輕。連友誼和仁慈，她也是這樣看待。來了就順受，絕不說一句怨言，受過之後，又去愁苦。

我們今說十二個月以後的事。在前半年，阿米力亞過的是極其可憫的日子。我們是曾經察看過實寫過這個軟弱柔和心腸的情緒的人，必要走開，不看她在那裏傷心。可憐她動不得躺在床上，我們走過也不要驚動她。我們關上她的黑暗臥室的門；那幾位慈心的人看護她幾個月，一刻不離她的左右，等到上天賜她安慰纔走開，把門關上，有一天這個可憐的寡婦，抱住一個嬰孩，喂奶吃。這個嬰孩的兩隻眼睛，像極了已死的佐治，相貌很美，是一個男孩子，像一個仙童。她聽見這嬰孩的第一次哭聲，覺得同奇蹟一樣！她抱着嬰孩子又哭又笑。嬰孩在她懷裏，她不知怎樣的愛他，怎樣的希望，心裏又起首曉得祈禱啦。她生了這個孩子，她的性命可保啦。來同她看病的醫生從前很怕她的性命不保，或神經錯亂，很不放心。要看她生了孩子之後，纔能够說母子是否都能平安。看護她的人一連好幾個月都是很懷疑很害怕的，這時候看見她很溫柔的對他們笑，他們纔覺得這幾個月，不是白辛苦的。

其中有一位也覺得不是白辛苦了一場的就是多賓。原來是他護送阿米力亞回英國，交給她母親的；那時候奧都特太太因爲她的丈夫要她趕快回去，不能不同病人分手。多賓怎樣的抱這個嬰孩，阿米力亞看她的孩子怎樣的很得意的笑，凡是能領略諧趣（幽默）的人，看見了都要開心的。多賓是這個孩的乾爹，他不知費盡了多少心，買盃子，勺子，乳瓶，珊瑚玩具給這個孩子。這個孩子的母親怎樣抱他喂他怎樣替他穿衣服，怎樣的把性命都寄在這孩子身上；她怎樣的把許多奶媽都鬨走了，不許他人動她的孩子；她怎樣的有時讓多賓玩這個孩子，她以爲是給這個乾爹眞大的面子，作者都不必細說啦。這個孩子就是她的性命。她懷抱撫摩這個孩子，就是她的生活。她拿愛情和崇拜包圍他。這孩子在她懷裏吃的就是她的性命。當晚上一個人的時候，她發現不知從何而來的熱烈的爲母愛子的愛情，愛到發狂，這是上帝賜給女人的本能——這種歡樂比理性高過及低過到若何程度——這種不知何故的很美的死心塌地的爲孩子，惟有女人心裏知道。多賓的事業就是沉思阿米力亞的這種舉動，察看她的心；倘若他的愛情使他猜着激動愛情的幾乎全數的感情，唉！他卻看得很淸楚她的心裏卻無地容他。他曉得是這樣。只好柔和的忍受着，甘心情願的受着。

我猜阿米力亞的父母看透多賓的意思，並不反對鼓勵他；因爲多賓天天到他們家裏，或同他們或同阿米力亞盤桓好幾點鐘，再不然的話，同房東，房東的家眷盤桓好幾點鐘。他藉口這件事或藉口那件事，送禮給他們，幾乎天天都要送的。房東有個小女孩，是阿米力亞很歡喜的，吃了多賓的小糖果很多，就叫他作糖果少佐。就是這個小女孩子常當女禮官，介紹他見奧茲本太太的。有一天糖果少佐坐了小馬車趕到他們住宅的門口，他下車拿出一個木馬，一個喇叭，還有別的軍械耍貨，都是他送給小佐治的，那時候這個小孩子不過六個月，那裏能夠玩這些東西，阿米力亞見了，大笑。

孩子正睡着。多賓走過來，也許是他的靴子聲太響，阿米力亞說道，『你不要響。』她伸出手來；多賓兩手拿了掓了許多小耍貨，伸不出手來，阿米力亞微笑。過了一會子，他對那小女孩說道，『小瑪理，你下樓去，我有話要對奧茲本太太說。』阿米力亞有點詫異，把嬰孩放在他的床上。

他抓住她的小白手，說道，『阿米力亞，我來同你辭行。』

她微笑說道，『辭行麽？你往那裏去？』

他說道，『你把信送給我的代理人，他們就會把信送給我；你將有信給我，是不是？我這一去，要許久纔能回來。』

她說道，『我寫信給你，告訴你佐治怎麽樣。寶貝威廉，你待我和這孩子多麽好呀！你看看他。他是不是像一個安琪兒？』

這個孩子的兩隻淡紅色小手抓住這位老實軍官的手指，阿米力亞帶着發光彩的母親愛子的歡樂，抬頭看多賓的臉。她這一看，是無希望的好意，他覺得是最殘忍的神色，這一看傷他的心，比什麽都利害。他低下頭來，看孩子和孩子的母親。有一會子工夫，他說不出話來。他費盡了平生的氣力，纔能够逼他自己說出一句上帝保佑你。阿米力亞說道，『上帝保佑你，』擡起臉來，吻他。

當多賓脚步很重的向門口走的時候，她又說道，『不要響！不要驚醒了佐治！』他走的時候，她聽不見他的車輪聲：她看她的兒子，這孩子睡着了笑。

第三十六回　一年沒得一文進欵怎樣過闊日子的方法

我猜我們這個小浮華世界的人，斷不會不留心到他的朋友們怎樣的過活，也斷不會那樣極端的不管他人閒事，有如心裏不納悶他的隣居某甲或是他的隣居某乙，到了年底怎麼過去。當羅登克洛里住在巴黎三四年之後，他同他的太太在倫敦刻遵街（Curzon）住在一所很舒服的小房子。他們夫婦兩人常請客，客人們心裏無有不問這兩夫婦靠什麼過活。我已經說過，小說家是無所不知的；我所處的地位可以告訴讀者。他們夫婦兩個毫無進款，是怎樣過活的。現在的報館習慣了從隨時刊行的書本上抄東西，我勸他們不要翻印下列的準確記載和核算——這是我費了許多錢揭露出來的，我該享版權的利益。假使我有兒子的話，我就教他說你可以深密的打聽那個人同他常來往，就可以曉得他一年到底都是沒得進款的，怎麼樣可以過活。但是最妙莫如不同這樣人親熱，不如從旁打聽，讓他人計算好了轉告你，如同對數表一樣，因為你查考他同他來往，是很要花錢的。

克洛里夫婦兩人莫名一錢，居然在巴黎很歡樂很舒服的過了兩三年。克洛里就是在這個時候，賣了缺底脫離了陸軍的。當我們再同他見面的時候，他的小鬍子和他名片上的大佐官銜都是他從當軍官留下來的古蹟了。

有人說利貝克到了巴黎不久之後，在那裏的社會上居然取得一個很出色很重要的地位，那時候已經恢復的法國貴族中，有好幾處最高貴的第宅都歡迎她。在巴黎的英國時髦人，也巴結她，他們的太太們卻受不了這位暴發的利貝克，都很憎惡她。有幾個月裏頭貴族人家的大客廳都有她，在新宮庭裏，她也很受特典的歡迎，她很快活，有點心醉，也許當她這樣得意時候，看不起人，看不起同她丈夫往來的老實少年軍官。

她的丈夫克洛里大佐，在宮庭裏的公爵夫人和其他闊夫人隊裏卻不耐煩，很慘的打呵欠。老太太們打牌，因爲五個佛郎就吵到不可開交，克洛里大佐看不起這樣的小賭，不肯坐下來賭。他們說的是法國話，他又不懂。他就問自己，說他的太太每天晚上對着一圈的公主郡主們屈膝行禮，能得什麼好處？他不久就讓他太太一個人到這些闊宴會；他自己還是同自己的一班好脾氣的朋友們往來和消遣。

當我說，一個人終年沒得一文進款，卻過得很闊的：我說沒得進款其實是有進款，不過是說我們不曉得是什麼進款；我們不過說他是怎樣開銷他的用度。我們這位老朋友，克洛里大佐很會賭：常頑紙牌，骰子，牙球，他自然是頑得很到家的，很有本事比他人不過偶爾頑頑的好得多。打牙球是全靠善於用棍，如同畫筆，笛子，小劍一樣——一入手是不能頑得好的，要常研究，要有堅忍力，又要有自然的酷好，才能够頑得到家。克洛里其先不過是一個有異彩的好打象牙球的人，後來就變成一個有最好本事的專家。他同一個用兵的大將一樣，越危險越顯出將略，當他手運不利，人家的點子多過他的時候，他會用很高的本事，很大的膽子，一打就全翻過來，到底還是他贏，人人都驚訝——我說的人人，是指外行人。凡是看慣打牙球的都曉得他有忽然而來的手法，有放異彩及打倒一切的本事。他們就不輕容易同他賭。

他打牌也有同樣的本事。他在晚上一開手賭的時候，他雖然常是輸的，打得很不小心，往往打錯了，新來的人就看不起他；等到他發作的時候，他就很小心。屢次的小輸，就有人曉得，這個時候克洛里的賭法變作不同啦，必定要贏錢的。其實只有很少數的人能說他們贏過他的錢。

他屢次贏錢，就怪不得妒忌他的人，輸過錢給他的人，往往說起他來都是很痛恨的。法國人說威靈敦公爵也就是這樣，他從來未打過敗仗，不過都因爲許多僥倖的偶然事體湊起來，使他變作戰無不勝的；法國人還說滑鐵盧之戰，公爵也是用騙術的：——英國人家有許多人心裏也是說克洛里大佐接連的贏錢必定也是用騙術。

那個時候巴黎雖然有兩處明開的大賭場，但是好賭的人實在多，公開的兩處賭場實在是不夠，私人家裏也賭得很熱鬧，好像是並無公開賭場的。晚上在克洛里家裏的迷人的小聚會，總是賭的——和氣的克洛里太太很討厭。她說起她的丈夫好賭骰子是很發愁的；凡是對來探望她的人，她都是說得傷心的她勸少年們切勿摩骰子；當槍隊裏的軍官某甲輸了許多錢的時候，利貝克足足哭了一夜，這是僕人告訴這個輸錢不幸的少年的，還說她跪在她的丈夫面前求他不要討賭債，把欠賬字據燒了。他怎好不要賭賬？他自己也輸了許多給輕騎隊裏的某乙和馬隊裏的某伯爵。某甲也可以有贏的時候；還債麼？——自然他一定要還；說到燒了借字，不過是兒戲。

其他軍官們，大抵都是少年——因爲少年們都喜歡在克洛里太太身邊——從她家裏走出來，都是綳長了臉的，在她的牌桌上，必定輸錢的，多少總是要輸的。她的家裏就起首有了不好的名聲。老年們警告新年們，到那裏是有危險的。第某標的奧都特大佐——這一標現時駐紮巴黎——警告這師團的某中尉。有一天步隊大佐奧都特和他的太太在巴黎咖啡室吃飯，同克洛里夫婦大鬧起來，他們也是在那裏吃飯的。兩方面的堂客都鬧起來。奧都特太太對着克洛里太太的臉彈手指，喊她的男人不過是個騙子。克洛里大佐同奧都特大佐挑戰，要同他決鬪、總司令聽見他們爭吵，就把克洛里大佐傳來（把他當日決鬪打死某佐領的手槍，又預備好了，）對他說了一番話，才不決鬪的。設使不是利貝克對達甫圖軍長跪下求情，克洛里當然會被驅逐回英國的，此後有幾個禮拜，他不會賭錢，只同文官們賭。

雖說是羅登賭錢有本能，常常贏錢，利貝克想來，他們兩夫婦的地位不定是靠得住，他們雖然不還賬，他們的小資本終歸有一日就變作等於零的。她對丈夫說道，『寶貝，賭錢多少可以幫忙你的進款，但是不能作進款看。有一天人家厭倦了不肯賭，我們怎麼樣呢？』羅登很以爲她說話有理；其實他已曾注意，朋友們在他家吃過幾頓晚餐之後，就討厭賭錢，雖然有利貝克那許多迷人的姿態，他們也不十分到這裏來啦。

他們夫婦兩人在巴黎所過的生活雖是很從容很快活的，然而總不免是嬉戲廢時，過不作正經的日子；利貝克看到必要在英國催進羅登的前程，她必要想法替他在英國或在殖民地謀一位置或差使；她於是定計到了可以走開的時候，就回英國，第一步她叫羅登賣了缺底，吃半俸，他已經許久不當達甫圖軍長的副官啦。利貝克逢人便笑這位軍長，笑他的假頭髮，笑他的腰帶，笑他的假牙，尤其好笑他自以爲脂粉隊裏的英雄，女人只要看見他，未有不戀愛他的，達甫圖軍長現在愛上某軍需官的太太啦，他的花球，他的大酒館的筵席，他的音樂戲院的包廂，他的小玩物，現在都是這位太太享受啦，可憐這位軍長的太太也還是同從是那麽不歡樂，晚上只好同他的女兒們消遣，她明曉得她的丈夫洒上滿身香水，把頭髮鬈好了，跑到戲院站在軍需官太太的椅子後。利貝克失丟了這位軍長之後，自然又有了十二個愛慕她的男人補上了，她能夠說許多俏皮話挖苦她的勁敵，我們已經說過，她也厭倦了這樣無事可爲的生活：戲院包廂和酒館的筵虛她都覺得很無味啦；花球是不能堆在一旁，留在明年用的；小玩物，通花手帕，皮手套是不能充飢的。她覺得這種快樂無眞意思，很想更實在的利益。

剛好這時候，來了一段新聞，凡是巴黎的克洛里大佐的債主都曉得，他們聽了，非常的滿意。原來他們夫婦的姑母，有錢的克洛里老小姐病重快要死啦，克洛里大佐盼望承受他姑母的財產；大佐必定快快的先趕回去。他的太太和兒子可以仍住在巴黎，等他回來。他果然動身到了卡力斯（Calais）他既到了那裏，自然是該渡海在多維（Dover）登岸；誰知他並不是這樣辦，坐了車到丹刻克（Dunkirk）。由這裏往比國都城，這個地方，從前他是很喜歡的。其實他在倫敦所欠的債，比在巴黎所欠的多得多；他寧願住在這個安靜的比國小都城不願住在那兩處太過熱鬧的地方。

利貝克的姑母死了。她吩咐裁縫們替她替她的小兒子製重孝的衣服、大佐正在那裏忙着承受遺產事務，他們現在可以住大房間，不必同從前住小房間啦，克洛里太太同房東商量掛新帷幔，商量換新地毯，什麼都商妥了，只差賬單。她坐了房東的馬車；身邊帶一個女僕孩子在她身邊；那兩位可嘉的店主東和店主婆滿臉的微笑，在大門口送她、達甫圖軍長聽見利貝克走了，大生其氣，軍需官的太太；因爲他大生其氣，對他大生其氣；那位很愛慕利貝克的中尉，心痛到快裂啦；店主東把房間收拾好了，預備歡迎這個迷人的小身材的女人和他的丈夫回來。他很小心的保守得當克洛里交給他保管的衣箱。這是得當特別交帶他的。後來有一天打開箱子才曉得並無什麽値錢東西。

但是克洛里太太未往比都同她丈夫相聚之先，她却回去英國一趟，把小兒子交給她的法國女僕照應。

利貝克同她兒子分手時候，彼此都沒得什麽依依不捨的，其實自從這個小孩子生下地以來，她很少的看見他。她學了法國女人的辦法，生下兒子來就交給城外鄉下裏的奶媽哺養。這個小孩子在初出世那許多個月裏頭，過的並不是不歡樂的日子，有許多穿木頭鞋的乾兄乾弟同他頑。他的父親却常騎馬來看他。老羅登看見園丁的老婆哺養他的兒子，養得臉紅紅的，身上很髒，喊得很熱鬧，作泥餅子頑，頑得很樂，他作父親的，心裏很歡喜。

利貝克卻不甚喜歡去看這個兒子。有一次這個孩子弄髒了她的衣服。他願意奶媽抱他，不願意媽媽抱他。後來他母親把他帶走的時候，他捨不得離開乳娘，喊了好幾點鐘。他母親答應他明天送他回來，他才放心；假使不是利貝克告訴奶媽說，明天就送孩子回來，那奶媽也會很心痛的。孩子走過之後，奶媽很着急的等了好些時，總不見有人送這孩子回來。

利貝克回去倫敦，意思是要同她的丈夫的許多債主商量一個通融辦法，打個折扣，每鎊還一個先令或九個便士債務辦清之後，她丈夫就可以回倫敦。作者不必細說她用什麼手段辦這件極其爲難的事。她告訴債主們說，她的辦法，是儘羅登克洛里所有的現款攤還的債主們聽了，也只好滿意；她又叫他們深信，倘若這樣辦法還不能清理債務，她的丈夫寧願永遠住在歐洲大陸，不回本國的了；她又證明給債主看，克洛里大佐並無從他處可得的款，他們絕不能按更高的折扣要債，他們居然就答應照她的辦法清賬，收受了一千五百鎊現款，清償一萬五千鎊的債。

克洛里太太並不請律師辦這件事。她說這件事是很單簡的，要就要，不要就拉倒，她叫債主們的律師替他辦事。債主們請的是兩位律師都齊聲稱讚這位太太厲利，眞會辦事，律師都贏不了她。

利貝克很客氣的領受他們的恭維；她租住的地方是很小很黑暗的；叫人去買了一瓶舍力酒，一塊麵包餅請債主們的兩個律師他們出門的時候她很和氣的同他們拉手，立刻就起程回去大陸，同丈夫和兒子在一起，告訴丈夫他可以自由回國啦。她的小孩子當他的母親走開之後，無人照應，因爲他的奶媽愛上當地兵房的一個兵，她同這個兵盤桓，就忘記了小羅登有一次幾乎丟水裏要淹死。

他們在比都住了幾時，舉動還是很闊的，出入都是車馬，在飯店裏常小請客，不久他們又走了，走過之後，當地就有許多謠言，同在巴黎一樣，都說他們逃了許多債。一個人莫名一錢，卻過活得很好的，其實就是用這個法子。

克洛里大佐和他的太太從比都到倫敦：他們住在刻遜街的房子時候，實在現出他們莫名一錢過好日子的本事。

第三十七回　一年沒得一文進款怎樣過闊日子的方法

我心裏納悶，不知這有多少如同克洛里這樣耍大手段的人，被逼作這樣騙人的事，且因此變作身敗名裂？——有多少大貴族搶刧小買賣人家屈尊的騙那些很可憐的依賴他們過活的人的錢，騙幾個小錢用用？當我們見報上登說一位高貴的貴族，到了大陸，或說另一位高貴的貴族拍賣家裏的東西抵債——或說這一位，或那一位貴族欠六七百萬，我們見得這種失敗似乎是很有榮耀，還要恭敬他們的毀壞到這樣偉大。但是有誰可憐一個薙頭的替貴族的跟人，在頭上舖白粉，要不出錢來呢？一個可憐的木匠，替貴族夫人裝修亭子，以便她享受吃早膳，卻因爲討不出賬來，毀了，又有誰可憐他呢？又有一個可憐蟲的裁縫，向來受總管的主顧的貴族在他店裏定了許多號衣，裁縫典當一空，還借了些債，趕快把號衣製好，有誰可憐他討不出錢來呢？——當這大戶人家一倒，這些可憐蟲都被壓倒了，無人注意：古時的謠諺說得不錯。大凡一個人未去見魔鬼之先，他卻打發許多人先去。

羅登夫婦很慷慨的照顧一向同克洛里老小姐作生意的人，只要肯來的，他們都照顧。有許多是很願意的，尤其是作窮買賣的人，洗衣服的婆子，每到禮拜就送洗好的衣服來，連賬單一起送來，有一個是供應他們菜蔬雜貨的跟人們賒皮酒的賬單，是很奇怪，自從有賣皮酒的記載以來，向未有過的。他們欠僕人們的工錢，是欠了許多，僕人們自然是不肯離開這戶人家，其實他們未還過一個錢的債。開鎖的鐵匠，補玻璃窗的，出賃馬車的，趕馬車的車夫，供應他們羊肉的，供應他們烤羊肉所用的煤的人，烤羊肉的大司務，吃羊肉的跟人們，都要不出一個錢的欠賬來，有人告訴我，莫名一錢的人，過闊日子，都是這樣的。

在一個小地方，凡是作這樣事的人都免不了有人說話。我們曉得隔壁人家用多少牛奶，還看見他們大餐所用的牛肉或雞鴨，所以住在刻遵街第二百號和第二百零二號的人，都曉得住在他們中間那所房子的人家裏幹些什麼，跟人們隔着院子欄杆在通消息，但是克洛里和他的太太和他的朋友們不曉得第二百號和第二百零二號，當你到了第二百零一號，就有人歡迎你，對着你微笑，有很好的大餐，男主人女主人很高興的同你拉手，好像是他們一向每年都有三四千鎊進款的——他們眞是有這些進款，卻不是現錢都是賒來的物件和人工——倘若他們未還羊肉賬，他們卻吃了羊肉；倘若他們並未拿現錢換葡萄酒，我們怎麼會曉得？羅登的大餐桌上的紅酒，比誰家的都好；別人家裏的大餐都比不上他家的那樣好看，那樣漂亮，他的客廳是最好看；裝飾的很合雅倘，還有一千的小玩物，都是利貝克從巴黎帶回來的；當她心境很寬，彈鋼琴唱歌曲的時候，客人心裏就說他這個時候所享的家庭樂趣，如同在一個小的極樂世界一樣，心裏還想這個丈夫誠然是有點傻，他的太太卻能迷人，他們家裏的大餐是世界上最能悅人的。

利貝克有口才，會說聰明話，牙齒伶俐，人又聰明，有一種人很喜歡她，她的住處不久就變作倫敦的一個時髦地方。你就看見有很嚴正的馬車到他們的門口，車裏走出極闊的人來。你看見她的馬車在公園裏，有許多有名的浮華子弟包圍了她的馬車。音樂戲院裏第三排小包廂裏，是人頭擁擠的，卻常時變換；但是我卻要承認夫人小姐們不理她，她不能進去她們的包廂。

關於堂客們的時髦世界和習慣，作者只能說得自傳聞的；一個男子自然不能看透或明白女人們的許多神祕，而且不能曉得大餐後婦女們走上樓說的什麼話，男子只能由打聽，和屢屢留心，有時才能够得着這許多祕密的示意。各人在倫敦的最熱鬧的大街上走，和常到俱樂部的，亦只能由這樣的留心，由自己的閱歷，或由同他常打牙球或常同吃便飯的朋友打聽，才能够曉得倫敦的上等社會的情形；況且因爲有許多男人（例如羅登克洛里這樣路數的人，我已經說過他的地位啦）自無知無識的人眼中看來，和公園裏的店鋪裏的學徒們的眼中看來，好像是闊人。因爲他們看見他們同最出名的豪華子弟在一起，也是照樣的才能够曉得不獨男人們是這樣，女人們也是這樣。我們可以稱這樣路數的堂客們作男人們的女人。她們是全數男人們所歡迎，卻被他們的太太們所不理，所看不起來的。有一位某甲的太太就是一個這樣的女人；你天天都看見她在公園，滿頭都是很美的鬈頭髮，被我們這個帝國裏的極偉大極出名的豪華子弟們包圍着。又有一位某乙太太，凡是她的宴會，都是很鄭重的登在時髦報紙上的，全數各種各樣的大使們，闊貴族們，都到她家預宴；她所請的還有許多貴客，不過都是同我這時候所說的事無干，我只好不說她們啦。但是同時有許多老實人不在這種世界裏頭的，或是鄉下人羡慕繁華世界的，在公衆地方看見這些闊婦女們好像是很榮耀，或離他們遠遠的妒忌她們，有曉得其中眞實情形的人，就可以告訴他們不必羨慕，可以告訴他們這些闊婦女們絕不能有機會在『社會』中立脚，亦如鄉下裏小鄉紳的毫無所知的太太不能在那裏立足一樣，只好在鄉下裏在報紙上，讀她們的一舉一動罷了。凡是在倫敦久住的人，都曉得這樣可怕的眞實情形，曾聽見有好幾位好像有地位好像有錢的闊夫人們，被這個『社會』毫不留情的排擠出來。她們要進去這個『社會』，就不惜發狂的費了許多力，甘受許多的下賤待遇，受過許多羞辱，凡是研究女人性格的，都很以爲奇怪；從千辛萬苦中追逐時髦，原是這種歷史中一個極好的題目，毋論那一位大人物，有學識，有閒暇，有英文知識想編這樣一部歷史的，必要曉得這種種情形。

克洛里太太在外國新認得的幾位堂客們，當她回來英國之後，不獨不肯探望她，而且在公衆地方看見她還要不理她。看這些闊夫人們怎樣就忘記了她，原是很奇怪的一宗事，自利貝克看來，是不揣研究的事。當在比都買馬不遂的那位伯爵夫人，在音樂戲院的等候室碰見利貝克的時候，夫人就把她的女兒們叫到身邊，好像恐怕被貝克一碰就受了汚辱的，夫人還走兩步，站在女兒們之前，瞪着她的小仇敵。就瞪利貝克。要瞪利貝克不好意思，不是易事，是要很嚴厲的瞪眼卽使是伯爵夫人的無聊眼，那樣冰冷的瞪她，還辨不到。有一位夫人，在比都時候，曾同利貝克兩人騎馬並行不知有過多少次數，這時候在公園碰見利貝克的馬車，兩眼盲得很利害，簡直的不認得她的老朋友。有一位銀行家的太太在教堂裏不理利貝克。利貝克現在按期到教堂；我們看見她同丈夫並排的進去，拿了兩大本金邊祈禱書，帶着很嚴肅的聽天由命的神色，聽經祈禱，一一如儀，見了令人油然發生好德的心。

羅登初時因爲她們看不起他的太太，很生氣很憂悶。他要把那些無禮於她的太太的女人們的丈夫或兄弟喊出來；利貝克苦勸他多少，才能够勸好了他不要亂動手。她很和氣的說道，「你不能開槍把我打進社會呀。我的寶貝，你要記得，我出身不過是一個保姆，你呢，你這個糊塗老頭子，你欠人許多債，好頑骰子，還有種種不好的行爲，你的名聲很不好。再過幾時，我們喜歡有多少朋友就有多少朋友，現在你卻要是個好孩子，聽你的女先生的話，她吩咐你作什麼，你就得作什麼。當我們聽見你的姑母把幾乎她所有的財產都給了比得和他的太太，你還記得麼，你生氣到什麼地步？假使不是我把你的怒氣按下來，你就會告訴全個巴黎的人，那麼，你現在會到了什麼地步？大約總是因為欠債不還，被關在監裏，總不是如現在這樣在倫敦住在闊房子裏什麼舒服都享到——你當日發怒到要殺你的哥哥，發怒有什麼好處？你無論怎麼樣發怒，也得不着你姑母的錢，我們寧可同你的哥哥家裏作朋友，何必同他們作仇敵。標特他們的行為，簡直是太傻了。等你父親死了的時候，克洛里大宅子是很好的地方，你我可以去過冬。倘若我們毀了的話，你還可以管理馬號，我可以當柘唔夫人（即是他們的嫂子　譯者注）的孩子們的保姆啦。什麼毀了呀！不久我就要替你謀好事；庇得和他的小兒子也許死了，那時候，我你就是羅登爵士羅登夫人啦。活着一天，就有希望一天，我還要把我弄成一個人物啦。是誰替你買馬呀？是誰替你還債呀？羅登不能不承認他得了這許多好處，都是虧他的太太，從此以後，甘心聽她指揮。

當老克洛里小姐去世的時候，全數她的親戚們所爭的她們的財產，末後眞是遺給她的大姪兒庇得。標特原打算得二萬鎊的亦得了五千鎊，大失所望，很生氣，遷怒到他姪兒身上，很詛駡他；兩方常吵鬧，後來彼此都不相往來了。羅登只得了一百鎊，他的行為卻是很好的，他的哥哥見了很詫異，他的嫂嫂見了很喜歡，有意善待他們。羅登從巴黎寫了一封很開誠布公，很有男子漢氣概的信給哥哥。他的信內說他曉得因爲他自己娶親的那一宗事，失歡於姑母；姑母這樣毫不留情的對待他，他雖然並不遮掩他的失望，他卻喜歡這一筆大款，仍然在他們家裏的大房手上，他很慶賀哥哥遇着這樣的好運氣。他同嫂嫂請安，希望嫂嫂善待克洛里太太；信後還附了幾句同庇得請安的話，是他的太太親筆寫的。她也要慶賀她丈夫的哥哥。她永遠記得當他是一個無親無友的孤兒，當他的小妹妹們的保姆時候，克洛里先生（卽是庇得　譯者注）待她的好處，她現在還很記念他的妹妹們，她望他享受有妻室之樂，求他讓她同柘晤夫人請安（人人都對她說她的嫂嫂的好處，）他盼望有一日她可以把她的小孩子領來見伯父伯母，替他要求他們的好意和保護。

庇得克洛里接着這一封信是很高興的，比老克洛里小姐接讀利貝克代筆羅登出名的信，高興得多；柘晤夫人是尤其歡喜，她盼望丈夫立刻平分老小姐的遺產，把一半送到巴黎給他的兄弟。

但是庇得不肯寫一張三萬鎊的支票給他的兄弟，夫人覺得詫異。但是伸出一隻手給羅登，毋論他幾時到英國願意來抓他的手；一面謝謝克洛里太太對於他夫婦的一番好意，還很大方的說他願意有機會幫助她的小兒子。

這兩兄弟就是這樣子言歸於好啦。當利貝克來倫敦的時候，庇得夫婦不在那裏。她屢次坐馬車在公園巷的大宅子門前趕過，看看他們會否把這所大宅子接過來。但是新主人並未出現；她是從拉古爾（Raggles）嘴裏打聽出來他們的舉動——他們怎樣厚賞僕人們才遣散了的；庇得先生怎樣只來過倫敦一次，在宅子住了幾天同律師們辦事。利貝克渴望她的新親戚來倫敦，原是有道理的。她想道，『當柘晤夫人到了倫敦的時候她就是介紹我入倫敦社會的介紹人；那些女人們呀！——她們看見男人們都要見我的時候，她們自然會請我的。』

有一天晚上，已經夜深啦。貝克對丈夫說道，『羅登，我必定要一隻羊狗。』這時候一羣男客在她的客廳裏正在圍爐坐着（男人們從別處散了之後都走來她家消遣餘興，她總預備倫敦最好的冰飲和咖啡給他們喝。）

羅登從牌桌擡頭說道，『你要一個什麼東西呀？』

少年貴族秀斯登（Southdown）說道，『她要一隻羊狗！我的寶貝克洛里太太這是什麼異想天開！爲什麼不買一隻丹國狗？我見過一隻，有駝豹那麼大，可以拉你的馬車。不然，爲什麼不買一隻波斯獵狗呀？（我不過是上條陳）；不然，買一隻小的猴面狗，可以鑽進去斯提唔（Steyne）貴族的鼻烟壺的某處？有一個人有一隻鼻子很長——我的花牌贏了記點子打一張？——你可以在鼻子上掛帽子』

羅登鄭重說道，『這是我贏了。』他向來只管留心打牌，不甚談話的，惟有談到馬和賭馬，他才插嘴。

那個很活潑的小秀斯登接連說道，『你爲什麼事要一隻羊狗？』

貝克大笑，擡頭看着斯提唔貴族，說道，『我說的是一隻「道德」羊狗。』

貴族說道，『「道德」羊狗是一個什麼東西？』

利貝克接連說道，『一隻防狼的狗。一個陪伴。』

侯爵（卽斯提唔貴族　譯者注）說道，『寶貝老實小羔羊，你要一隻羊狗。』他的牙床骨突出來，起首露齒微笑，笑得實在難看，兩隻小眼向着利貝克斜看。

這位闊貴族斯提晤，站在火爐邊喝咖啡。爐裏的火呼呼的響，發很亮的光，令人見了舒服。爐臺上有二三十枝蠟燭，燭扦都是很新式的，有鍍金的，有古銅的，有瓷器的，燭光把利貝克的身材照得很好看，她坐在一張有華麗花樣蓋住的榻上。她穿的是粉紅衣服，鮮艷如同一朵玫瑰花；她的奪目的雪白手臂和肩膀有一塊稀薄朦朧的肩巾蓋住，臂膀的光透巾射出；她的頭髮鬈曲着，垂在頸頸四圍；一隻小脚從綢裙的摺幅之下露出；這是一隻最好看的小脚，穿上最好的絲襪，着上最美的小拖鞋。

燭光同時照着斯提晤貴族的發亮的光頭，頭上有一圈紅頭髮，臉上是兩道黑而濃的眉，兩隻閃光的要吃人的紅色小眼睛，圍住他兩眼的有幾千條縐紋。牙床是下垂的，當他笑的時候，嘴裏兩隻白獠牙突出來，在笑中很野蠻的露光。他剛從同王室親貴宴會回來，還掛上寶星綬帶。這位貴族肥短彎腿；但是他以為他自己的脚和踝很美，很得意，常常撫摩穿了襪的膝。

他說道，「原來有了牧羊人，還不够保護他的小羔羊麼？」

貝克大笑答道，『牧羊人太過好打牌，太過喜歡到俱樂部。』

她從坐榻站起來，走過去，略屈膝，從他手上取了咖啡盃，說道，『是呀，我一定要一隻看家狗，但是這隻狗，不會吠你的，』她走進那一間客廳；坐在鋼琴邊，起首唱法國曲子，聲音響脆迷人，這位被柔情所動的貴族，趕快跟過去，站在她背後，點頭跟着節奏。

當下羅登和朋友們打牌，打到够爲止。大佐贏了；每個禮拜總有幾天晚上是這樣的。每逢這種晚上，毋論他怎樣的屢次贏錢，贏得許多——但是說話全是他的太太，受恭維也是她，他卻一個人在圈子外，坐在那裏不響，他們說的笑話，所說及的事情，和內裏的神祕語言，他全不曉得——他必定覺得太沉悶。

當羅登同斯提嗝貴族見面的時候，貴族就問道，『克洛里太太的丈夫怎麽樣啦？』作爲見面問候他的話：其實當這個時候，他無所事事，不過作太太的丈夫罷了。他並不是克洛里大佐啦，他不過是克洛里太太的丈夫，就完了。

作者若是並不說起小羅登，原是因爲他們把他藏在樓上的頂閣，不然就是他爬到廚房裏找同伴。他的母親絕少理他的。當法國女僕在他們家裏的時候，這個小孩就跟着她過日子；等到女僕走了之後，這個小孩子，因爲晚上無人陪伴，大哭大喊，只有家裏用的女僕可憐他，從他床上抱來，擺在頂閣裏她自己的床上，安慰他。

當小孩子在樓上喊叫的時候，利貝克，斯提晤貴族，還有一兩位客人，正從音樂戲院回來，在客廳裏吃茶。她說道，『這是我的仙童要奶媽在那裏喊，』她並不走去看孩子。斯提晤帶點譏刺她的腔調，說道，『你不必去看孩子，免得擾動你的感情。』她帶點臉紅，說道，『哰！他哭一會子就睡着啦。』

他們又談音樂戲院。

羅登卻偷偷的走開，去看他的兒子；他走上樓看見多利（Dolly）安慰着孩子，他走回來客廳。這位大佐的梳洗房在頂樓。他常偷偷的去看兒子。當他刮鬍子的時候，父子常見面；小羅登坐在他父親身邊一個箱子上，看着刮鬍子，看得很高興。他們父子兩人是好朋友。他拿甜食上樓放在一個舊的肩章盒子裏，小孩子就往那裏找吃的，找着了，就大笑大樂：這孩子只管笑，卻不敢大聲笑:因爲媽媽在樓下睡覺,不敢驚醒她。她睡得很遲,很少在午前起來的。

羅登買了許多畫書給孩子,他的玩耍屋子裏塞滿了都是耍貨。他父親用現錢替他買了許多畫片,親手同他糊在牆上。他的本務就是陪太太逛公園;這件職務辦過之後,他回家跑到樓上陪兒子頑幾點鐘;孩子騎在他的胸上,扯他的大鬍子,當馬韁,常同父親頑耍,不會疲累的。樓上的頂閣本來很矮,有一天孩子還未到五歲,他的父親抱住他往上摔,碰了兒子的頭,碰得很利害,他很害怕,幾乎把孩子摔在地下。

羅登臉上作出要拚命大喊的神氣——這一碰可不輕,也怪不得他要大喊大叫:但是當他起首要叫喊的時候,他的父親要干預啦。

他父親說道,『爲上帝起見,小羅登,你不要吵醒媽媽。』這個孩子卻也奇怪,很可憐的兩眼直瞪着他父親,緊咬兩唇,緊握兩拳,一聲也不哭。羅登在俱樂部,在食堂,逢人便告訴這件事。他對衆人解說道,『先生,我的兒子,眞是一個有好心肝的人——他是多麼可疼呀!我把他的頭碰了天花板,他的頭幾乎半個透過板,他因爲怕吵醒母親,一聲也不哭。』

他的母親每個禮拜上樓一兩次看兒子。她上來的時候，好像服裝報的畫片變活了，穿了頂華美的新衣服，小手套，小靴子，一團和氣的滿面笑容。她身都是很新奇的領巾，花邊，和閃光的珠寶。她常戴新帽子：帽子上永遠都是有花的：不然就是華美的彎曲駝鳥羽，柔軟雪白，同白茶花那樣白。她對孩子點兩三點頭，表示屈尊神氣，那孩子或是吃飯，或是繪畫軍人，擡頭看看她。她走了之後，屋子裏是一陣一陣的玫瑰香，或是很怪異的香，許久不散。從這個孩子眼中看來，她是一個神，比父親強，——比世界上什麼人都強：是要離開遠遠崇拜稱讚的。同這位太太坐馬車出去逛，是一件很可怕的大典：他坐在對座，不敢說話：他兩眼看看對面的穿得很華麗的公主們。有許多騎了俊馬的男人們過來對她微笑，同她說話。她的兩眼怎樣的射他們！當他們走過的時候，她的手發抖，對着他們很大方的搖擺。他同她出門的時候，穿的是紅色的新衣服。在家時候他穿舊的棕色布衫。有時候當她不在家，多利疊床，他就走進去他母親的屋子。他當是神們的住所——滿屋子都是華麗快樂。衣櫥裏掛了許多長衣——有粉紅色的，藍色的，雜色的。桌上還有銀扣的首飾盒：梳粧桌上有一隻很神秘的銅手，戴了一百隻的戒指，四面閃光。屋子裏還擺着一架穿衣鏡，他看見鏡裏他自己的頭，還有多利的影像，拍平床上的枕頭。呀！你這個可憐的，寂寞的，什麼都不懂的小孩子呀！在小孩子的心裏嘴裏，母親就是上帝的名；你這個小孩子崇拜的卻是一塊石頭！

羅登克洛里雖然是一個光棍，他心裏卻還有多少感情的男子漢的趨勢，還能夠愛一個孩子和一個女人。他對於這個孩子心裏很有祕密不露的慈愛，利貝克卻並非不曉得，不過未同丈夫說到這一層罷了。她是很和氣的人，並不為這件事受煩惱。不過更令她看不起丈夫。他這樣慈愛這個孩子，自己也覺得有點難為情，遮掩着，不給太太曉得。——只有他同兒子單獨兩個人在一起的時候，他才放縱的愛他。

有時候他早上帶他兒子出去頑，他們同到馬號，同在公園逛。秀斯登貴族，最是和氣不過的人，把頭上的帽子脫下來送給你，他也是肯的，他一生最緊要的事業，就是買零碎東西送給人，他買了一匹小馬送給小羅登，他還說這匹馬小得抵不過比老鼠大不多，他父親陪着孩子騎小馬在公園走，他看見他從前所住的營房和從前的老同袍，很高興。『他很想從前未娶妻時候的日子，很有點捨不得。老同袍們看見他也很喜歡，抱他的兒子頑。克洛里大佐覺得與老同袍們在食堂吃飯很快樂。他常說道，我的聰明配不上她——我曉得的。她沒得我在身邊，不會寂寞的。』他說得不錯：她的太太沒得他，眞是不會寂寞的。

利貝克很喜歡她的丈夫。她對待丈夫是很和氣的同他很好的、她並不露出她看他不起；也許因爲她的丈夫是個傻子，她更喜歡他，他是她的上等男僕，是她的大總管。他替她跑腿：他一聲不響的奉行她的號令：他坐馬車同她兜圈子，一點兒也不怕煩；他送她到戲院包廂裏，自己卻跑回來俱樂部自尋安慰，到了散戲時候跑回來，接太太回家。他心裏很想她多喜歡小兒子些；但是他也有他自解的話。他說道，『你是曉得的，她是很聰明的，但是我不會文學等等』作者從前曾說過，打牌打球贏錢，用不着多大智慧，羅登自己卻承認他只有這幾種本事，其餘都沒得。

有一天是禮拜早上，當他同小兒子，小馬，在公園散步的時候，他們在一個老相識，克林克(Clink)是一個伍長的身邊走過，這個伍長卻同一個老頭子說話，老頭子抱一個小孩子，年歲同小羅登相同，這個孩子兩手抓住克林克的滑鐵盧寶星，很高興的看。

大佐問候他，他答道，『大人，我同你請早安。這位小公子同小大佐年歲差不多。』

抱孩子的老頭子說道，『他的父親，也是滑鐵盧的人，佐治，你說是不是？』

佐治說道，『是的。』他同小馬背上的孩子彼此相看，都露出很鄭重的神色。

克林克說道，『在前線的。』

老頭子帶點擺架子的神氣，說道，『他是第某標裏的一位佐領。先生，他就是佐治奧茲本佐領——也許你認得他先生，他是陣亡的英雄，同拿破崙打仗陣亡的。』

克洛里大佐臉上很發紅，說道，『我很認得他，和他的太太，他的可寶的太太——她怎麽樣啦？』

老頭子說道，『她就是我的女兒。』他一面把小孩子放下，很鄭重的拿出一張名片交給大佐。名片上印的是。

『塞德力，專辦硬煤無渣煤，分行寓某處某處。』

小佐治走上前看看那匹小馬。

小羅登在鞍上說道，『你想騎麽？』

小佐治說道，「我想騎。」大佐正在帶點關切神氣看他，抱起他來放在小羅登背後。他說道，「佐治，你抓住他——抱住我的小孩子的腰，他叫羅登。」兩個小孩子起首大笑。那個和氣的外委說道，「我看這個夏天你不能再看見兩個小孩子，比這兩個更好看的；」大佐，外委和老塞德力（他還帶着一把傘）就在這兩個小孩身邊跟着走。

第三十八回第三十九回（删）

〔這兩回說的是滑鐵盧一戰之後，約瑟回印度，阿米力亞回英國。阿米力亞帶着小孩子回到父母家裏住，住在倫敦郊外，租一所很小的房子住。老塞德很想法子恢復重入商界，卻無效果，他的舉動令人見了可憐。凡是認得阿米力亞的人，無不愛她，她的生活和她的思想，全用在她丈夫的記念和兒子身上。

當下庇得克洛里爵士在鄉下的宅子裏，老到糊塗了，變作更粗鄙了。他一向好吃酒，後來得了瘋癱病。他的大兒子庇得管理家務，以至爵士死了爲止。〕

第四十回 克洛里氏承認貝克

在鄉下裏的克洛里氏大宅子的大廳，和牧師宅的簾都全下了，教堂敲鐘，高壇掛了黑標；特並未去賽馬，很安靜的跑去附近的地方吃大餐，在那裏一面吃酒，一面談他死了的哥哥和畢爵的姪子。附近兩處地方談的也是這件事。

爵夫人問她丈夫庇得爵士。說道，『還是我寫信通知你的兄弟，抑或是你寫？』

庇得爵士說道，『自然是我寫，請他來送殯，這是應該的。』

爵夫人帶點膽怯問道，『克洛里太太呢？』秀斯登夫人（爵夫人的母親 譯者注）說道，

『栢晤！你怎麽樣能够想起這樣的事？』

庇得爵士帶着決斷的神氣，說道，『自然必要請羅登太太。』

秀斯登夫人說道，『我在這裏一天，我就不容她來。』

庇得爵士答道，『請夫人不要忘記，我是一家之長，栢晤夫人，我請你寫信寫羅登太太，請他

來送殯。』

伯爵夫人叫道，『栢晤，我不許你寫！』

庇得爵士又說道『我相信我是這一家之長；毋論因爲什麽事可以使伯爵夫人離開我的宅子我怎樣的惋惜，我必定照着我的意思，管理我的家。』

秀斯登夫人很威嚴的站起來，吩咐套馬車，預備走。設使她的女兒女壻果然鬨她走，她會跑到什麽地方，獨自一個人遮掩她的憂愁，祈禱上帝，令她們回心轉意。

她的膽怯女兒說道，『媽媽，我們並非鬨你。』

伯爵夫人說道，『你請這樣的人來送殯，我明天一定套車走。你所請的人，凡是奉基督的夫人們，都是不肯見他面的。』

庇得爵士急了，站起來，擺足發號令的樣子，說道，『栢晤。我說你寫。第一行，你就寫一八二二年九月十四日，克洛里鄉。我的好兄弟。——』

伯爵夫人原在那裏等着，看她的女壻還有拿不定主義沒有，這時候看見他這樣的決絕，這樣的可怕，她就有點害怕，出了書房門，柘晤夫人擡頭看丈夫，很想也走出去安慰母親；誰知庇得爵士不許她動。

他說道「她不會走的。她的布來屯的房子已經出租啦。上半年的利息，她已經用完啦。一位伯爵夫人住在小客店裏，就算是毀啦。我早已想好，專等一個機會，走這麼一步，因為你要曉得，一家不能有兩個家長：我請你往下寫。說道，「我的好兄弟，我現在告訴你的不幸的事，原是早已料到的，等等。」

總而言之，庇得已經登位，碰着好運氣，他卻以為是他有德應該享受的，取得他的至親所盼望的全份財產，打定主意善待他們，盡他的禮義，再造出一個樣子來。他當了家長，很喜歡，他打算用他在鄉下不久就要得到地位，和他的過人的材略所得的勢力，替他的親兄弟弄一個位置，替他的堂兄弟們想法子，也許他想到他得了他們所望得的財產，覺得有點對不起他們。他登位三四天，他的方針改變了，他的辦法也想定了：他打定主意廢了秀斯登夫人，用公道誠實法子管理，同血統關係的親戚們都要好。

所以他嘴裏說，太太照着寫一封信給他的兄弟羅登——是一封很堂皇典贍的信，有極深奥的緒論，用最長的字；這位執筆寫的人很驚詫。她想道，『他將來進了衆議院必定是一位大演說家；我的丈夫是多麼好，多麼有智，多麼有才的人呀！我原以爲他有點冷的；但是他是多麼好，多麼有天才的人呀！』

其實庇得克洛里早已偸偸的先打好稿子，很研究過一番，深深的研究，磨到盡善盡美，逐字逐句的記牢了，方從嘴裏說出來，好叫他的夫人寫。

庇得爵士於是發這一封黑邊很寬黑印章很大的信給他的兄弟，克洛里大佐。羅登接了信，只高興一半。他想道，『我跑去那個無聊的地方作什麼？飯後叫我同庇得單獨兩個人在一起，我是受不了的，況且往返還要花到二十鎊。』

他拿信上樓去見太太（他遇有爲難都要請教太太的，）太太早上在臥室吃巧克列茶。他把茶點盤和這一封信都放在梳妝桌上，太太正對着鏡子梳頭。她拿起這封黑邊信，讀過之後，跳起來，喊道，『好呀！』一面拿信在頭上搖擺。

羅登見她披着羊絨梳妝衣，散着頭髮，在屋裏亂跳，覺得詫異，說道，『好嗎？貝克。他並不遺留什麼財產給我們，我成年的那一年，我得過我的一份啦。』

貝克答道，『你這個傻老頭子，你永遠是一個小孩子，不會成年的。你趕快去同我買喪服用的東西；你的帽子要加黑紗，做一件黑大衣——你沒得這樣東西；你去定作，明天就要，禮拜四我們就可以起程。』

羅登說道，『你不是要去呀？』

貝克說道，『我自然要去。我要栢晤夫人明年帶領我入宮覲見，我要你的哥哥設法叫你當衆議院的一位議員，你這個糊塗老東西。我要斯提晤貴族將來要有你的選舉票和他的，你這個老傻子；我要你將來當愛爾蘭大臣，不然就是當西印度巡撫，不然就當財政官，或領事官。』

羅登不滿意的叨叨道，『坐馬車去要花許多車錢呀。』

貝克答道，『吾們可以用秀斯登的車，既是親戚，應該去送殯的，但是不必——我打算還是坐客車去，我們老實謙遜些，他們更喜歡。』

大佐問道，『小羅登自然是去的？』

貝克道，『不要他去；爲什麼多花一客的車錢？他長大了，不能夾在我們中間。讓他在家吧。巴力斯可以替他作一件黑衣。你去照着我的話辦。你不如告訴你的跟人說庇得爵士死了，遺產辦妥之後，你可以得到很多財產。他就把話告訴那一個討債討得很急的人，可以安慰他。』說完了這番話，她就起首吃巧克列茶。

當斯提晤貴族晚上走來的時候，他看見貝克和巴力斯兩個人剪縫撕扯種種黑色衣料。利貝克說道，『我們的爸爸死了，我同巴力斯很悲痛，很絕望。庇得爵士死啦。我們整個早上撕扯我們的頭髮，現在我們撕拉我們的衣服。』『唏，利貝克，你怎樣能說這種話！』巴力斯兩眼向上看，只能說出這句話。

貴族學舌，也說道，『唏，利貝克，你怎樣能說這種話！原來這個老不是東西死了麼？假使他是會使手段的話，他未嘗不可以高升，當了貴族。他原可以有機會的，他改黨改得不是時候。他是一個什麼樣的醉鬼呀！』

利貝克說道，『我幾乎當了這個醉鬼的寡婦。巴力斯，你記得嗎，你在門口張，看見老庇得爵士跪在我面前？』巴力斯記起這件事，滿臉通紅，當貴族叫她下樓弄茶，她很高興的借機會跑了。

利貝克用巴力斯，就當她是一隻看家狗，保護她的道德和名譽的。老克洛里小姐臨死分給她幾個錢。栢晤夫人待她很不錯，待各人都很不錯，她原想仍在克洛里氏家裏的；但是秀斯登夫人敷衍她幾時，面子上過得去，就不用她啦；庇得(因爲他的姑母老小姐對待巴力斯太過慷慨)就讓他的丈母行使職權。他姑母家裏還有一男一女的老家人，也得着老小姐分給他們的錢，也散了，他們結了婚，開小客店。

巴力斯試在鄉向親戚們過活，但是她在城裏過慣好日子，鄉下過不慣。她的親戚們原是作小買賣的，曉得她每年有四十鎊進項，就互相爭吵起來，吵得很熱鬧，還是明吵的，比克洛里老小姐的親族爭她的家產，還來得更利害。巴力斯的兄弟，原是一個極端自由派的人，開一間製帽子店和開雜貨店，因爲她姊姊不肯借錢給他作本錢，就說他的姊姊是一個貴族派，賣弄有錢；她本來可以借給他的，誰知他們的妹妹，嫁了一個不奉正教的鞋匠，同那個製帽賣雜貨的不對，因爲他進別的教堂聽經，這位妹妹就告訴姊姊，說他們的兄弟怎樣的快要破產啦，把巴力斯霸佔了幾時。那位不奉正教的鞋匠要巴力斯送他的兒子進大學，要他將來變作上等人。這兩家很弄了巴力斯幾個錢：後來巴力斯只好逃回去倫敦，兩家都罵她，她只好還是出來傭工，省事得多，自由得多。她登告白找主住在舊同事家裏，候事。

後來她同利貝克會面。有一天羅登太太的小馬車正在街上轉，碰巧巴力斯往泰晤斯報（Times）的告白房跑了一個禮拜去登告白走乏了，剛好走到的老同事的門口。利貝克正在趕馬車，認得她，利貝克就趕到那家門口，把馬韁交給車夫，跳下來，就抓住巴力斯的兩隻手，巴力斯才曉得是遇着老朋友。

巴力斯哭，利貝克笑，進了屋子就吻巴力斯，走入小客屋。窗子上還掛着「有房出租」的牌子。

巴力斯一面感歎一面哭，把她的故事告訴利貝克。如她這樣性情軟弱的人見了老朋友的面，或是在街上相遇，都是這樣的；因爲有許多人雖然天天見面，其中有些人總還要揭露奇蹟的；

又有許多女人雖然彼此相惡，一見面的時候立刻就哭，既可惜又記起他們爭吵的時候。總而言之，巴力斯全告訴她自己的故事，貝克也把她自己的事說了一番帶着很坦白的神色。

巴力斯一曉得她的朋友所處的是什麼地位，她怎樣得了克洛里老小姐的一份家產，她就說要找事工錢不在乎，貝克立刻就同她出好主意。這樣的一個人作陪伴，很合她的家裏的情形，當天就請巴力斯到她家吃飯，要把小羅登給她看。

巴力斯的老同事的女人警告她，不要走入獅子窩。她說道，『你到她那裏，一定要失望的，你記着我的話，看靈不靈？』巴力斯答應很小心從事。下禮拜她就去了，同羅登太太同住，不到六個月就把六百鎊借給羅登克洛里，每年給息。

第四十一回　貝克回去她祖上的老宅

衣服製好了，告訴庇得克洛里爵曉得他們夫婦要回來，羅登和貝克兩人坐客車回去，貝克坐的車就是九年前她第一次出來問世，同已死的小男爵同坐的。九年前的事歷歷如在目前，她很記得客店的院子，她不肯給錢的馬夫，還有那個奉承她的劍橋大學校學生，拿大衣把她裹起來。羅登卻坐在外面；他很想趕車，但是他的悲哀不讓他趕。坐在車夫身邊，一路同車夫談馬，談路上的事；談誰開的小客店，從前他同他哥哥常往來學校的時候，誰套的馬。到了某處就有一輛雙馬的車。車夫穿了黑衣服的在那裏接他們。他們上了車之後，利貝克說道，『羅登，還是那輛舊車，蟲子蛀了車墊——這一塊漬汙的地方，還是庇得爵士——哈！鐵匠已經把窗戶關上啦——大鬧過一場的。當我們在秀寒登接你的姑母回來時，打破了一瓶櫻桃酒，弄髒了的。時候過得很快！在小房子門口站在她母親身邊的，不能是某姑娘呀？我還記得她從前不過是一個滿身疥瘡的野孩子，在花園裏拔野草。

小房子門口的人對他們行禮，羅登用兩隻小手指靠了帽帶還禮，說道，『好看的女孩子。』貝克點頭回禮，到處見了她認得的人都很客氣的同他們打招呼。她這樣照呼他們，她覺得很快樂。這是表示她並不是一個騙子，是一個回到祖上老家的一個人。羅登卻覺得有點慚愧，垂着頭。有多少他的少年時事，他的天眞爛漫，從他腦海中一響即逝的走過呀？有多少追悔，疑惑和慚愧，種種的痛苦經過呀？

利貝克說道，『你的妹妹此時必定長成少年女人啦？』自從她離開她們之後，大約這是初次她記起她們來。

大佐答道，『我不曉得。哈！這不是洛克（Lock）太太麼？洛克太太，你好呀？你認得我嗎？我就是羅登，是不是老婆子們活得久；當我是小孩子的時候，她已經是一百歲啦。

這個老婆子是看大門的，她開了大閘門，他們經大門進去，利貝克一定要同這老婆子拉手。羅登四圍看看，說道，『家長砍了許多樹。』說完就不響——貝克也不響。他們心裏想起舊時來，心裏都有點動。他想起從前讀書的時候，想起母親，他還記得他母親是一個臉冷嚴肅人，還記得她很喜歡的一個已死的妹妹；記得從前他怎樣作他的哥哥；又想起家裏的小兒子，利貝克想起她少年時候，和早不乾淨的日子的黑暗祕密；想起她進這大門時，就是她出來問世的第一日；又想起平克喬小姐，約瑟和阿米力亞。

園子和沙子路都打掃乾淨了。宅門口擺了喪宅的牌，有兩個很高大很嚴肅的穿黑服的人，各打開一扇門，讓他們進去。當他們手拉手進去的時候，羅登臉紅了，貝克臉上卻無血色。當他們進去客座的時候，貝克揑羅登的膀子。庇得爵士和他的夫人在那裏預備迎他們。他們夫婦都穿黑衣服，秀斯登夫人戴了一頂大黑帽，帽上掛了許多黑玻璃珠，插上黑烏羽，在頭上亂擺，很像出殯的人夫。

庇得爵士很曉得她（秀斯登夫人）是不肯走的。當她在女兒女壻的面前，她露出嚴肅緘默如同一塊石頭的神色，當她在孩子們的屋裏，孩子們見她那樣同鬼那麼慘淡的神氣，個個都害怕。當羅登夫婦回來的時候，她對他們只略爲搖搖帽子，搖搖烏羽。

她對他們這樣冷淡，他們卻毫不介意。卻也奇怪，這兩夫婦只當她是二等重要人物——他們却很留意哥嫂怎樣待他們。

庇得帶點嚴重顏色，走上前拉他兄弟的手；對利貝克很低的鞠躬同她拉手。栢晤夫人卻拉住弟婦的兩手，很親熱吻她。這一相抱，卻令這位小個子女光棍多少滴幾點眼淚——讀者是曉得的，她是很難得滴淚的。她嫂子這樣的天然的親愛感動她，令她歡喜；羅登看見嫂子這樣的表示親熱，膽子壯些，捲捲鬍子，吻他的嫂子，嫂子的臉很紅。

後來他兩夫婦又在一起的時候，羅登說道，『栢晤夫人是個很清秀的女人。庇得卻發胖啦。這喪事他辦得還體面。』利貝克說道，『他有力量這樣辦。』他丈夫說『他哥哥的丈母是一個令人可怕的醜鬼——妹妹們長得都好看。』利貝克贊成她丈夫這兩句話。

貝克稱贊瑪提達（Matilda），說她是一個世界上最可愛的女孩子，這時候她還不到四歲；男孩子只得兩歲，臉白眼重頭大，貝克說他是一個非常的孩子，身軀壯大，又聰明，又好看。

這兩個孩子的母親，栢晤夫人說道，『我但願我的母親不要把許多藥給孩子們吃。我常想我們不吃藥更好。』

隨後栢晤夫人同利貝克很深談孩子們該吃什麽藥；我聽人說，這是女人們最喜歡談的。這兩個妯娌見了面不過半點鐘就變成親熱朋友——到了晚上栢晤夫人就告訴丈夫她看他的弟婦是一個仁愛，坦白，率直，有感情的少年女子。

這個不辭勞苦的女子，既經很容易的得了她嫂嫂的歡心之後，就努力要和解秀斯登夫人。利貝克一見這位夫人獨自一個人的時候，她就拿孩子們吃藥的問題當話柄，進攻她，說她的兒子在巴黎有病，所有的醫生們都說不能治，她就給她兒子許多輕粉吃，居然把孩子的性命救回來。她說她常到某處的教堂聽某牧師講經，這位好牧師常常對她說起秀斯登夫人來，她又說她自己經過許多世事，經過許多不幸之候。她的見解很改變了；她又說她自己從前所過的生活是怎樣好慕浮華，怎樣的走差了路，現在只希望她的旣往不至於使她對於將來不能存較爲嚴重的思想。她告訴這位夫人，從前她怎樣的虧得克洛里先生，得了多少宗教的教訓；提起一本論宗教的書名『某處的洗衣婦，』她說讀過這本書之後，很得益；她又問作這本書的某貴小姐，現在已嫁了，就是某貴夫人，現時在南非洲，她的丈夫很有希望可以當南非洲某處的主教。

利貝克要這些手段，都還不算，她最得意的手段就是當送過殯之後，裝作很受了擾動，覺得很不舒服，請教秀斯登夫人應該吃些什麼藥。這位老夫人不獨教她吃什麼，而且穿上睡衣，神色更爲嚴厲，晚上偷偷的走進利貝克的屋子，帶了一包小書，還有她自己配合的藥，力勸她吃。貝克首先收了小書，起首考察，同夫人談怎樣救靈魂的事，她原想用這個法子，就可以免得吃藥。但是既把宗教的話柄談完了之後，這位老夫人還不走，要等到那盃藥吃完了纔走；可憐這位克洛里太太不能不裝出感謝的面目來，當着老夫人的面，把藥吃下去，老夫人這纔肯對她說句上帝保佑的話走出去。

羅登太太吃了這一盃藥，肚裏並不舒服；羅登聽見了走進來看她的時候，她的神色很古怪；貝克把怎樣敷衍秀斯登夫人，吃了她的藥鬧到肚子不舒服，羅登聽了大笑。後來羅登夫婦回去倫敦，把這件事告訴斯提唔貴族，他聽了也大笑。貝克還重演秀斯登老夫人給他們看，她戴上一頂睡帽，穿上一件睡衣。她很嚴肅的講了一段經：她演講她所裝作要用的藥的功力，演講得很鄭重，摹倣到十足，看見的人以爲當眞是秀斯登夫人在那裏用鼻音說話。朋友們到她家裏的常說

「請你演秀斯登老夫人和黑色藥水。」這位老夫人原是最令人討厭的，這算是第一次把她演成有趣味啦。

庇得爵士記得從前利貝克很恭敬他，故此這時候對待她還好。他的兄弟娶了這位太太原是不該的，但是羅登自己卻變好了許多——看大佐的改變了的習慣行爲就曉得——說到庇得他自己，他還虧得他兄弟娶這一門的親，他自己纔得了好處。這個狡猾外交家心裏很高興，自己承認他因爲兄弟娶親他纔承受許多財產，他不應該反對這件事。利貝克的陳說，行爲，和談話也不會移動他的滿意。

她從前恭敬他，他已經心裏很快活，這時候她加倍恭敬他，引出他的談話力量，他自己也覺得詫異。庇得常恭維自己的本事，等到利貝克指出他的本事來，他更稱讚自己的本事。她對嫂子能够證明，原是標特克洛里太太慫恿他們結婚的，後來反毀謗他們：又說是標特太太貪財——盼望得了老克洛里小姐的全份家產，播弄是非，叫老小姐不喜歡她的姪兒羅登——故此造了許多謠言反對利貝克。她裝出安琪兒的能忍耐性，說道，「標特太太居然弄成功我們貧窮，但是我怎樣能夠埋怨給我一個頂好的丈夫的人呀？她自己的希望是完全破壞了，財產得不到手，這還不夠示罰嗎？貧窮！栢晤夫人，我們怕什麽貧窮呀？我自小以來，就過慣貧窮日子。我是老貴族克洛里氏的人，現在老小姐的錢財，用來恢復這個高貴老家的排場，我常是很感謝的。我深信庇得爵士善用克洛里老小姐的錢財，比在羅登手上好得多。』

利貝克所說的這些話，自然有栢晤夫人告訴丈夫，更令他喜歡利貝克；所以到了出殯之後第三天，一家子吃大餐的時候，庇得爵士坐在主位切雞，居然對羅登太太說道，『哈哼！利貝克，你可以讓我切一塊雞翅膀給你麽？』——這一句話令利貝克快樂到兩眼放光。

羅登在鄉下常接着巴力斯關於小羅登的消息；這個小孩也常寫信來。他的信說道，『我盼望你很好。我盼望媽媽很好。小馬很好，格雷（Grey）領我到公園騎馬。我碰見從前騎馬的孩子。馬跑的時候，他哭。我不哭。』

羅登讀他兒子的信給他哥哥和嫂嫂聽，他們聽了很高興。爵爺答應送姪子入學校；他的慈心的夫人給利貝克一張鈔票，求她買一件禮物給姪兒。

一天過了又一天，這兩位堂客尋安靜的消遣度日。聽見鐘響就吃飯，祈禱。小姐每天早飯後學彈鋼琴，利貝克還教他們。彈完了穿厚底鞋在花園或在小樹林裏散步，有時走出柵外，走入村子裏，分散秀斯登老夫人的小本子書和藥水給病人。這位老夫人坐了小馬車到村子，利貝克坐在她身邊，很用心聽老夫人的鄭重說話。

利貝克心裏想道，『當一個鄉紳的太太，原不是容易的。我想假使我每年有五千鎊，我也可以作個好女人，我可以在孩子們房裏盤桓，數數牆邊有幾多個杏子。我可以在唐花塢裏澆水，摘枯葉。我可以見着老婆子們問她們的風濕骨痛可好些了，買一個先令的熱湯請苦人吃。每年有五千鎊，也還不錯。我可以坐馬車走到十英里外的朋友家吃飯，穿前年的時髦衣服。我可以進教堂，坐在那裏睜開兩眼，不至於睡着了：不然的話，我可以躲在幃幔後睡覺，戴上面紗，我現在還未慣，卻要練習。我只要有錢，我絕不欠賬。這裏會變把戲的就是以此自鳴得意。他們看不起我們沒得錢的人。倘若他們給我們的孩子一張五鎊鈔票，就以爲自己很慷慨，我們若是沒得的，他們就看我們不起。』利貝克的思想也許是對的——一個誠實女人同一個不誠實女人的分別就在乎有錢無錢，是不是若是把外物的引誘算在裏頭，誰人能說誰比誰強？一個人有錢，過舒服日子，雖然不能使他變作誠實至少也該使他不欺詐。一位市政廳的參議剛從有脚魚湯的宴會回來，斷不至於走下車來偷一隻羊腿；但是試教他捱幾天餓你看他偷牛肉不偷。利貝克就是這樣權量機會平均分配世界上的善和惡安慰自己，

七年前利貝克在這宅子裏住過二年，所有的老地方，老野地，樹林，池塘，花園，房間都很小心的再看過。她記得七年前在這裏的時候的思想和感覺，拿來比較她現在的思想和感覺，她現在已經見過世界同闊人來往過，擡高自己的身分，比從前高得多。

利貝克想道，『我擡舉我自己出來，爲的是我有頭腦，其餘的人都是傻子。我從前在我父親的畫室裏頭會過好些人，我現在不能折回頭同他們在一起啦。現在上我的門的，都是披帶寶星大綬的貴族，不是窮畫師裝滿口袋煙草的人。我的丈夫是個鄉紳，我的兄嫂是伯爵的貴小姐，我從前在這裏不過是一個保姆，比女僕差不了什麼。我從前不過是一個窮畫師的女兒，常要哄騙雜貨店，纔能夠弄點茶葉弄些糖到手，我現在比那個時候有錢麼？從前有一個人很喜歡我的，設

使我已經嫁了他，我也不能比我這時候更窮。好呀！我很想能夠把我在社會的地位，和全數我的親戚，換好了的一筆三釐公債票；』貝克就是這樣的覺得人世的虛榮，她想得到多少公債票到手，立脚纔能够穩。

她也許見到，假使她誠實謙遜，盡她的本務，走的全是正路，她也能够得歡樂，如同她一向的行爲所能得到的一樣。但是貝克假使有過這樣思想，她習慣躱避正路，寧可繞路走，不敢往裏看，——如同已死的克洛里氏子孫們一樣，躱避停屍的屋子繞路走也不敢往裏看。她躱避正經行爲，看不起正經行爲——她好走小路，這時候要想回頭，是辦不到的了。凡人都有許多道德感覺，我相信惟有後悔，是最不活動的道德感覺——卽使有驚醒的時候，也是最容易再睡着的：有些人是一輩子都不醒的。被人窺破，丟臉，受懲罰，我們自然是很憂愁的；但是浮華世界上的人，只是知道自己作了惡，也不會不歡樂的。

所以利貝克住在鄉下的大宅子的時候，盡她的能力同有錢的人作朋友。庇得爵士夫婦同利貝克送行的時候，表示很親熱的意思。盼望倫敦的大宅重新裝飾好了之後，同他們在那裏再聚會。秀斯登老夫人托她交一封信給某牧師，求他救她，庇得先打發他們的行李走，送他們許多野味，伴送他們坐大車到村口。

克洛里夫人同利貝克送行的時候說道，『你再見着你的小寶寶孩子，不知多麼歡樂啦！』利貝克翻着兩隻綠眼睛說道，『呀！很歡樂。』她是很高興離開這個地方，却不想走。這裏原是無聊得利害；但是這裏的空氣新鮮得多，好過她所習慣吸收的。這裏人人都是很無精神，很不活潑的，卻人人都待她好。她對自己說道，『這都是公債票的勢力，』這句話也許是對的。

他們到了倫敦，巴力斯生起爐子來，小羅登起來，歡迎他的爸爸和媽媽。

第四十二至第四十四回（删）

〔這幾回說的是老奧兹本雖然還不肯同他的媳婦和他孫子和解，他的女兒卻常見小佐治，把新聞告訴她父親。當下多賓少佐在印度得着消息說有和解可能，尤其是因爲阿米力亞也許會再嫁。多賓立刻打定主意，從印度動身。

利貝克雖然見得庇得爵士不肯借錢給他的兄弟，卻把爵士敷衍得很好。她還是不甚理她的兒子，小羅登這時候是一個很好看很有男子氣的孩子，喜歡伯母克洛里夫人，不甚喜歡母親。」

第四十五回　在罕布什爾(Hampshire)與倫敦之間

庇得克洛里爵士不獨把鄉下的產業修理好，恢復舊觀。他是一個明白人，他設法恢復他們克洛里族的名譽，從前原是他父親太過鄙吝把名譽弄得很壞。他父親一死之後，他就被舉爲本市代表，當本地的裁判官，又是一位議員，鄉下的大人物，一個世家的代表。他常出來，在本州的公衆大舉動出現，捐許多錢助本州善舉，不辭勞苦的探訪本州的人。總而言之，他以爲自己是個大材，先要出來在本州當大任，作大事，後來再擔任帝國的事。他吩咐他的夫人同鄰近的小男爵們拉攏。這兩家小男爵現在很同克洛里們來往，大街上常見他們的馬車，常時在克洛里宅子大廳吃飯（菜色很好，可知並不是栢晤夫人的手段），庇得夫婦不辭勞苦的常出外應酬，風雨無阻，遠近不計。庇得身體不好，胃氣又弱，故此不甚講究飲食，他卻以爲處他的地位，是應該應酬，應該屈尊的。他每次因爲飯後久坐患頭痛病，他覺得他是一個爲義務而殉難的人。他同鄉下的小財主們談收成，談糧食律，談政治。他很熱心的討論偷野味和保存野味的問題（他從前對於這等事體原存過自由思想家的見解。）他不打獵：他不是打獵人：他是個讀書人，習慣安靜的：但是他以為國內應該養好馬，狐狸的繁衍也應注意；他自己是不打獵的，倘若他的朋友某小男爵喜歡的話，可以在克洛里的地產上出獵，他的朋友們居然來打獵。庇得爵士信教甚篤，日趨於崇奉正宗，既不當衆演講也不赴會會議，勤於進教堂探望主教和各教士。有一位牧師要打牌，他就許他打；他的夫人見他這樣，很詫異。他的丈母秀斯登老夫人氣極了，因為他許人作這樣目無上帝的消遣。當全家去聽聖樂回來的時候，爵士就對少年堂客們說明年他很想帶她們赴大跳舞會，她們因為他這樣愛她們，很崇拜他。她的夫人向來是惟丈夫之命是聽的，也許她自己也喜歡去。他的丈母寫信告訴那位作『某處的洗衣婦』的人，痛恨她女兒作這樣舉動；剛好這時候她的布來屯房子空下來。她就回去海邊住。她走了之後，女兒女婿也並不怎樣難過。我們可以當利貝克第二次回去老家的時候，看見這位常背着藥箱的老夫人不在那裏，也並不格外的愁悶；她卻寫了一封賀聖誕的信給這位老夫人，很恭敬的請她記念她。說起她第一次同她在一起的時候，她怎樣的感謝老人的高論，她有病的時候，老夫人怎樣的待她，她怎樣的感激，還說她再到老宅子，無一事不令她記念老夫人。

原來庇得爵士因爲聽了這位狡猾利貝克的一番相勸的話，就把他自己的宗旨行爲大抵都改變了。當他們在倫敦時候，利貝克對他說道，『庇得爵士你情願不過當一個鄉紳，做一位小男爵就滿意麼？你不是這樣人。我深曉得你不是的。我曉得你的才幹，我曉得你的奢望。你以爲你能够掩遮着，不令我看出來：但是你不能遮掩我的眼。我把你的討論大麥芽的小著作給斯提啞貴族看。他很曉得你這本著作：他說全個內閣都說，凡有討論這個問題的書，以你這本著作爲第一。內閣已經注意到你，我又曉得你要什麼，你要在議院裏表彰你自己；人人都說你是英國最好的演說家（因爲人人都記得你在牛津的演說。）你要當一州的代表，你既有你自己的選舉票，本市鎭又作你的後盾，你要什麼就是什麼，你要當克洛里地方的克洛里男爵，你去世的時候一定到手。我都看透了的。庇得爵士，我曉得你的心。設使我有一個丈夫不獨得了你的姓，而且得了你的聰明，我有時想我並不配他不起——但是現在我是你的弟婦。』她說這句話的時候，添上一笑。她又說道，『我是一個莫名一錢的可憐女子，我卻有點可以出小力的地方——也許小老鼠能幫大獅子，也未可知。』

庇得爵士聽了她這一番話很驚奇，很高興。他說道，『這個女人怎麽能這樣明白我心裏的事。我絕不能够叫我的夫人讀三頁我的大麥芽論。我的夫人簡直不曉得我有過人的才能，我有祕密的奢望。原來他們還記得我在牛津的演說麽？這羣光棍現在我代表我的市鎭，可以當本州的代表，他們起首記得我啦！還說什麽去年入宮覲見，斯提唔貴族還不理我啦；他們現在居然看出來我庇得克洛里是個人物。凡是被人忽略的人，還是那個人，不過未得機會罷了，我要叫他們曉得我現在能說話，能作事，能寫書啦。當他們未把刀給阿溪里（Achilles）的時候，他自然不宜布自己。我現在有刀在手啦，天下人將要聽見庇得克洛里的名字。』

因此之故，怪不得這個光棍外交家變作這樣的好客；變作這樣的同聖樂堂和施醫院客氣；同教士們這樣要好；這樣的閣請客，怎樣的喜歡出去應酬；每逢趕集的日子，他這樣的同農家的客氣，對於本州的地方上的事，這樣的關切；到了聖誕日，他的大廳是最熱鬧，不過是多少年未曾有過的。

聖誕那一天同族大聚會。牧師宅裏你全數克洛里都來吃餐。利貝克對標特太太是很開誠布公，很親愛的，好像標特太太並未作過她的對頭一樣，很親熱的關切幾位小姐，說她們的音樂很有進步，她很詫異：一定要她們再合唱。標特太太不能不露出有禮的樣子對待這個小女光棍——後來她可以自由的對她女兒說庇得爵士為什麼要那樣無理的恭敬他的弟婦。但是吃餐的時候吉木（Jim）坐在利貝克身邊，很說她好：牧師宅裏的人都說小羅登是一個好孩子。他們恭敬這個有機會襲小男爵的小孩子，因為只有那個多病臉無血色的丙喀（Binkie）庇得橫亘在中間，不然的話，小羅登可以襲爵的。

孩子們卻都是好朋友。丙喀年紀很小，羅登比他大，小狗不好同大狗頑；織提達不過是個女孩子，不配同八歲大的男孩子頑。他立即當了這羣小孩子的司令官——只要他肯屈尊同他們頑的時候，那些小男孩子小女孩子們就很恭敬的跟着他跑。小羅登在鄉下歡樂快活到極點。

利貝克看見這裏的人都是很親愛的，她也作出親愛的樣子來。有一天晚上她把她的兒子

[illegible]過來，當着衆人，低着頭吻他。

吻過之後，兒子很看他母親的臉，一面發抖，一面紅着臉，說道，「媽媽，你在家裏絕不吻我；」衆人聽了都很驚愕，都不說話，貝克的兩眼很不高興。

羅登因爲弟婦喜歡他的兒子，很喜歡她。柘唔夫人同貝克這一次卻不甚相得，不及上一次，那時候大佐的太太打定主意，要見好於衆人。這個小孩子的兩番話，令人聽了打冷戰。也許是因爲庇得爵士對利貝克太太過於殷勤些。

（中略）當這個可以紀念的假期進行時候，小羅登雖喜歡他的伯伯，因爲他常時很冷落的，關在書房裏辦地方上的案件，左右前後都是耕田的和地保們包圍他，小羅登卻很得他的已出嫁的和未出嫁的姑母和伯母們孩子們的歡心。牧師宅裏的吉木也喜歡他。庇得爵士鼓勵吉木獻媚於大宅裏一位小姐，默許他等到他好打獵的父親死後，補牧師缺。吉木自己不去打獵了，不過打鴨子和水鳥，有時候捉老鼠頑，過了聖誕節放學之後，他要回去大學再試投考，盼望這次可以錄取。他已經不穿綠衣服，不戴紅領條，不用其他裝飾品啦。庇得爵士就是用這種便宜不花錢的方法酬報他族中的人。

當這次熱鬧聖誕節未過完之前，庇得爵士鼓足勇氣再給兄弟一張一百鎊的支票，他起初很捨不得，心裏很痛，後來他卻很高興以為他自己是世上最慷慨的人。羅登父子都捨不得走，貝克同衆堂客們分手都是很歡喜的：我們這位朋友回到倫敦，就起首作本回開端所說的事。經她一布置，甘特大街上的克洛里氏大宅子裝修一新，預備歡迎庇得爵士和家眷，這是指小男爵來倫敦入議院辦事，在政府取得同他的大才相當的地位的時候。

第一次開議院，這個深沉作僞的人，藏着他的諸多計劃不露，一言不發，只是替他的地方上遞了一個呈子。他卻天天到院，學議院的規則和事務。在家裏是專心看藍皮書，他的夫人見了很驚慌，惟恐他辛苦死了。他結交各部大臣，和各黨的黨魁，打算過了幾年他也可以當黨魁。

栢唔夫人是一團和氣一片慈心，反令利貝克看她不起，她很為難纔遮掩住不讓她嫂嫂看出來。栢唔夫人為人這樣好，這樣老實，很令利貝克不高興，有時實在不能不露出來，令她曉得她看不起她。栢唔夫人見了她，就很不安的。她的丈夫常同利貝克說話。這兩個人之間，好像有暗通消息的記號庇得爵士同利貝克說的事體，是他絕不敢對他自己的夫人說的。栢唔夫人誠然是不懂，但是一言不發是極其難過的；尤其難過的是你既無話說，反要聽這個大膽小個子羅登太太滔滔不絕的說完這件事，又說那件事，對什麼人都有一句話說出一句笑話，都是合時宜的；獨自一個人坐在自己家裏火爐邊，看見所有的人包圍你的勁敵，真是令人難堪。

在鄉下時候，栢唔夫人把孩子們都喊來（小羅登也在其內。他很喜歡他的伯母）圍住她膝下，她對他們說故事——貝克走進來用她的綠色看不起人的眼睛，輕侮她可憐這位夫人被她一看，只好不響。她的單簡小想像，抖抖的縮回去了，如同小說書的小仙人見了大鬼一樣。利貝克只管帶着極少的挖苦腔調請她向下講，她怎樣也講不下去啦。貝克是極增惡柔和思想和簡單快樂的，同她的性情不合；她恨極喜歡這樣思想和快樂的人；她抗絕孩子們，拒絕喜歡孩子們的人。當利貝克在斯提唔貴族面前裝演栢唔夫人的狀態時，她常說道，『我不喜歡麵包和牛奶酒。』（殆指安閒太過拘束的太太們　譯者註。）

斯提唔貴族一露齒一鞠躬的答道，『有一個人，並不喜歡聖水，』說完大笑。

所以這兩位妯娌不常見面，惟當利貝克有事要討嫂子便宜，才來見她。她們見面，滿嘴都是你親我愛的話，却常是離開得遠遠的；惟有庇得爵士公事太忙，卻每天都要騰出工夫來見弟婦的。

他第一次請議長吃飯，就借這個機會穿了外交官的制服，見他的弟婦，還是他當某使館隨員的時候穿過的。

貝克恭維他一番，也同他的夫人和兒女恭維他一樣，他未出門之先，穿了這身制服給他們看。貝克說惟有眞正老世家穿起大禮服來是好看的；惟有你們老門第的人配穿。庇得很得意的看看自己兩隻脚，其實他的兩隻脚並不壯觀，也同那把掛在他身邊的瘦刀一樣的不壯觀；他看看自己的兩隻脚，以爲他自己美到了不得，女人們一見他就愛他。

他走過之後，貝克太太畫他的樣子，斯提晤貴族來了，她就給他看。貴族把這幅畫拿走，很喜歡她畫得很像。他在貝克家裏會過庇得爵士，他對這位新小男爵，新議員，是很客氣的。庇得看見這位闊貴族很尊敬他的弟婦，她說話那樣從容活潑，別人也喜歡聽她說話，他也有點詫異。斯提晤貴族說小男爵才起首出來作官，他很急於要聽他的演說；又說他們既是鄰居，斯提晤夫人一到倫敦，她就要同克洛里夫人往來。過了一兩天，斯提晤貴族去克洛里大宅丟了一個片子：他們作鄰居已經有一百年了。斯提晤貴族卻從來未理過克洛里們。

羅登在這許多陰謀祕計之中，在這許多宴會和有智的，發異彩的大人物之中，越見得自己寂寞孤立。太太讓他多到俱樂部：讓他多出去同他的未娶親的朋友們吃飯。讓他來去自由，絕不過問。他同他的兒子常到大宅裏，同他的嫂子和孩子們坐，庇得爵士卻同利貝克關門密談。

這位卸了任的大佐常時在哥哥家裏一坐就是好幾點鐘，一音不發，也不想什麼，也不作什麼。他很願意替人跑腿跑去探問一匹馬或一個跟人：或替孩子們切羊肉。他受太太的挫折，變作懶惰，服從號令。大利拉（Delilah 見士師記十六）把他監禁起來，把他的頭髮也剪了。他十年前原是一個敢作敢爲的少年，被太太收服了，變作一個蟄伏，聽話，半老胖子啦。

第四十六回至第四十七回（刪）

〔這兩回說老奧茲本後來答應見他的孫子，他正式的要這孩子承繼，阿米力亞不肯。塞德力的景況越變越壞，她一日忽然明白過來，因爲她愛兒子，反令他不能享受他父親爲她而犧牲的財產，位分，教育，和地位。

甘特族同貝克的前程很有關係，現在發露他們的血統有汙點。「這家人家，有的是富貴榮華，內裏並無歡樂。」現在活着的代表就是斯提晤貴族，名聲是很不好的，卻有許多大人物巴結他。」

第四十八回　介紹讀者入最好的社會

貝克奉承親愛他丈夫的族長底得爵士，後來得着極大的報酬；這種報酬雖然不甚實在，貝克貪得這樣虛榮，比貪得實在利益利害得多。倘若她不願過有美德的生活，她至少也要享有美德的名。但是我們都曉得，凡是在這個繁華世界上的堂客們，未到拖了長裙戴上鳥羽覲見過君主之後，是不能享這樣美名的。覲見過君主出來之後，就蓋上圖章，說她是一個誠實（貞潔）女人啦。御前大臣給她一張有德的文憑。從有疫口岸來的船隻所載的貨物和信件，都要在爐裏烤過，洒上香醋，纔算是銷過疫氣，纔算是乾淨的——有許多貴夫人貴小姐們名譽，若不受過消毒，是會令人可疑的，是會傳染的，覲見過君主之後出來就沒得什麼汙點了。

巴阿喀伯爵夫人，達甫圖單長的夫人，標特克洛里太太，和其他夫人們，曾經同羅登克洛里太太接近過的，對於這個名聲很醜的小女光棍居然覲君主，說看不起她的話，說假令夏羅德（Charlotte）王后若在的話，斷不會容這樣行爲極其不端的女人入她的大殿的。她們雖然這樣說，也是無益。我們若是考慮當日面試羅登太太的人，原是全歐的第一個君子（此是英王佐治第四的綽號　譯者註），她是在他手上取得有名譽的文憑的。既是這樣，我們若還疑她的道德，必然是欺君慢上啦。作者回想這位歷史上的偉人，是很愛他很畏他的。當我們這個帝國的文雅和受過教育的一部分的人，都衆口同聲宣稱這個偉人作國內第一個君子，浮華世界上的人，不知領略君子的人格到多麼高貴啦！我的老朋友某先生，你記得麼，二十五年前有一天晚上，戲院裏演「僞君子」，管理後臺是某君，演戲的是某某兩君，有兩個小學生同忠心耿耿的先生告假，出了學堂走去登臺，有一羣人聚在那裏，歡迎君主，你記得麼？君主他果然在那裏。廂前有侍衛兵。君主椅背後站的是斯提晤侯爵（他是御粉房大臣），還有別的大臣們。君主坐在那裏——臉是紅的，身子是胖的，胸前掛滿了寶星，滿頭鬈髮——我們怎樣唱上帝救君主。奏樂的時候，戲院裏是怎樣的歡聲雷動！他們怎樣的喝采，怎樣的喊，怎樣的搖手巾！堂客們哭：母親們摟孩子：有幾位堂客感動過度，暈倒在地。池子裏的人，喘不出氣，這羣人在那裏扭動，在那裏喊，有大叫的，有呻吟的，這羣人甘爲君主而死。看這時候的情形，他們幾乎預備死，爲他而死的了。是呀，我們看見他。他人有見過拿破崙的現在還有人，見過腓得烈大王（Frederick the Great），約翰生博士（Dr. Johnson），法國路易第十六的王后等等的。——我們雖然未見過他們，卻親眼見過「良善，」「華美，」「偉大」的佐治，也可以有理由對子孫們自鳴得意啦。

是呀，羅登克洛里太太有一天走好運，居然進去像天堂的宮庭；是她的嫂嫂介紹的。這一天庇得爵士和他的夫人坐了家裏的大馬車，趕到一條刻薄小街的小宅子，對門賣青菜的看見了很樂，他還看見車裏的很美的鳥羽，穿了新號衣的跟人們胸前掛了大花球。

庇得爵士穿了閃光的禮服，下車，兩條腿夾着一把劍。小羅登站在屋裏，小臉緊壓住玻璃，對着馬車裏頭他的伯母極力的點頭微笑。一會子庇得爵士出來，領着一位貴夫人，頭上插了很長的鳥羽，披着白披肩，輕輕的拿住裙腳。她走上馬車的時候，好像是一位公主，習慣了進宮的，對跟人和庇得爵士微笑。

隨後來的就是羅登。穿了舊軍衣，很難看，也太緊窄。他本來要跟在他們後頭走，坐小馬車去見君主。嫂子不答應，一定要他同車。馬車很寬大，夫人們身體都是瘦小的，把長裙腳拉放在懷裏四個人同坐馬車走；不久就跟着一串馬車，經過某某街到了宮門口。

貝克覺得精神很旺，覺得她自己的身分尊嚴，這時候她覺得逢人她可以賜他福。貝克也有她的弱點，她要人家當她是一個可敬的女人，她這樣的思想，如同我們常看見有許多人，很以他們的不爲人所知的好處自鳴得意：例如科馬斯（Comus）怎樣很相信自己是英國一個最偉大演慘劇家；小說家布拉文（Brown）怎樣很要人當他不是一個有天才的人，要當他是一個時髦人；大律師魯濱孫（Robinson）怎樣的絕不注重他自己是享大名的議員，卻相信自己是一位騎馬的好手——他們自己以爲是這樣，還要人以爲他們是這樣；貝克也是這樣想，她一生就想人家當她是一個可敬的女人，她居然費了許多事辦到了。我們曾說過有時她相信自己是一位闊夫人，卻忘記了家裏的錢箱裏並無一文錢——忘記了有許多討債的人，她還得敷衍哄騙作小買賣的人——總而言之，她無立腳的地。當她坐在家族的大馬車進宮的時候，她露出那樣大氣魄，自滿，從容，威嚴，神色，栢唔夫人見了也禁不住大笑。她走進宮的時候，抬一抬頭，很合一位帝后的態度，假使她是一位帝后，她架子會擺到很十足，這是無可疑的了。

利貝克不必在燈光之下纔顯出她的美。這時候她的面貌還不怕日光；她的衣服，雖現在二十五年前，是很時髦的，今日的貴夫人們看見了，自然以爲是最傻氣不過的。這一天人人都說她的衣裳很好看。栢唔夫人也不能不承認自己的雅尙遠不如她。

利貝克夫人還有金剛鑽——她的丈夫問道，『貝克，你那裏來的金剛鑽呀？』她太太的耳朵和頸額子有許多閃異光的金剛鑽，他很稱讚，卻向來未見過。

貝克臉上微微發紅，很看她丈夫一會子。庇得爵士也有點臉紅，兩眼向窗外看。其實是庇得爵士給過她一小部分的金剛鑽；一個很好看的金剛鑽鈎扣，扣住她戴的一串珠子；爵士卻忘記把這件事告訴他的夫人。

貝克看看丈夫，丈夫隨後看看爵士，帶點頑皮得意神色——好像要說，『我會發露你的陰私嗎』？

她對丈夫說道，『你試猜猜，你這個傻子，你猜我從那裏得這些金剛鑽呀？——除了鈎扣，這是我的一位好朋友送我的，送給我長遠啦。自然是租來的。我在某街某店租用的。你以爲進宮覲見的人所戴的金剛鑽都是自己的麽？不是的；栢唔夫人所戴的，我相信是她自己的，比我的好看得多。』

庇得爵士還是不放心，說道，『那都是傳家的珠寶。』他們在車上就是這樣閒談，一直等到車到宮門爲止。

羅登所稱讚的金剛鑽並未回到某家某店裏，某家某店也並未來要，其實都收在一個小寫字桌內一個小小的祕密盒子裏，這盒子是好幾年前阿米力亞送給她的。利貝克在這個盒子裏頭收藏了許多好東西，也許還有值錢東西，是她丈夫所不曉得的。有些當丈夫的人的性情，是什麼都不曉得，不然的話，就是曉得也不很多。多多少女人的性情是要收藏呀？太太們呀！你們有多少是有私家的裁縫賬的呀？有多少太太們有幾件衣服有幾副手鐲，都是不敢給丈夫看見的，不然穿戴起來是要發抖的呀！——你們一面發抖，一面帶着微笑，哄騙你們的丈夫。他們看不出那件絨掛是舊的，這件都是新的，也辨不出來那副手鐲是去年置的，這副手鐲是新的。他們也不曉得這件像破布的黃色有通花的領巾值四十鎊，更不曉得女服店每禮拜都寫很兇的信來要欠賬。羅登也是這樣不曉得他太太的發異光的金剛鑽耳環，也不曉得她胸前掛的珠寶，都是從那裏來的；但是斯提晤貴族這時候在宮裏値日，滿身都是寶星，特别留意這位小個子女人，卻曉得這些珍寶都是從什麽地方來的，並且曉得是誰花錢買的；這位貴族在宮庭裏有他的地位，他是掌御粉庫的大臣，是英國一個大人物，是保護國王的一位大臣。

當他低着頭對她微笑的時候，他引了兩句詩說金剛鑽的，說道，『這些金剛鑽猶太人都可以吻，異端人都可以崇拜。』

利貝克抬頭說道，『但是我希望你是奉正教的。』這時候就有許多夫人們低聲談論，有許多男人們點頭耳語，因爲他們看見這位闊貴族怎樣的招呼這位小女光棍。

利貝克克洛里太太，卽是從前的沙普小姐，覲見君主的時候，是什麽情形，作者這管筆旣無力量，作者又乏閱歷，只好不寫啦。我們兩隻眼睛一見了君主，就瞇了。忠敬和顧面子逼兩件事就吩咐我們的想像，不要太大膽，不要太尖利的看這個神聖不可侵犯的殿庭，我們快快退後走，恭恭敬敬，一聲不響的，對着上頭，深深的鞠躬，退出天威所在的地方吧。

我們可以說，自從這位利貝克覲見過君主之後，國裏頭忠君的人，沒有能比得上她的了。她滿嘴裏都是君主，說君主是一個最可愛的人。她跑到畫店定了一張美術所能辦到賄賂所能買到最好畫像。她選的是君主穿了前後一樣長的禮服，有皮領子，穿絲襪，戴了棕色鬈髮的假髮，坐在榻上傻笑的那一張。她叫店裏繪在胸針裏，掛在胸前——牠常對朋友們說君主怎樣有禮，怎樣美貌，令人聽了厭煩。我們不要看不起這個小個子女人，也許她在那裏想她可以演一位芒特農（Maintenon）或綳巴都（Pompadour）（是路易第十四路易第十五的最得寵的情婦譯者註）。誰曉得呀？

但是最有趣的就是聽她說道德。我們要承認她有幾位女朋友，並不是在浮華世界中有最高等名譽的。自從她見了君主之後，就算是貞潔女人了，就不肯同名譽可疑的女朋友來往啦；某貴夫人在戲院包廂裏同她點頭，她不睬她；在公園裏碰見某太太，她走過不理她。她說道，「我的寶貝，我們要給人曉得，我們是一個人物。不可同名譽可疑的人在一處。我心裏是很可憐某夫人的；某太太也許是很和氣的人，你既好打牌，你可以同她們吃大餐。我卻不可以，我不去，你去告訴看門的說，這兩位堂客，毋論那一位來訪，都說我不在家。」

她覲見所穿的衣服首飾，各報都登了。某夫人讀那段報，心裏氣極了，對她的跟人說這個女人怎樣的擺臭架子。標特太太和幾位小姐們在鄉下弄了一張倫敦的報，見了就大發牢騷。對大女兒說道，『假使你有沙色頭髮，綠眼睛，又是一個法國跳索子女人的女兒，你也可以得着好金剛鑽，很可以蒙柘晤夫人介紹你去覲見啦。我的寶貝女兒，可惜你不過是一個君子人家的女子。可惜你的血管裏不過有英國的最貴的血，你的妝奩不過是道德和敬天。我自己也是小男爵的兄弟的太太，絕不想到入宮覲見——假使夏羅德王后尚在，別人也不能覲見。』牧師太太就是用這種說話自慰；她的幾個女兒歎氣，翻了一夜貴族宗譜。

第四十九回至五十二回（刪）

〔這幾回說阿米力亞爲減輕她父母的家用起見，答應把小佐治給他的祖父照管，她卻常去看她的兒子。斯提晤貴族強逼他的夫人接見克洛里大佐兩夫婦，利貝克所以不久就可以在最高等社會出現，倫敦的最時髦世界都打開大門歡迎她。她很得意。她最得意的事，就是演謎語戲，她扮克力騰涅斯特剌（Clytemnestra 是一個手刃親夫的淫婦 譯者註）她唱歌也有許多人喝采。她正極得意之中，她的丈夫羅登克洛里因欠債被控，官差拉去監禁起來。」

第五十三回　一場援救和一場禍事

話說羅登坐馬車到了摩士先生（Mr. Moss）的大宅（卽謂監獄）太佐卻不甚垂頭喪氣，不像別人因爲他從前住過摩士先生的大宅子有一兩次；作者以爲不必在前文敍及這種小事：讀者只要曉得一個人莫名一錢就過闊日子，少不了要有這麼一天的。

當羅登克洛里初次探望摩士先生的時候，原是他的姑母花錢贖得出來的；他第二次到這裏，卻虧得小貝克很表示氣概和慈心，同秀斯登貴族借了一筆錢，還她丈夫的債主（就是供給她披肩，海虎絨褂子，通花手巾，首飾等件的人），說了多少好話，哄他，請他暫收多少，其餘就拿羅登的借據了事：這兩次的一捉一放，都是辦得很痛快的，所以羅登和摩士先生還是頂好的朋友。

羅登進了監，就要紙筆墨，問他們要幾張；他從摩士小姐兩指夾着幾張紙之間，取了一張。這個黑眼睛的姑娘不知送過多少次的紙；不知有多少人在紙上寫了幾句哀求幫助的話，寫完了就在這可怕的屋裏走來走去，等送信的人帶回信來。凡是這種可憐的人都是用送信人，不用郵寄的。誰未接過這樣的信信口未乾，送信的人立候回字呀？

羅登的信說道。

『寶貝貝克——我盼望你睡得好。倘若我未送咖啡給你，你不必害怕。昨天晚上我吸着雪茄回家，在路上遇了事。我被某街的摩士捉了去——我就是在他的闊客廳寫這封信。兩年前我來過這裏。摩士小姐送茶進來——她發胖啦——她還是襪子拖到腳跟的。』

『原來爲的是拿單（Nathan）的款子——一百五十鎊，連費用共合一百七十鎊。請你把我的寫字盒和衣服送來——我穿的還是薄底鞋和白領帶（很像摩士小姐的襪子）——寫字盒裏有七十鎊。你得信之後，立卽趕到拿單家裏——立刻還他七十五鎊，請他展期——說我要吃葡萄酒——我們不如買些舍里酒；不要畫片，因爲太貴。』

『他若是不肯的話，拿我的錶和你所能捨得的東西，送去當鋪——我今晚必定要款子。不可躭擱，明天就是禮拜日。這裏的牀鋪不十分乾淨，還許有別人告我——好在不是小羅登回家的禮拜六。羅登克洛里。』

『附註——趕快來。』這封信封好了就打發人送去；羅登見送信人走了，就走出去院子裏，路爲放心吸雪茄——且不管頭上有鐵條因爲摩士先生的院子，是一個籠子有鐵條圍住的，不然的話，他所請來的客會逃走了，不受他的款待。

羅登一算，頂多不到三點鐘，貝克就來打開監獄門；他很寬心的吸煙看報，可巧這裏還有一位倭克 (Walker) 佐領，是個熟人，於是兩個人就關起牌來，彼此輸贏不相上下。

但是天黑了還不見送信人回來，不見貝克來，摩士先生宅裏是五點半鐘開飯，花得起飯錢的就可以來吃。這時候摩士小姐（他父親稱她韓小姐）走進來，頭上沒得早起的捲髮紙啦，韓太太 (Mrs. Hem) 分羊肉，大佐吃羊肉的胃氣不甚好。他們還要她開一瓶香賓酒。她答應開，堂客們吃香賓酒祝他的康健，摩士先生很客氣的『向他看。』（即祝他的康健　譯者註）

正在吃東西的時候，聽見門鈴響——紅頭髮小摩士起來拿鑰匙，應了門，跑回來告訴大佐說，送信的人帶了一個口袋一個寫字盒一封信回來，都交把大佐。摩士太太擺手說道，『大佐，請你讀信不必客氣。」羅登手抖抖的開信。——這是一封頂美的信，香氣噴噴的，信紙是粉紅色的，還有淡綠色圖章。

克洛里太太寫道——「我的可憐小寶貝。」

「我想起我的可厭的老怪物現在變作監犯，我一夜都不能睡；我發熱，我打發人去請看病的來，給了我一服安神藥吃了，吩咐女僕，毋論怎樣都不許驚吵我，我早上纔能夠歇息。故此我的可憐的老頭子的信差來了，女僕說（中間插兩句法國話　譯者註）他在廳裏等了幾點鐘，候我搖鈴。當你讀我的拼錯字的信，你可以想像我的情景。」

「我雖然是病，我立刻叫人備馬車，我穿好了衣服（我雖然一滴的巧克列茶也不能吃——我告訴你，沒得我的怪物送茶給我，我是吃不下的）。我就趕到拿單家裏，我見着他——我啼哭——我大哭——我雙膝跪在他面前。他說他一定要全數淸還，不然，就把我的老怪物關監。我趕回家，原想拿東西去當的（那時候凡是我的首飾都任你用，但亦不能得一百鎊，因爲有幾件是已經在當舖了，你是曉得的），誰知貴族和那位部爾加臙（Bulgarian）羊臉老怪物到我家裏來，恭維我昨晚的跳舞歌唱。還有幾個人也都來了——人人都恭維我——麻煩我，我很想把他們鬨走，時時刻刻想我的可憐的監犯。」

「當他們走過之後，我跪在貴族面前；告訴他，我們要把什麼東西都當了，求他給我二百鎊。他大不以為然——告訴我不必當東西那麼傻——他說他看看能否借我二百鎊。後來他走了，答應我早上送錢來：那時候我就把錢帶來給我的老怪物，隨帶我的一吻。貝克。」

「這封信是在牀上寫的。唉！我頭痛到這樣，我心痛到這樣。」

羅登讀完這封信，臉上變作通紅，神色很野蠻，同桌吃飯的人，都曉得他得了不好的消息。他早已疑心他的太太，卻常試打散他的疑心，這時候疑心卻都回來啦。她連出去變賣首飾弄他出監都不肯。當他坐在監裏的時候，她還能大笑，能說及人家恭維她。誰把我關監的？文南（Wenham）曾同他走過。難道……。他一想到他的疑心，幾乎受不住。他匆匆的走出來，進去他自己的屋裏——打開寫字盒，匆匆的寫了兩行，封面寫的是送交庇得爵士或爵士夫人收，叫人送到甘特街老宅，叫他坐馬車快去，倘若一點鐘之內他能把回信送來，還答應賞他一鎊。

他的信是哀求他哥哥和嫂子爲上帝爲他的寶貝兒子，爲他的體面起見，來援救他，免他爲難。他現在關在監裏：只要一百鎊，就能恢復自由——他哀求他們來救他。

他打發送信人走了之後，回到飯廳來，要紅酒吃。他大笑，他們以爲他說話說得奇怪的熱鬧。有時他如瘋如狂的笑他自己的畏懼，接連一點鐘的吃酒；一面聽馬車回來送回信。

過了一點鐘，聽見車輪聲到門口停住了——那個少年拿鑰匙去開門，走進來的是一位堂客。

她很發抖的說道，『克洛里大佐。』少年曉得是什麼事，把外頭的門鎖好了——隨後開了裏頭的門鎖，開了門，喊道，『有人要見大佐，』——領她進羅登所住的後房。

羅登從飯廳走回去自己的屋子；有一陣光隨他進來，堂客站在屋裏，還是抖抖的。

她很畏怯的說道，『羅登，是我，是栢晤。』羅登聽見這慈愛聲音，見了她的面，感激到幾乎不能自持。他跪上前——兩手抱住她——說出幾個不貫串的感謝字眼，就伏在肩膀上哭泣。她不曉得他的情緒的來由。

她趕快還了債，摩士還有點失望，他以爲羅登至少還要住一天的；栢暱夫人滿臉笑容，很歡樂的從地保家裏，把羅登領出來，同車回家。她說道，『你的信送到時，庇得赴醫院的宴會，故此我親自來；』她很慈愛的把手放在羅登手裏。庇得不在家，也許是關於羅登較爲有利。羅登謝他嫂子，謝了又謝，總有一百次，他的熱誠感激，很感動她，幾乎令她恐怖。他還是照常那麽粗蠢老實，說道，『唉！你你不曉得，自從我曉得你以來，我改變到什麽樣——還有小羅登。我想改變。你曉得我要——我要——』

他並未說完他的話，她卻能會意。他同她分手之後，當天晚上，她坐在她小兒子牀邊，她很替這個可憐的倦遊思返的罪人誠心祈禱。

羅登同嫂子分手之後，趕快走回家。這時候正是晚上九點鐘。他走過幾條街，最後喘不出氣來的，走到自己寓所的對門。當他向樓上看的時候，他驚了一跳，往後退，倒在欄杆上發抖。廳客的窗子亮得很。她說她臥病在牀。他站在那裏有一會子，屋裏的亮光照他的臉。

他把大門的鑰匙掏出來，開了門進去。他能聽見樓上屋子裏的笑聲。前天晚上被拘的時候，他原穿跳舞衣服。他悄悄上樓；靠住欄杆。家裏並無聲響——全數的僕入們都打發出去了。羅登聽見屋裏笑聲唱聲。貝克正在隨便唱前天晚上所唱的歌；有粗俗聲音喊道，『好呀！好呀！』——這是斯提唔貴族的聲音。

羅登開門進去。看見一張小桌上擺了大餐——有酒，有食具。貝克坐在榻上，斯提唔低頭向榻。貝克是全副披掛，打扮得發異彩的好看，她的膀子，她的手指，戴了鐲子戒指，光彩四射；胸前掛了斯提唔送她的金剛鑽。斯提唔抓住她的手，正在低頭吻她的手。貝克看見羅登無血色的臉，跳起來，低喊一聲。她立刻就變過來嘗試微笑，很可怕的微笑，好像是歡迎她丈夫；斯提唔站起來，咬牙切齒，臉無血色，神氣洶洶。

貴族也嘗試一笑——走上前，伸出手。他說道，『什麽呀，回來啦！克洛里，你好呀？』——當他想要對着羅登笑的時候，他口上的神經抖動。

貝克一見羅登的臉，不由得不倒在他面前。她說道，『羅登，我無罪，上帝在上，我無罪。』——她抓住他的衣服，抓住他的手；她自己的手戴滿了珠寶。她對斯提唔說道，『我無罪——請你說我無罪。』

斯提晤貴族以爲他入了圈套，對於這兩夫婦是一樣的發怒。他喊道，『你無罪麽！你無罪麽！你還說什麽呀，你身上的珠寶，那一樣不是我花錢買的呀。我給了你千萬磅，都是這個人花了。你可以恐嚇別人，卻不能恐嚇我。你讓我走。』斯提晤貴族，拿了帽子，兩眼冒火，很兇的看看羅登的臉，對着羅登的臉直走過來，他以爲羅登一定讓步的。

誰知羅登克洛里跳上前，一手抓住他的衣領，斯提晤幾乎喘不出氣悶死，在那裏扭彎了身子。羅登說道，『你這狗頭，你胡說。你這個懦夫，你這個光棍，你說謊。』羅登張大手打了他兩巴掌，把他摔在地下，他滿臉流血。利貝克想干預也來不及了。她站在他面前發抖。她稱讚她丈夫有氣力，有膽量，打勝仗。

羅登說道，『你過來。』——她立刻走過來。

他說道，『你把這些東西都除下來。』——她抖抖的起首把膀子上的珠寶，抖抖的把手指上的戒指都拿下來。一堆放在手上，發抖，抬頭看他。他說道，『摔下來，』她就摔下來。他在她胸前把金剛鑽的裝飾品扯下來，向着斯提唔擲。金剛鑽割損他的光頭，他至死頭上還有這一塊傷痕。

羅登對太太說道，『上樓來。』她說道，『羅登你不要殺我。』他很野蠻的大笑——『我要曉得他說我用你的錢，是不是說謊。他曾給過你錢麼？』

利貝克說道，『未給，這是說——』

羅登說道『你把你的鑰匙交給我。』兩人上樓。

利貝克把所有的鑰匙都交給他，只有一把未給；她希望他不注意少這一把。這是從前阿米力亞送給她的一個寫字盒的鑰匙，她藏在一個祕密地方的。羅登打開箱子和衣櫥，把她的東西擲在滿地，後來就看見這個小寫字盒。他逼她開了鎖。盒子裏頭藏的是文件，好幾年前的舊情書，各種的小首飾和女人的日記。裏頭還有一個袖珍册子裝着鈔票。有幾張是十年前的日子，有一張是很新近的——是斯提唔貴族給她的一千鎊的票。

羅登問道，『這是他給你的麼？』

利貝克答道，『是的。』

羅登說道，『我今天就送還他（他搜了好幾點鐘，這時候又天亮啦），我將給巴力斯錢，她很疼我的兒子，我將還幾筆帳。你告訴我，我把其餘的東西送到什麼地方給你。這裏有許多錢，貝克，你原可以拿出一百鎊來幫我——我的錢是常分給你用的。』

貝克說道，『我是無罪。』他一言不發就走了。

當他離開她的時候，她心裏是些什麼思想？他走過之後，她在那裏好幾點鐘，陽光照進來，利貝克獨自一個人坐在牀邊，抽屜是全打開了，裏頭的東西摔得滿地——衣服，鳥羽，領巾，首飾，亂七八糟的一大堆。她的頭髮拖在肩膀上；她的衣服，因爲羅登扯金剛鑽，扯破了。她聽見他下樓，走出去，把大門關了。她曉得他永遠不再來的了。他從此走了。她想道，他會自殺麼？他同斯提唔見面之後纔動手。她想起以前的事，和其中許多無聊的事。呀！這時候是多麼悽慘寂寞無益呀！她不如吞鴉片煙死了罷，什麼希望，計畫，欠債，得意，都拋棄了罷！她坐在這堆瓦礫中，叉着手，眼中無淚。她的法國女僕看見她。這個女僕原是她的同謀，得斯提唔的錢的。她問道，『瑪當，出了什麼事啦？』

出了什麼事啦？她有罪無罪呀？她自己說是無罪；但是從她嘴裏說出來的話，誰能夠說出來那一句是真的呀；誰能夠說她的腐敗心這一次卻是乾淨的呀？全數她的謊話，她的詭計她的自私，她的騙詐她的伶俐，她的才能都破產了。女僕落下帳子勸她的女主人睡在牀上。她走下去，把首飾拾起來。

第五十四至五十七回（刪）

［這幾回說的是羅登同利貝克分散之後，羅登找斯提晤貴族，要同他決鬭，但是貴族的親信人出來和解了。最神祕的是這時候羅登忽然得了差使，作了某島的巡撫，事前他卻不曉得。他定計去做官，把兒子交給哥哥照料。當下利貝克見得僕人們都散了，都看不起她，想法子要庇德爵士曉得她無辜，應該同她和調的。

小佐治奧茲本這時候變作奧茲本家裏的一個小王爺。有一天多賓少佐到學校看他，他就告訴多賓，他母親談起他來，談過千百遍了。老塞德力太太死了，約瑟回家。］

第五十八回　我們的朋友多賓少佐

我們的少佐是坐某船回國的。他在船上，是無人不喜歡他，當他同塞德力下了送他們登岸的小船的時候，全體水手，船員，船主打頭，喝采三聲，歡送我們的少佐，他臉上很紅，縮了頭當感謝。約瑟也許以爲這三聲是爲他而發的，脫下金邊帽子，對着他的朋友們搖。他們登了岸，住在佐治飯店。

他們在飯店，看見頂好的一大塊牛肉，銀酒器；這樣的令人精神奮發，令人高興，况且飯店又是很舒服的，他們似乎應該在這裏住幾天的。誰知多賓一到了客店就起首說立刻坐郵車，纔到了半路，心裏恨不得立刻到倫敦。約瑟卻不然，毋論怎樣他今晚是不走的了。約瑟是一個大胖子，在船上睡了多少天的小牀，很不舒服，今晚他爲什麼不睡寬大抖動的柔軟鴨絨的牀，反去在郵車過夜呢？他的行李還未取來，他不肯動。多賓沒法，只好等一夜，先發一封信告訴他家裏說他到了；要求約瑟答應寫信告訴他的朋友們。約瑟答應了，卻不履行。船主，醫生，還有一兩位搭客走來同他們兩位吃飯，約瑟很闊的點酒菜；答應明日同大佐往倫敦。

當多賓向阿米力亞家裏走的時候，把他最後同她會面時的瑣碎情景，都記憶起來。街上有了許多改變，他的心和他的眼卻只空泛的注意。他走入那條小巷的時候，他就起首發抖，他很記得穿過這條小巷就是阿米力亞所住的那條街。她想再嫁不想？假使他碰見她和那小孩子，他該怎麼辦呢？他看見一個女人帶着一個五歲的孩子走過來——是不是她？他想也許是她，他又起首發抖。他走到她所住的那一排房子，走到柵門，就扶着立住腳。他可以聽見他自已的心跳。他想道，『毋論發生過什麼事，我望上帝保佑她。呸！她也許不在這裏。』他從柵門走進去。

她常起坐的客屋的窗子是打開的，屋裏無人。少佐心裏想他認得那架鋼琴，上頭還有一幅畫，同從前一樣，他又發起抖來。房東的銅牌還掛在門上，多賓就敲門。有一個十六歲壯健女子，兩頰紫色，兩眼發光，走來應門，兩眼瞪着多賓。

他臉無血色，很像一個死人，幾乎說不出『奧玆本太太住在這裏麼？』

那女子又很看他一會子，臉色也發白啦，說道，『上帝保佑我——原來是多賓少佐！』她抖抖的伸出兩手——說道，『你不認得我嗎？我是喊慣你糖果少佐的。』多賓把她抱起來，吻她。我相信他一生惟有這一次是這樣放肆的。她起首大笑，狂喊，喊媽喊爸。兩個人在廟房的窗格看這位少佐，見他們的女兒被一個高大穿藍褂白褲子的抱住，又聽見喊，就跑上來。

多賓臉紅了說道，『我是一位老朋友。伽拉普太太，你忘記了我麼？你常作好點心給我吃茶，你不記得我了嗎？我是佐治的乾爹，纔從印度回來。』於是大拉手——伽拉普太太很感動，很快樂。

房東兩夫婦領多賓進去塞德力的屋子（屋裏的家具和零碎東西他都記得），他在交椅上，房東夫婦，他們的女兒，把我們所曉得的事體告訴了多賓，還告訴他許多關於阿米力亞的事，就是塞德力老太太死了，佐治同祖父和解了，這位寡婦同兒子分手的時候怎樣的傷心，還有關於她的別的事體。多賓有兩三次要問她再嫁的話，心裏想問又不敢問。他不願意把心事告訴他們。後來他們告訴他說奧茲本太太同她的父親在花園散步，每逢午後天氣好，她常陪老頭子往花園散步『這個老頭子現在老弱了，好生氣，很難爲她，她脾氣還是好好的，同仙女一樣。』

少佐說道，『我忙得很，今晚還有要緊事，我卻要見奧兹本太太。普力（Polly）姑娘領路，陪我走，好不好？』

普力姑娘很高興很詫異。她認得路。她領多賓少佐去。自從奧兹本太太走了之後，她常陪老塞德力；曉得他所喜歡坐的板凳。她跑進去她的屋裏，一會子走出來，戴上她的最好的帽子，披上她母親的黃披肩，扣上一顆水晶大胸針，她借母親這兩樣東西穿戴起來，纔配同少佐在街上走。

少佐拖住她的膀子，兩個人在街上走得很高興。他這次同奧兹本太太見面有點怕，很高興有個朋友在身邊。他在路上走，問了他的同伴有一千多句關於阿米力亞的話。他的慈愛心聽見她要同兒子分手，很替她難過。她同兒子分手的時候什麼樣？她常去看她兒子麼？老塞德力現在過的日子舒服麼？普力盡她的能力，一一對答糖果少佐的問話。

普力姑娘說道，『他們在那裏啦，』她覺得他又驚一跳，往後退。她立刻變作這件事體的祕密人。她曉他這件故事，如同她在小說裏讀過的一樣。

少佐說道，『請你跑上前告訴她，』普力果然往前跑，她的黃披肩迎着風飄。

老塞德力坐在木凳上，手巾放在膝上，嘴裏說從前的老故事，都是阿米力亞聽過多少次的了，一面聽着，一面還要陪笑臉。她近來能想自己的事體，有時對父親微笑，有時說一兩句話，表示她恭聽老頭子的故事，其實她一字也未聽入耳。當瑪理跑來，阿米力亞看見她的時候，她驚了一跳，站起來。她最初想到佐治遇了什麽意外；但是瑪理的關切和歡樂臉叫她不畏懼。

多賓少佐的使者喊道，『新聞！新聞？他來啦！他來啦！』

阿米力亞心裏還是想着兒子，說道，『誰來啦？』

瞥力姑娘說道，『你往這裏看呀，』她一面說一面掉過臉，往那邊指。阿米力亞往那方看，看見多賓的瘦身子和長影子在草地上走。這時時輪到她驚一跳，臉紅了，自然起首哭。這個老實東西，遇着這種事，總是要滴淚的。

她跑過來迎他，他看看她——他多麽愛她呀！她向前跑，伸出兩手，預備給他。她並不改變她臉色稍白，她身子稍豐。她的兩眼還是一樣，還是慈愛，相信人的眼。她的柔軟棕色頭髮裏不到三根白的。她滿臉通紅，兩眼含淚，微笑看他的老實家常臉。他兩手抓住她的兩隻小手，抓住不放。有一會子工夫他說不出話來。他爲什麼不摟住她，對她發誓永遠不離她？她一定讓步的：她不能不依他的。

過了一會，他說道，『我要報告，還有一個人也到了。』

阿米力亞往後一退，說道，『多賓太太，是不是？』

他爲什麼不說話？

他放了她的手，說道，『不是的，誰對你說這些謊話——我說的是你的哥哥約瑟，同我同船來的，他回家來使你們個個歡樂。』

安米喊道，『爸爸有新聞啦！我的哥哥到了英國啦。他回來照應你啦。多賓少佐在這裏啦。』

老塞德力驚了一跳，抬頭，身上很發抖，要湊攏他的思想。隨後走上前，對少佐作老古板的點頭，稱他多賓先生，盼望他的父親維廉爵士好。維廉爵士前些日子曾來探望他，他打算回拜他。其實維廉爵士有八年未來拜過——這老頭子想的原是八年前的事。

當多賓走上前很和氣的同這個老頭子拉手的時候，安米低聲說道，『他老了許多啦。』

少佐雖然今晚在倫敦有要緊事，他卻肯撇開了，隨老頭子回家吃茶點。安米扶住她的披黃色披肩的女朋友的手，多賓只好照呼老頭子。老塞德力走得很慢，一路說了許多舊故事，都是說他自己和已故的太太。他從前興旺，後來破產。凡是晚年失敗的老頭子的思想，都是想從前的事。至於現在，除開一件禍事是他覺得不計，其餘現在的事，他都不甚曉得。多賓是很喜歡讓他說下去，他的兩眼釘在前頭那個人——他的想像裏，他的祈禱裏，常有這個人，毋論他或睡或醒，都有這個人來入夢。

這下半天阿米力亞是很歡樂，常微笑，很活潑；多賓以為她當這次吃茶點的女主人，當得很大方很是樣。當天將晚的時候，他們坐在那裏，他的兩眼總跟着她。他想這樣一刻，不知想了多久；當他遠在印度受熱風所吹，帶着隊伍進行到很疲倦的時候，他常想到她溫柔歡樂的服事老年，用溫柔婉順來裝飾貧窮——如同他這時候所眼見的。我並不說他的好尚是最高等的，我亦不說聰明人就應該滿意於平常的天堂，有如足使我們這位朋友滿意的；但是他的欲望就是這樣；故此有了阿米力亞幫助他，他就預備吃許多盃茶，如同約翰生博士一樣。

阿米力亞看見他的習癖，笑着鼓勵他吃茶；她倒茶給他吃，倒了一盃又一盃，很帶點開頑笑神氣。她誠然不曉得他並未吃飯，不曉得飯店裏已經替他留下坐位。

奧茲本太太第一件事就是一到家就跑上樓，把小佐治的像片給多賓看。這張像片自然不及本人一半的好看，他卻想到送給他的母親，這不是這個孩子的好處嗎？當她的父親醒的時候，她不甚談佐治。老頭子聽見奧茲本三個字是很不高興的，他卻不曉得近來這個月他是依靠他的很有錢的勁敵過活。

多賓把船上的事都告訴了老頭子，也許多添枝葉，張大其辭的說約瑟對待他的父親的意思是很慈愛的，決計使老父過舒服日子。其實一路在船上的時候，多賓很勸約瑟怎樣的應盡子職，怎樣的應該照呼他的妹妹和外甥。約瑟因爲老子幾次用得的錢，原有點不高興，多賓很勸他，還大笑說老頭子寄些酒來，累他花了許多錢。其實約瑟並不是性情不好的人，只要略爲恭維他，略爲叫他高興，他是很容易說話的。他被多賓勸說一番之後，對於父親和妹妹很存好意。

作者很不好意思的告訴讀者，多賓大佐告訴老塞德力說約瑟再回歐州，大端都是因爲要回來看父親，這幾句話，未免言過其實。

到了時候老塞德力是要在椅子上打盹的，這時候阿米力亞得了機會起首說話啦，她說得很高興；——全是說佐治。她並不說她同兒子分手時候，傷心情狀，她母子分離的時候，她雖然難過到半死，卻以爲自己不該這樣；但凡是關於她兒子的道德，才能，前程，她卻盡情說出來。她描寫兒子的如同安琪兒的美；說她母子在一起的時候，她兒子的慷慨和偉大，說出一百件事作證：有一天在公園裏，有一位王室的公爵夫人怎樣立住了腳稱讚他；現在怎樣有人照應得很好，他怎樣有了一匹小馬還有一個馬夫；他怎樣的聰明伶俐，佐治的先生是怎樣一位非常的飽學非常可愛的人。阿米力亞說道，『他什麼都懂。他有最快樂的宴會。你自己是很有學問的，讀書很多的，你既聰明又多材藝——你不必搖頭不承認——他常說你是的——這位維爾（Veal）先生的宴會，你也會喜歡的。他是每月的最後的禮拜二請客。先生說毋論是議員或是律師他都能當。你請看。』她走去鋼琴的抽屜，掏出佐治所作的一篇論文來。這篇大作至今還在佐治母親手裏啦。

『爲己論——降低人格的罪惡很多，最不名譽的，最可鄙的，就是爲己。自愛太過就會引出最怪異的罪惡令國與家發生最大的不幸。爲己的人將使他的家庭困之，又往往毀了他們爲己的國君就毀了百姓，往往叫他們打仗。』

『今引榜樣：荷馬說阿溪里爲己，令希臘人受千百種的禍害——（此處原文引幾個希臘字譯者註）見荷馬第幾卷第幾章。拿破崙爲己，令歐洲打了無數的仗，令他自己死在荒島上——就是死在大西洋海中的聖赫勒拿島上。』

『我們看這幾個榜樣，就曉得我們不該只顧自己的利益自己的奢望，我們還應該顧他人的利益。一八二七年四月二十四日佐治奧玆本。』

這位高興到了不得的母親說道，『你看他纔幾歲呀，就能夠寫這樣好的字，還會引希臘文！』她伸手給大佐，說道，『唉！維廉，天賜我這個兒子，就是賜我至寶！他是安慰我一生的——他是已亡人的影子！』

維廉想道，『她不忘丈夫，我該同她生氣嗎？我該妒忌已在墳墓中的我的朋友嗎？我該傷阿米力亞的心嗎？她的心只能愛一次，這一次卻是永遠愛的呀！佐治，佐治，你不曉得你得了寶貝呀！」他一面抓住阿米力亞的手，他一面心裏就是這樣想。當下她用手帕蒙她的眼。

她緊抓他的手說道，「好朋友，你向來待我都是很好的！你看爸爸醒啦。你明天去看佐治，好不好？」

這個可憐的多賓說道，「明天有事，不能去。」他不肯說他還未回家見父母見妹妹——我很曉得規矩人必定要怪少佐疏懶的。過了一會子，他告辭走了，把他的住址留下，以便約瑟好找他。第一天就過了，他見着阿米力亞了。

等他回到飯店，燒鷄自然是冷了，他吃了當晚飯。他曉得家裏的人都睡得早，這時候犯不着去驚醒他們。有人說多賓少佐這天晚上花半價看戲，我們留他很享受。

第五十九回　舊鋼琴

少佐來過之後，老塞德力卻很騷動不安的。當天晚上他的女兒無法使他安靜下來作他所慣作的事或是消遣。這天晚上他翻箱子寫字盒子，兩手抖抖的解包文件的繩子，彙好了，擺好了預備約瑟回家。他安排得很有條理，安排的都是收據同律師往來信件同他人往來信件；關於辦酒計畫（初時計畫是很好的，因爲不可解的偶然的事發生就停辦了）的文件；辦煤的計畫（可惜只缺資本不然是最得法的計畫），還有專利合辦的鋸木和鋸屑計畫等等——他忙了一夜預備這些文件，抖抖的從這間屋子走到那間屋子。兩手是抖抖的，拿着蠟燭也是抖抖的，忙到夜深纔歇。這個老頭子說道，『這裏是辦酒的文件，這裏是籌辦鋸屑文件；這裏是辦煤的文件；這裏是我寄去印度的信，這是多賓少佐的回信，約瑟給他的信，安米，他找不出我的什麽不合規則的地方。』

安米微笑說道，『我想約瑟不要看這許多書信。』

她的父親搖搖頭，現出很鄭重的神色，說道，『我的寶貝，作買賣的事你全不曉得。』我們要承認，阿米力亞對於作買賣很乏知識，這是很可惜的，有些女人卻很有本能。老塞德力把這些值兩個便士的書信文件擺好在屋角的桌子上，很小心的用一塊手巾蓋好，吩咐女僕和女房東，不許弄亂這些書信，是預備約瑟塞德先生明早回家看的。

第二天早上阿米力亞看見他起得很早，更着急更熱烈，比往常抖得更利害。他說道，『安米，我的寶貝，我昨晚不甚能睡，我想太太。我很想她現在活着，再坐一次約瑟的大馬車。她從前是有過馬車的，她在馬車上很好看。』他兩眼含淚，從他有深縐紋的臉滴下來。阿米力亞同他擦眼淚，微笑的吻他，替他的領巾打一個很好看的結，把胸針放在他的最好的內衣的緣飾上。這個老頭子就是這樣穿了他的禮拜日的衣服，坐在屋裏，從早上六點鐘起，等候兒子回來。

秀寒登的大街上原有幾間極華麗的裁縫店，擺了許多華麗背心。約瑟在印度原置了好幾件很華麗的，他以爲不在這裏添置幾件不能往倫敦，於是買了一件大紅緞子繡金色蝴蝶的，一件紅黑格子絨有白柳條的，一個濃艷藍緞領結，一枝金針，打成穿紅衣人騎馬跳欄的故事，他置了這幾樣東西，纔可以入倫敦。約瑟從前原是膽怯臉紅的，現在都改了，變作更爲率眞，更有膽量，敢於表彰自己的價值啦。這位滑鐵盧英雄塞德力，常對朋友說道，『我不怕承認，我是一個好穿衣服的人。』在印度總督衙門的大跳舞場中，堂客們若看看他，他雖然還是臉紅，不安，走開躲避她們，看其實他所怕的是她們要嫁他，他不想娶親，故此躲避她們。但是在印度都城，沒得人能夠比得上滑鐵盧英雄塞德力那樣闊綽的了。他穿的衣服是最華麗的，他所請的不娶妻的人的宴會，是最闊的，他的金銀餐具是最好的。

但是同他這樣肥大這樣尊嚴的人製這樣幾件背心，只少也要一天。這一天他費了幾點鐘僱僕人伺候他和他的印度跟人。吩咐人取他的行李衣箱書籍（他卻向未讀過）；取他的幾箱杧果，酸甜果加喱粉，取他的披肩是他從印度帶回來送人的，卻不曉得送什麼人；還要取他的其餘 Persicos apparatus。

足足等到第三天，他穿起新背心，纔從容坐馬車往倫敦。約瑟在車裏有時噴了煙，露出很威嚴樣子，小孩子們見了喝采，有許多人以爲他就是印度總督。他在路上打尖好幾次。他未動身之先就吃了許多魚米飯煮梗的鷄子，到了某處就要吃舍利酒。到某處他的僕人請他下車吃這裏最有名的皮酒。到了某處他下車看主教的堡砦，吃小吃，他吃的是紅燒鱔，小牛扒，法國大豆，還有一瓶紅酒。到了某處他吃些白蘭地酒；總而言之，他趕到倫敦時候，裝了一肚子葡萄酒，皮酒，肉，酸辣果，櫻桃酒，煙，很像輪船上管事的火食間。到了天黑他纔趕到他的家門口，他先到這裏，纔由多賓替他定好的住處。

全條街的人都在窗子看他；小女僕飛跑開柵門。伽拉普從廚房格子窗向外張，安米忙到了不得，在過道裏的大帽子長褂子裏頭，老塞德力在客座裏，渾身的抖。約瑟從郵車上跐着格支格支響搖搖擺擺的踏脚板下來，情形是很可怕的，兩邊有跟人參扶着。

老頭子見着兒子是很感動的：妹妹見了哥哥也自然是這樣：約瑟也並不是不感動。毋論怎樣最爲己的人，離家十年，也要想想家，想起早年的親族。相離得遠，把家把親族都犧牲了。追想已經過去不可復得的快樂，倍覺得有味。約瑟眞正喜歡見父親同他抓手（父子之間久已有點芥蒂），喜歡見他的妹妹，他還記得她從前是很美的，常微笑的。看見老人家被年紀，憂愁，和不幸所侵犯，現在全變了，是很心痛的。安米穿黑衣服走到門口低聲告訴他母親已經死了，叫他不要對老頭子提起。其實用不着她這樣小心，因爲老塞德力立刻說起這件事，說了許多話，還痛哭。印度跟人見了，很震驚，令他少想着自己，這是他不慣作的事。

這次見面的效果，必定是很滿意的，因爲當約瑟再上郵車，趕去客店的時候，安米很溫柔的摟抱她父親，很得意的問他，她常說她的哥哥是有心腸的人，說得對不對？

約瑟看見他的老父和他的妹妹處這樣困難的地位，很感動，初次見面就慷慨的說不令他們再受困苦再過不舒服日子，他在家還有許久，他的房子和他所有的東西都是他們的：阿米力亞在他家裏坐在女主位，是很好看的——等到她自己願意有家爲止。

她很悽慘的搖頭，自然又哭起來。她曉得他的意思。當少佐來探她的那一天晚上，她曾同她的密友瑪理姑娘很談過這件事：後來這個性急普力禁不住說她所揭露的事，還描寫當品溫（Binny）和他的新娘子走過的時候，少佐怎樣高興到又抖又跳，曉得無勁敵可畏的了。普力說道，「你難道不看見，當你問他娶過親未，他答道「誰人告訴你這些謊話？」——這時候他怎渾身發抖麼？瑪當，他兩眼不停的看你；我很曉得他因爲想你，想到頭髮變白了。」

阿米力亞擡頭看她的床，床上掛了她丈夫和她兒子的像片，告訴這個小女子，不可再提這件事；還說多賓少佐是她丈夫的最好朋友，是她自己和佐治的最仁慈最親愛的保傅；她愛他如同愛親兄弟一樣；——但是一個女人已經嫁過這樣一個安琪兒（她指墻上的像片）不能再想嫁別人的了。普力只好歎一口氣：想到在外科醫生那裏辦事的唐金士（Tomkins）若是死，她自己該怎樣麼？這個小子在教堂裏兩眼不轉睛的看她，這樣進攻的注視，看到她的心亂跳，她預備立刻投降。她曉得他有肺癆病，臉上常發紅，身體太過瘦小。

安米並不是因爲曉得這個老實少佐的愛情拒絕他，或不高興他。這樣真摯忠誠的愛情，是不能使女人生氣的。安米不會鼓勵他的。她願拿朋友的交情還他，是他的忠誠所該享受的；她很和氣很坦白的待他，等到他開口求親，那時候她纔對他說，叫他不要希望，這種希望是永遠不能發作事實的。

約瑟很舒服的住在聖瑪丁（St. Martin）巷，很安樂的享受他的水煙筒，一想起來就可以一搖三擺的去看戲，假使不是他的朋友多賓少佐在他左右，他是永遠在這裏不挪窩的了。少佐常對他說，說到要他實行他所答應的話，替他妹妹和父親成立一個家。約瑟是毋論什麼人的話都肯聽的；多賓是個無事忙，專替他人忙，卻不忙自己的；約瑟故此很聽這位和氣外交家調度，他的朋友說買這個，租這個，不要那個，他都照辦。他同少佐兩個人定造一輛馬車，約瑟監造，他高興得很；租了兩匹馬，約瑟擺足架子在公園裏趕，有時坐了馬車去探望他的印度朋友。阿米力亞有不少的次數同他坐馬車，那時候，總有少佐坐在對面。有時候是老塞德力同女兒坐：克拉普姑娘常陪阿米力亞，當她們走過的時候，外科醫生的夥計認得姑娘的黃色披肩，在窗子裏張她，她很高興。

自從約瑟第一次來過他父親所住的小房子之後（老塞德力在這裏住了十年），有一天發現一件悽慘事。約瑟的馬車（這是暫時應用的，新的還未造好）到了門口，老塞德力和他的女兒坐了馬車，一去不復返了。房東女人和房東女人的女兒哭得很慘，這都是眞眼淚。他們相處了十年，從來未聽見過阿米力亞說過一句刻薄話。她總是溫和慈善的，常是感謝，常是和氣的。有時克拉普太太因爲催租發脾氣，阿米力亞還是和氣的。當阿米力亞走了不再來的時候，房東女人很痛責自己爲什麽對她說過粗口的話——當她母女兩人在窗子上再貼出租條子的時候，哭得很利害！租房的人再不能同他們那樣的了。後來證明她所猜不錯：克拉普因爲人格退化，她就想出一個報復法子，用野蠻手段多開茶點和羊肉賬。有幾個住客就駡她，叨叨她，有幾個不還賬：都住不久，怪不得女房東很想她的老朋友，捨不得他們走。

約瑟置新宅，請多賓布置，多賓很歡喜，每間屋子都要好看，舒服。大車裝了衣箱小箱子來，連舊的鋼琴也來了。阿米力亞要放在樓上她的起坐間，緊靠她父親的臥室：這是晚上老頭子常坐的地方。

當男人們來的時時，帶着這架舊鋼琴，阿米力亞吩咐擺在起坐間，多賓很快樂。他露出很動情的神氣說道，『你留用這座鋼琴，我很歡喜。從前我恐怕你不希罕這座鋼琴。』

阿米力亞說道，『在我所有的東西裏頭，我最寶貴的就是這座鋼琴。』

少佐說道，『阿米力亞，你寶貴這座鋼琴麽？』其實他買了這座鋼琴，他雖然一字不曾提過是他買的，他卻一向未想到阿米力亞會當是別人買的，他自然以爲她曉得這是他買來送給她的一份禮。他說道，「你寶貴這座鋼琴麽？」他有一句最要緊的話正在嘴唇邊抖抖的要問，誰知阿米力亞答道：

「不是他給我的嗎，我能不寶貴嗎？」

可憐這位多賓說道，「我不曉得，」他的神色變作很沮喪。

安米當時並未注意這種情形，並未立刻顧到他的極其失色的神氣，但是後來她卻想起來，她方纔明白過來這座鋼琴原是多賓買來送她的，並不是佐治買的，她這時候心裏有說不出來的痛苦。她一向以爲是佐治送她的禮；以爲是她的愛人送她的惟一禮物——是她所最寶貴的——是她的最寶貴的舊物，是她贏得來的東西。她曾同佐治說過；她在這琴上彈佐治所最愛聽的調；她常在晚上盡她的才能彈這些悽慘的調，對着琴嗚咽，一連好幾點鐘。原來不是佐治的舊物，現在是一文不値啦。下次她父親叫她彈琴，她就推辭說鋼琴走了調，她頭痛不能彈。

隨後她按照她向來的習慣，很責備自己小器，忘恩，要對多賓陪不是。她雖然不曾表示看不起多賓，卻曾覺得看不起他的鋼琴。過了幾天，他們坐在客廳，約瑟吃飽飯之後，在那裏應得很着阿米力亞吞吞吐吐的對多賓說道，——「我有一件事要求你饒恕我。」

他說道，「爲什麼事？」

阿米力亞說道，「爲——爲那座四方的小鋼琴。你送給我的時候，我未曾謝過你；這是好幾年前的事，還在我未出嫁之前。我以爲是別人送給我的。維廉，我謝謝你。」她伸出手來；但是這個可憐的女人傷心到流血啦；她的兩眼自然是流淚。

維廉到了這時候，卻再支持不住了。他說道，「阿米力亞，阿米力亞，是我買來送你的。那時候我愛你如同這時候我愛你一樣。我必定要告訴你，我曉得，我第一次見你的面我就愛你，那時候佐治帶我到你家裏，叫我看看他的未婚妻阿米力亞。那時候你不過是一個小女孩子，穿白衣服，滿頭鬈髮；你一面下樓一面唱歌，你記得麼？——我們隨後同去服克斯和爾逛。自此以後，我意中只有一個女人，就是你。我曉得這十二年來，我無一天無一刻不想到你的。我未去印度之先，曾來告訴過你，但是你不管我，我也不好說的。我去印度不去，你都不管。」

阿米力亞說道，「我很辜負你。」

多賓說道，「不是辜負，不過是看得不足重輕罷了。我都無所長，不能不令女人看得我無足重輕。我曉得你現在的感覺，你現在曉得這座鋼琴的故事，你很傷心，你曉得是我送給你的，不是佐治送給你的。我是一時忘記了，不然的話，我不該那樣說的。我以為我對於你這些年來，矢志不移，這些年專心為你，可以感動你的心。這是我一時之間糊塗了，原應我向你求饒的。」

阿米力亞有點生氣，說道，「現在是你苛刻啦。佐治是我的丈夫，在世的時候，歸了天之後，都是我的丈夫。我只能愛他，那裏能愛他人呀？維廉，你第一次見我的時候，我就是他的，現在我還是他的。當初原是他告訴我你這個人怎樣好怎樣慷慨大度，原是他教我愛你如愛兄弟。我同我的小兒子，那一件事不是全倚靠你呀？你不是我們的最寶貴，最靠得住，最慈愛的朋友和保護人嗎？假使你早來幾個月，也許你能夠免得我母子分離。維廉呀，我母子分手，幾乎令我悲傷到死——但是你並未來，我卻想你來，祈禱你來——他們把我的孩子帶走了。維廉，你看他是不是一個可寶的孩子？請你仍然作他的朋友，作我的朋友。」——這時候她話不成聲，把臉藏在他的肩膀上。

多賓雙手抱住她，好像抱孩子一樣，吻她的額。他說道：「阿米力亞，我不會改變的。我只要你的愛。我想非這樣不可。我只要你讓我常離你不遠，常看你。」

阿米力亞說道，「是呀，常來。」多賓此後可以自由的看她想她：如同學校裏無錢的小學生，兩眼望着賣糕餅的女人盤子裏的好東西。

第六十回至第六十二回（刪）

〔這幾回說的是約瑟塞德力回家之後，塞德力一家人可以住較好的地方，錢財上不至於爲難了。阿米力亞起首同人來往，約瑟會入覲；但是老塞德力的太太死了不久之後，他也死了。當下老奧茲本起首有較爲慈愛的感情對待媳婦，同多賓少佐和解了。他卻曉得他的兒子同阿米力亞結婚，大約都是少佐的主意。將來奧茲本死的時候，他分一半財產給佐治，給一份年金與阿米力亞，委託少佐多賓當辦理遺囑人之一，表示領略他的人品正派，且因他的兒子死後，他的媳婦和孫子全是多賓贍養的——阿米力亞這時候纔曉得。

阿米力亞，約瑟，小佐治，奧茲本，有多賓少佐奉陪，結隊遊歷來因河（Rhine）。後來在某處暫住，覺得這個地方很舒服很可樂的。約瑟是吃飯睡覺，佐治喜歡散步遊覽；阿米力亞寫生，聽音樂，多賓少佐以看見阿米力亞樂為樂。這裏的市鎮和宮庭的娛樂，他們都預分的，很快樂。也許這是他們平生最歡樂的時候，只要他們曉得——誰曉得呀？」

第六十三回　我們碰見一個舊相識

未到嚴冬之先，安米居然有一天晚上請客，辦得很正當很謙抑的。她請了一位教法文的先生，先生很恭維她的口音清楚，學得很快；其實她早已學法文，後來在文法上很用功，以便能教兒子。還有瑪當士特林普（Strumpff）教她唱，她唱得旣好，聲音又正，少佐原住在對過，常打開窗門聽這邊學唱。有幾位德國堂客們是易於動情雅尙又是單簡的，很愛阿米力亞，起首同她親熱。這都是小事，卻與他們所過的歡樂日子有關係。多賓當了佐治的先生，教他讀拉丁文，教他學算學，他們還請了一位德國先生，晚上騎馬陪着安米坐馬車出遊——她膽子很小，騎在馬上，只要有點小擾動，她就喊。她常同一位德國朋友坐馬車出去，約瑟坐在對面打盹。

約瑟很愛上一位女伯爵芬奈（Fanny），這是一位很温柔不擺架子的少年女子，同時旣是一位女教長又是一位女伯爵，名位雖高，卻沒得錢，一年得不到十鎊的進款。芬奈曾說過，當了阿米力亞的姊姊（兄嫂）就是上天能賜她的極大的福。約瑟原可以在他的馬車上，在銀叉子上，把一位女伯爵的盾和小冕，刻在他自己的徽章旁邊；誰知有事體發生，當地甲邦的王爵，同乙邦的公主結婚，慶賀了好幾次。

這次的慶賀是很華麗，是多年未見過的。所有附近諸邦的王公侯伯們，貴夫人們，闊人們全請到啦。客棧立即貴起來，睡一夜要花到一個多先令。陸軍的差使忙不過來，來的闊人太過多了，都要派衛隊去迎接。這位公主行結婚禮，對方是派人恭代行禮。分送了不知多少鼻煙盒，頒賞出去好幾斗的寶星，收進來的也是好幾筐。法國大使兩邦的寶星都得着。提普和穆（tapeworm 譯音扁帶蟲 譯者註）說道，『法國大使滿身掛了章綬，很像一隻得獎的拉車的馬；』其實他是一個外交官，照我們英國的例，是不許收受寶星的。他又說道，『讓他得章綬，卻是誰得勝利呀？』其實這件事體是英國外交得勝：法國派曾提議嘗試要娶丙邦的公主的，我們英國自然反對。

人人都被請去慶賀。路上結了綵，歡迎新娘子。大噴池噴出來的都是非常之酸的葡萄酒，軍械庫前噴池冒出來的是皮酒。各處噴池都噴水；花園公園都豎了許多竿子，讓鄉下人爬上去取竿頂所掛的錶，銀叉，香腸等物。佐治爬上去，取了一條香腸，溜下竿來。他這是鬧着頑，顯顯本事的，把香腸給了一個鄉下人。這個人爬上去幾乎得着，卻不能到手，站在那裏哭。

法國使館門口比我們英國使館多掛六盞玻璃燈；我們卻有透光的畫幅，製成新夫婦兩口子前進，「不和神」跑開，這「不和神」的面貌，很像法國大使，這一來就把法國的燈綵打倒了，後來扁帶蟲得了寶星，大約就是因爲這次所建的功。

有許多外國人來看熱鬧，內中自然有英國人。除了宮庭開跳舞會之外，市政廳和某處都有公開的跳舞會。市政廳的跳舞會，卻擺設許多賭具，只許賭慶賀期內的一個禮拜。卻不許本地的軍民人等賭，只許外國人，鄉下人，和堂客們賭。

這個小無賴佐治奧茲本還有別的有錢的人，走到市政廳來約悉的跟人陪着小佐治來的。小佐治從前跟多賓在德國某處遊逛的時候，曾經看見過賭錢的屋子，多賓自然是不讓他賭，這時候他入了市政廳就趕快走到賭場來，在許多賭桌旁邊繞來繞去。有堂客們在那裏賭，有幾個是戴了假面具的；在慶賀期內是許的。

有一個女人，淡黃頭髮，穿短衣，是一件不甚新的短衣，戴了黑面具，面具的兩個小洞，透射出來她的怪異眼光，坐在一張賭骰子桌旁，面前有一張牌，一枝針，兩個銀錢。當弄骰子的喊顏色和數目時候，她很小心的用針戳紙牌，她要等到紅點子或黑點子出現過若干次之後，她纔敢賭。看見她這樣的舉動，是很奇怪的。

她雖然這樣小心這樣費事，她還是猜不着，她那兩個銀錢先後都輸了。她歎了一口氣，聳聳肩，露出很大部分的肩膀，她把針穿過紙牌的眼摔在桌上，在那裏用指亂敲桌子，敲了一會子。隨後她回頭看看見佐治的老實臉瞪眼看這個光景。這個小光棍他來這裏幹什麽？

當她看見這個小孩子的時候，她很用心看他的臉，說道，『先生，你不賭錢麽？』

小孩子答道，『瑪當，不賭』她聽見聲音就曉得他是那國人，因爲她答話帶點外國腔。她說道，『你向來未賭過——請你幫我作一件小事，可以不可以？』

佐治臉又發紅問道，『是什麽事？』陪他來的跟人在那裏賭開啦，未看見他的小主人。

她說道，『請你替我賭；隨你擺在那一個數目上。』她取出一個錢袋來，掏出一個金錢，錢袋裏只有這一個金錢，把錢放佐治手上。佐治大笑，果然擺在一個號數上。

居然中了。好賭錢的人說，新手有贏錢的能力。

她把錢撈過來說道，『謝謝你，謝謝你。請問你貴姓？』

佐治說道，『我姓奥茲本。』他正在掏錢試賭看，剛好少佐和約瑟，從宮庭的跳舞場走來。別人覺得宮庭的玩耍無味，寧願到市政廳來，離開宮庭較早；少佐和約瑟們卻不然，回家看不見這個孩子，因此少佐立刻走上前，趕快把佐治拉開。回頭看見跟人在那裏賭錢，他走過去問他，為什麽這樣大膽帶佐治到這種地方。

跟人酒吃多了，賭糊塗了，說了兩三句不中聽的法國話。

少佐見他這種情景，不去同他辯駁；只好把佐治拖走，問約瑟走不走。約瑟同那個戴面具的女人站得很近，現在她的賭運很好；約瑟看得很有味道。

少佐說道，『約瑟，你還是同佐治和我一起走吧！』

約瑟說道，『我停一會子，同這個跟人一道回去；』少佐因為當着小孩子的面，不便同約瑟計較，只好同佐治回家。

他們出來之後到了大街上，少佐問道，『你賭了錢麼？』

孩子說道，『我並未賭。』

少佐說道，『你是個君子，要顧體面，你答應我，你永遠不賭錢。』

小孩子問道，『爲什麼賭錢好像很有趣的。』少佐很鄭重的說了一番話，講給孩子聽，爲什麼不該賭錢，假使他喜歡批評佐治的父親的話，他原可以拿他的父親做榜樣說給他聽。他把他帶回家之後，他就睡覺，看見他的小屋子（在阿米力亞屋子外面）的燈滅了。半點鐘後，阿米力亞屋裏的燈也滅了。我不曉得少佐爲什麼這樣的留心。

約瑟落後，站在賭桌後面；他不是個賭客，有時候卻喜歡頑一兩手；他的衣袋裏有金錢響，他伸手在女人的肩膀上過，放一個拿破崙，他們贏了。她稍動一動，在身邊讓他一點地方，把裙脚從空椅子上拉下來。

她帶點外國腔說道，『來來，給我好運，』她這句英國話說得不甚坦白，口音不甚清，不如她剛纔對佐治說『謝謝你。』這個大胖子，四圍看看無什麼有位分的人看他，他就坐下；他說道，『呀，當眞，好呀上帝保佑我，我的運氣好；我一定給你好手運，他還說些別的恭維話和亂雜的話。』

那個戴面具的外國人說道，『你常賭麼？』

約瑟大模大樣的說道，『我賭一兩個拿破崙，』一面摔下一個金錢。

那個面具說道，『是呀；飯後打盹，』（英文打盹與減寫的拿破崙同字　譯者註）她說話的腔調很奇怪。約瑟聽了露出驚恐，她用很好聽的法國腔說英國話，說道，『你賭錢，意不在贏。我也意不在贏。我賭錢，意在忘記前事，我卻不能忘記。先生，我不能忘記從前的世界。你的姪兒（外甥）像是他的父親；你——你並未改變——是的，你改變了。無人不改變，無人不忘記；世上並無有心肝的人。』

約瑟帶點慌忙，問道，『你是誰呀？』

那個女人聲音慘然的說道，『約瑟塞德力，你猜不着麼？你忘記我了，』一面除下面具，看他。

約瑟喘氣說道，『天呀！原來是克洛里太太！』

她把手放在他手上說道，『利貝克』當她看他的時候，她還注意賭錢。

她說道『我住在大象飯店。你問瑪當羅頓就曉得。我今天看見我的寶貝阿米力亞；她多麽好看，多麽歡樂呀！你也是歡樂的！無人不歡樂，只有我是個可憐的。』她把擺在紅點子的錢，挪到黑點，一面用手帕拭淚，這方手帕四轉的通花邊已經破了。

開的是紅點子，她全輸了。她說道，『走罷，你同我走一會子——我們是朋友，是不是，塞德力先生？』

約瑟的跟人這時候輸了，跟着主人走出去有月亮的地方，那時候燈彩暗下來了，英國使館門前的燈彩也幾乎看不見了。

第六十四回　說拉雜事

我若是把利貝克那天晚上惹出禍來之後兩年間的事，都說出來，讀者就可以有多少理由說我這本小說不正經。凡是極好浮華無良心專求樂的人們的行爲，往往是不正經的（我這位嚴肅臉，名譽潔白無瑕的朋友，你的行爲，有許多也是不正經的；——這是打叉的話）；何況無信仰或無愛情，或無人格的女人的行爲？我頗相信貝克太太的生平，有一時期不是爲後悔所持，是爲一種絕望所持，絕對的不顧她的身體，而且不顧她的名譽。

這樣的墮落，不是一時發現的：是慢慢來的，是她遇禍之後，努力過好幾次要維持地步之後纔發現的——如同在船上遇風落水的人，只要有一線希望，還是抱住一塊板不肯放手的，等到曉得掙扎無效，就摔了這塊板，沉下水了。

當她的丈夫預備起程赴任的時候，她還在倫敦逗留：她嘗試過不止一次要見庇得爵士，打動他。有一天庇得爵士和文南（Wenhem斯提晤貴族的走狗　譯者註）走向下議院的時候，文南看見羅登太太躱在議院附近。她的眼一碰見文南的眼，她就走開了，永遠未見着庇得爵士的面。

也許是栢唔夫人從中干預。我聽見說關於這次的爭吵，她很表示點氣概，她丈夫見了很詫異，她一定不承認貝克太太，她自己出主意請羅登來宅子住，等候赴任。她曉得有羅登作保障，貝克太太是不敢闖進來的：她還很留意細看外間給爵士的信面，惟恐他同弟婦通信。貝克若是想寫信未嘗不可以寫：但是她試過幾次，見他寫信給他之後，她答應他的要求，凡是關於他夫妻反目的事，只能由律師通信。

其實庇得已經聽了許多閒話，很反對利貝克。自從那天晚上斯提唔貴族闖禍之後不久，文南見着庇得爵士，把貝克太太的歷史都告訴了爵士，爵士聽了大爲驚愕。關於她的身世，他都曉得了：她父親是什麽人，她的母親是那一天在音樂戲院跳舞的；她以前的歷史是什麽樣，她嫁了之後，她的行爲是什麽樣：——我看這段故事有大部分是假的，是人家懷了私恨編造出來的，我只好不再述了。但是這位鄉紳，又是她的親戚，從前有過一時期是很同她要好的，心裏總懷着她的不好名譽。

羅登當了某島的巡撫，可惜稅項不甚大。從收入裏頭要撥一部分還債；他的位分要多少排場，要花許多錢；通盤計算，他只能每年給太太三百鎊，他就打算照這個數目給太太，她卻以後永遠不許來麻煩他。不然的話，就要丟臉，分居離婚。但是文南所要辦的事，斯提晤貴族所要辦的事，羅登所要辦的事，人人所要辦的事，都是要她出境，不要這件不名譽的事播傳出來。

她大約是因為同她的丈夫的律師們辦理這件事，故此未想到她的兒子，也並不去看看他。這個小孩子交與他的伯父伯母照應，這孩子向來是很愛伯母的。當他的母親離開英國到了法國海邊的時候，寫了一封信給他，說她要遊歷大陸，吩咐兒子好好讀書，將來她再寫信給他。誰知她有一年多並未給兒子再寫一封信，一直等到庇得爵士自己的多病兒子死了之後——小羅登的媽媽纔寫了一封很慈愛的信給兒子，這時候承繼伯父當兒子啦，他的伯母心裏早已當他是自己的兒子，這時候他更依戀她。小羅登這時候長得高大好看，接了他母親的信，臉紅了，說道，「嗳！栢晤伯母，你是我的母親，她——她不是我的母親。」他卻寫了一封很恭敬的信給利貝克太太，她那時候在佛羅稜薩(Florence)租一間小旅舍住。——這都是後來的事。

我們這位小寶貝利貝克太太第一次飛飛得不甚遠。她棲在法國海邊的布倫(Boulogne)英國人不得了的，有許多都棲止在這裏。她在這裏過的是上等人家寡婦的生活，僱了一個女僕，在旅館裏租了兩間房子，在食堂吃飯，客人們以爲她很和藹。她告訴他們她的大伯子庇得爵士的許多故事，和她所認得的倫敦闊人們的故事；說的都是從容時髦無味的話，有許多小家子人物以爲她是個闊人。她在自己的屋裏請茶會，也預分當地的消遣——她洗海水浴，跑馬車，在沙灘上散步，看戲。有一位印刷店老板的太太，一家在這裏歇夏，老板卻是禮拜六禮拜纔來的，這位太太很說利貝克太太好，後來她的兒子太過注意利貝克，她纔說她不好。但是其中並無什麼，不過貝克常是和氣，隨便，好說話的——同男人們尤其是這樣。

這時候有許多人出外遊歷，貝克就有許多機會打聽她的倫敦朋友們的行爲，刺探「社會」怎樣批評她的行爲。有一天貝克在碼頭上散步，碰見貴族夫人某甲，這位夫人一見她，把傘一揮，把她的女兒們都招集在她身邊，退出碼頭，兩隻眼瞪貝克，只剩了她一個人在碼頭上。

又有一天是郵船到了。這天風浪很大，貝克喜歡看暈船的人，從船裏走出來。可巧這一天貴族夫人某乙在船上，她已經暈得很難過，幾乎無力在跳板上走上岸。但是她一見貝克微笑，她立刻有了氣力，帶着很看不起的神色，瞪了貝克一眼，不用人扶，獨自走到稅關。毋論什麼女人被夫人這一瞪，是會縮綢了的。貝克不過付之一笑：但是我看她不見得高興。她覺得她自己孤立，很孤立：對岸就是英國，她卻不能去。

男人們對待她也變了，我卻不曉得是怎樣的變。有一個男人對她露齒，當面笑她，帶着很熟識的神氣，令她難堪。又有一天又有一個男人在三個月前，一見着她就脫帽在手，不辭麻煩的情願替她找馬車，正在碼頭上同一個軍官說話：貝克也在碼頭上散步，他不脫帽子就對她點點頭，接連同朋友說話。又有一個男人嘴裏銜着雪茄就想走進貝克的起坐屋子；她把門關了，假使他的手指不在門裏，她是要鎖門的。她起首覺得她很孤寒，說道，『假使他在這裏，這班懦夫斷不敢羞辱我。』她想起「他」來，很傷心，也許她很渴想他的老實傻氣，歷久不變的溫和，忠誠；渴想她的服從；他的和氣；他的膽量。也許她哭了一場，因為當她下樓吃飯的時候，她多搨上胭脂，特別的活潑。

她現在天天搨胭脂她現在好吃酒，除了飯店記賬的酒之外，女僕還另外替她買酒。

男人們羞辱她，誠然是難受，也許還比不上有些女人們對她表示同情的難受。有一位某貴族夫人和一位某太太，路過這裏赴瑞士國（這一羣人有三個男人保護，還帶着某太太的小女兒）。他們卻不躲避她，他們嘻嘻的笑，喳喳的說可憐她，安慰她，招呼她，幾乎使她狂怒。當他們吻她，呆笑的走開之後，她想道，『我受他們招呼！』她還聽見他們下樓的時候，內中有人大笑，她曉得他們笑什麼。

貝克住在這飯店裏，每逢到了一個禮拜就付賬，對待毋論什麼，都是客氣的，對着店主婆總是微笑的，喊跑堂們『先生』給女僕們酒錢是很客氣，說許多對不住的話，足夠償補酒錢的不足（貝克是不肯花小錢的），自從見過這羣人之後，店主東請她走，因爲有人告訴他飯店裏不該容留她這樣的人，英國堂客們不肯同她坐在一起。她只好跑去住小旅館，令她無聊寂寞到不堪。

她雖受了這許多挫折，她還要支持，想法子恢復名譽，打倒穢聞。她如期到教堂唱歌比人唱得響。她替海上遇難的漁人們的寡婦設法，送針線和畫片給教會；捐錢作好事；不肯跳舞。一言以蔽之，她所作的都是有名譽的事，作者所以更喜歡更詳細寫她一生的這一個部分的行爲，詳細過寫她的此後的歷史，爲的是不甚好聽。她看見人家躱避她，她還是很費力的對他們微笑；你看她的臉，絕不會猜她心裏是很受痛苦的。

毋論怎樣說她的歷史，還是一種神秘。批評她的人分開黨派。有許多不憚煩好打聽她的事體的人說她是犯罪的；有人說她是無罪的，錯在她的不名譽的丈夫。她看見孩子們有點像她兒子的，或有人提起她兒子來，她就痛哭，表示傷心，就有許多人說她好。她就是這樣贏得某太太的歡心。這位太太算是這裏的英國人的王后，請吃飯和開跳舞會次數最多。貝克看見這位太太的兒子放假來同他的母親遊玩，她就啼哭。貝克說道，「他同她的小羅登同歲，相貌又很相像。」她傷心到幾乎說不出話來；其實這兩個孩子年歲相差有五歲，面貌絕不相似。當文南路過這裏往德國陪伴斯提瑉貴族的時候，纔把實在情形告訴這位太太；告訴她貝克很恨她的兒子，向來不見他的面她的兒子今年十三歲，太太的兒子不過九歲；一個是白頭髮一個是黑頭髮——這一番話，令這位太太追悔她的和氣。

毋論什麼時候，貝克費了無限若干事交結了一班朋友，總有人來打散了，她又得重新費力。眞是令她難堪，令她灰心，令她孤寂。

貝克看見在那裏站不住，只好跑到別處，一連跑了好幾處，竭力的要作體面人，唉！可惜總有一天被人看破，是一個假鴉，被眞鴉逐出籠外。

當她在某處的時候，有一位某太太招呼她：——這是一位名譽無瑕的太太，在倫敦某大街上有一所宅子。貝克逃到這地方，這位太太同她住在一間飯店裏，起初是當同浴時認得的，後來在食堂裏又認得。這位太太曾經聽人說過斯提唔貴族的不名譽的事——誰不聽人說過呀？但是同貝克談話之後，她說克洛里太太是一位安琪兒，她的丈夫是個兇漢，斯提唔貴族是個無道德的壞種，這是人人都曉得的，人家反對克洛里太太，都是那個光棍文南的無名譽和無道德的陰謀弄成的。她還對她丈夫說道，『假使你是一個有氣概的人，你下次在俱樂部見着文南的時候，你該給他一巴掌。」可惜她的丈夫不過是一個安詳的老頭子，好研究地質學，身材不甚高，夠不着打人的耳朵。

這夫婦兩人從此就招呼羅登太太，帶她去住在他們自己的巴黎房子，大使夫人卻不肯見貝克，他們夫妻還同大使夫人吵，這位太太竭力使貝克走正路，作有名譽的事。

初時貝克是很正經，很規矩的，但是不久就覺得無味的有道德生活很難受。每天都是按着呆板規矩作事，天天都是一樣的無味，一樣的舒服，馬車天天都是走一樣的路，晚上總是那幾個人，禮拜晚上聽的總是一樣的經論——音樂院裏演的總不過是那一齣戲；貝克沉悶到要死，幸而太太的兒子從大學來，太太看見貝克很能引動她的兒子，立刻鬨她走了。

貝克試同她的一個女朋友同居；不久兩個人起首爭吵，起首欠債。隨後她試住小飯店，就住在巴黎有名的一所小飯店。小飯店常有許多破舊的豪華子弟和有汙點的美人來逛小飯店，貝克就起首對着他們使迷人手段。貝克是愛社會的，她無社會就不能過活，如同吃鴉片煙的無幾錢煙也是不能過活的，她的小飯店生活過得很歡樂。她有一天碰着一個倫敦老朋友，她說道，「這裏的女人們也有倫敦闊地方的女人們那麼有趣，不過這裏的女人們所穿的衣服不甚新鮮罷了。這裏的男人們戴洗過的手套也都是很壞的光棍，卻並不見得比倫敦的某甲某乙更壞。這所小飯店的女店東誠然是很俗，但是據我看來不見得比某夫人還要俗；她於是指出某夫人的名字，這位夫人原是時髦的領袖，作者寧死也不肯說出她的名姓來。你若是看見這小飯店裏晚上點得亮亮的，男人們賭錢，女人們坐得稍遠，你可以想像你在好社會中，想像女店東實在是一位伯爵夫人。有許多人曾經這樣想像過：這時候貝克就是這位伯爵夫人大客廳裏的一位最出風頭的貴夫人。

也許是她的一八一五年的老債主找着她，故此她離開巴黎；由此往比都；可憐這個女人被逼立刻要逃走。

比都原是她舊遊之地，她記得很清楚。看見她從前住的地方，就微笑，又想起當日巴阿克伯爵夫人一家要買馬，坐車逃走，大車在那裏等馬。她往滑鐵盧，往拉裂（Laeken），看見佐治奧茲本的殉難紀念碑。她畫了一幅紀念碑的景，她說道，『可憐這位愛神！他多麼戀愛我呀，他眞是一個傻子——不曉得小安米是不是還活着。她是個好人：她的胖子哥哥，我的書信包裏還有他的令人好笑的胖子像片啦。他們都是慈心的老實人。——

她在比都如同在巴黎一樣，是小飯店的女王：在幾處特選的小飯店內是她爲政。她絕不推辭香賓酒，或花球，或跑馬車逛鄉下，或包廂；但是她最喜歡的還是晚上打牌，——她很大膽的賭。起初她不過是小賭，隨後賭五佛郎，隨後賭大金錢，隨後賭欠據：隨後不能給房飯錢：隨後同少年男子借錢：隨後又有現錢，從前她敷衍哄着女店主現在難爲她：隨後每次不過賭十個蘇（小銅錢名　譯者註），窮到了不得；隨後她的每季的養贍費到手，還了女店主的欠款：再同某男人或某男人打牌。

其後她欠了三個月的房飯賬，她賭錢，她吃酒，她在一位英國教士面前求他借錢，她哄騙引誘某爵士的兒子，她常請他進去她的私室，她同他打牌，贏了他許多錢，此外她還作過一百次詐騙的事，貝克只好離開比都，當她走過之後，女店主把貝克的所有劣蹟都告訴住她店的英國人，宣布羅登太太是一條毒蛇。

這位雲遊家就是這樣居歐洲的通都大邑。他越久越喜歡作不名譽的事，越作得離奇。不久她就變作一個完全的不守禮教的人同極不相干的人相處，這些人你若遇着是會令你毛骨聳然的。

有許多人說羅登太太當運氣最不好的時候，在各處賣唱，教音樂。我有一個最好管閒事的朋友，什麼人都認得，什麼地方都到過，他常說一八三〇年在斯特拉斯堡（Strasbourg）地方，有一個瑪當利貝克登臺演戲，鬧出事來。看戲的人鬨她下臺，有一部分的理由是因爲她不會演，最要緊的理由，卻因爲在軍人看戲的座中，有許多人過於同她表同情；我這位朋友說這個不幸的女戲子並非他人，就是羅登克洛里太太。

她簡直的在這大地上變了一個流蕩無歸的女流氓。她有錢就賭，賭過了之後，就得想法子過活；誰曉得她怎麼樣，用什麼法子過活的？

有一次在羅馬，剛好羅登太太的兩季的養贍費存在那裏的大銀行裏，那時候正是冬天，銀行東家請跳舞會，凡是有五百個義大利銀幣的（約合我國一圓　譯者註）都有請帖，貝克也得了一張請帖，居然在普路尼阿（Polonia）爵爺和爵夫人的大宴會出現。

她扶着少佐洛德爾（Loder）膀子，兩個人穿過幾個房間，吃了許多香賓酒，那裏有許多少佐的軍人，在那裏爭酒點吃。他們兩個人喝够吃够之後，往前擠擠到最末後一間屋子，這是公爵夫人自己的客廳，夫人正在這裏宴最高貴的客。貝克記得她從前在斯提晤貴族宅子裏，享受過這樣的筵宴——貴族那時候坐在那裏享受普路尼阿的筵席，她看見他。

斯提晤貴族的白色發亮的禿子頭，被金剛鑽割破的傷疤還在那裏，顏色很紅；他的紅鬍子染了紫色，顯得他的臉更無血色。他掛了寶星和藍綬。座上雖有一個在位的公爵和親貴，帶着他們的夫人們，斯提晤貴族卻比他們都闊，坐在斯提晤貴族身邊的，是一位很美的伯爵夫人，她的丈夫是一位伯爵，就是那位很有名的採輯昆蟲標本家，奉使往謁摩洛哥（Morocco）皇帝，久未回來。

當貝克一見那位相熟的闊人臉，她看洛德爾少佐的臉，立刻變作庸俗了，覺得某佐領的煙草味很難聞，她立刻擺出貴夫人的架子來，努力要發露和覺得從前在熱鬧場中的樣子來。她想道，「那個女人樣子很蠢笨，很不和氣，我很曉得她不能娛樂他。他一定不能，他覺得她可厭——他永不覺得我可厭。」她一面看這位闊貴族，就有一百種的動人的希望，恐怖，記憶在她的心裏跳動。斯提瑉全身披掛的那天晚上，並且要裝出最華貴的樣子，說話和神色都要現出一位闊貴族。貝克稱讚他笑得大方，雍容，高貴，莊嚴呀！他是多麽和氣的同伴，多麽聰明，多麽有話說，樣子多麽華貴呀！——現在她拿這樣一個洛德爾少佐，滿嘴是雪茄煙臭和白蘭地酒臭，一個說馬號裏笑話，說打拳頭俚話的佐領，換那麽一位闊貴族。她想道，「我不曉得他認得我不認得。」斯提瑉貴族正在同身邊一位很闊的貴夫人說話，大笑，擡頭看見貝克。

他們兩個人眼眼相看的時候，她渾身發抖，竭力的露出笑臉，對他很膽怯的，露出哀求意思的略一屈膝。他瞪她一會子；張大嘴看她，這時候剛好洛德爾少佐把她拉走啦。

少佐說道，「利貝克太太，我們進去晚餐室吧，看那些闊人吃東西，令我也肚餓啦。我們去嘗主人的香賓酒。」貝克想他已經吃太多了。

過了一天，她走去公園散步，希望再看斯提瑉貴族一次。她碰見另一個熟人；這個人就是斐斯（Fiche），是貴族的心腹人，他走過來點點頭，放一隻手指在帽子，露出熟人相見的樣子。他說道，『我曉得瑪當在這裏，我從她的飯店跟着她。我有幾句話奉勸瑪當。』

貝克問道，『是斯提唔侯爵的話麼？』她又露出莊嚴態度來，卻很被希望和預料所動。

這個跟人說道，『不是的，是我的話。羅馬地方不甚宜於衛生。』

她答道，『斐斯先生，這時候還好，過了清明後纔不好。』

他說道，『我告訴瑪當，現在就是很不衛生。有些人總要得瘧疾的。從低濕地方來的風，毋論什麼時候，都可以致死的。克洛里瑪當，你要明白，你常是一個好說話受商量的人，我很關切你，你還是聽我的話好。我勸你離開羅馬——不然的話，你會得病，你會死在這裏的。』

貝克大笑，卻是很發怒的。她說道，『什麼！暗殺我麼？多麼浪漫呀！原來貴族帶來的跟人就是無賴惡棍，輜重車裏藏了殺人小刀！啐！我就住在這裏不走，我並無別意，不過是麻煩他。我住在這裏，自然有人保護我。』

現在輪到斐斯大笑啦。『保護你麼？誰保護你？那位少佐，那位佐領，毋論瑪當所看見那一個賭錢的人，只要有一百個路易，就肯殺了你。我們曉得洛德爾少佐許多陰事（他之不是一位少佐，如同我之不是一位侯爺），一說出來，就要請他去當苦工，還許甚過苦工。我們什麼都曉得，我們處處都有朋友，我們曉得你在巴黎見過些什麼人，有什麼親戚。是的，瑪當，你也不必瞪眼，我們全曉得。爲什麼大陸上沒得一位公使接待瑪當？因爲瑪當得罪了一個人：這個人永遠不饒你的——這個人看見你，加倍的生氣。他昨晚回家，生氣到發狂。他身邊的伯爵夫人因爲你同貴族大鬧一場。

她聽見剛纔的消息，害怕，現在卻略爲放心，說道，『原來是某伯爵夫人。』

他說道，『不是的——她不算什麼——她常是吃醋的。我告訴你，你要留心爵爺。你不該見他。你記得我的話，你若是住在這裏，你要後悔的。你走吧。爵爺的馬車來啦。』——他捉住貝克的膀子，在花園的小路跑。那時候，斯提晤貴族的馬車鈴鐺直響，如飛的從大路來。駕車的是無價寶的幾匹馬。伯爵夫人坐在車墊上，臉色略黑，很美，帶點生氣，懷裏有一隻小狗，頭上有白傘。老斯提晤伸得直直的在她身邊，臉色靑黑，露出兩隻帶死色的眼。現在因爲厭惡，或生氣，或欲望，有時還曾兩眼放光；平常卻是無光的，好像是厭看世界的，因爲世界上的快樂和所有的美貌女人，他都飽嘗過，現在使這個精神消耗淨盡的老頭子，覺得很無味了。

當馬車走過之後，貝克從躲藏的小樹林往外張。斐斯在她耳朵邊低聲說道，『自從爵爺那天晚上受了一驚之後，至今還未曾恢復原狀。他是永遠不能恢復的了。』貝克想道，『我卻可以自慰了。』

斯提晤貴族是否有殺貝克之意，一如斐斯所說的——（自從貴族死過之後，他回去本國，買了一個爵位，過很闊的日子），——他卻不肯暗殺人；是否他只是奉命恐嚇克洛里太太離開這裏，因爲貴族要在這裏過冬，看見她就會通身不舒服的，作者卻永遠不能研究出來：但是這一恐嚇卻很有效果，她再也不敢對她的老主顧露面啦。

第六十五回　滿紙都是事體和快樂

在賭桌上會面的第二天，約瑟很小心的打扮穿得很華麗，並未想到把昨晚所遇的事體告訴家裏人，也不請他們陪他散步，一早就跑出去，不久就在大象飯店門口探問。因爲慶賀喜事，店裏有許多人，街邊擺的桌子已經有許多人圍住吸煙吃小皮酒，公家的屋子裏都是煙，約瑟大模大樣的，說了兩句不清楚的德國話探問，就有人告訴他往頂樓。第一層樓上是遊行小販們住的，正在那裏擺列首飾錦緞出賣；第二層是賭館的總幹事住的；第三層樓上是耍把式翻觔斗的人們住的；如此一層一層往上登，就到了房頂小間，這裏住的有學生，有行商，有作小買賣的，有從鄉下來看熱鬧的。貝克在這裏結窠；——是一個最髒的藏身之所，未免對不起這位美人。

貝克卻喜歡這樣的過活。她同小販，耍把式的，學生們都說得來。她原是一個野而蕩的女人，得自她父母，她的父母就是這種路數人；若是身邊沒得一位貴族，她就很喜歡同貴族的跟人談話；這裏的小販們，打滾的，翻觔斗，賭桌上的小夥計們的奸詐談話，擾動，吃酒吸煙，學生們的唱歌和粗暴和這地方的一片吵聲，貝克這時候雖是倒運，雖然連飯店的賬都還不了，卻覺得很有趣很歡喜。昨天晚上小佐治替她贏了許多錢，裝滿了衣袋，她更覺得這種的熱鬧很快樂的。

約瑟爬了許多級樓梯，到了頂高層，喘氣說不出話來，起首擦擦汗，找第九十二號。對過第九十號的房門大開，有一個學生穿得很髒的睡在牀上吸長煙筒；又有一個學生一頭很長的黃頭髮，穿了一件編織的褂子，也是很麻利很髒的，跪在九十二號門外，從鑰匙洞往裏喊，求屋裏的人。屋內說道，「你走開，我候一個人；我候我的祖父。他不要看見你在這裏。」約瑟認得她的聲音，發然。

跪在門外的學生喊道，「英國安琪兒呀，可憐我吧。請你約定一個日子。你同我和佛里慈（Fritz）在公園吃大餐。我們點燒山鷄和波打酒，蜜糕和法國葡萄酒。你若不來，我們要死。」

睡在牀上的學生說道，「我們要死；」約瑟聽見這句話，卻不懂得怎麼講，因爲他向未學過他們的語言文字。

約瑟等到能說話的時候，很大模大樣的問道，『我找第九十二號。』

那學生說，『第九十二號！』跳起來，跑入自己屋裏，鎖上門，約瑟聽見牀上兩個學生大笑。

這位從印度來的先生看見這種情形，不知怎樣是好，剛好這時候第九十二號開了房門，貝克探出頭來，滿臉都是淘氣神色。她看見約瑟。她走出來，說道，『原來是你。我候你許久啦！且慢！請你候一候，我就請你進來。』當這一會子工夫她把一個胭脂罐，一個白蘭地酒瓶，一盤破碎的肉，都放牀裏，順順自己的頭髮，隨後讓約瑟進來。

她穿了一件粉紅色的殘舊外衣，衣上有許多頭油漬，但是露出來的兩隻膀子還是很白的，束了腰，露出很細的腰。她拉住約瑟的手，領他進去這小屋子。她說道，『進來，進來談談，你坐在那把椅子上；』她抓抓約瑟的手，笑着把約瑟放在椅子上。她自己坐在牀上——讀者儘管放心，她不是坐在罐兒盤兒上——約瑟若想坐，也可以坐在牀上；她就坐在這裏同從前稱讚她的老朋友說話。

她帶着溫柔的關切神氣說道，『過了這些年，你並沒什麼改變！隨便在那裏我都能認得你。

我在許多生人之中又會着一位老朋友的坦白忠厚臉，心裏是多麽舒服呀！」

我把眞實情形告訴讀者吧，這時候這個坦白忠厚臉，並沒得什麽坦白什麽忠厚臉上只露出擾動疑惑神色。約瑟正在四圍的細看他的從前戀愛過的人所住的怪房子。牀上掛了她的一件長袍，又有一件掛在門鉤：她的帽子遮住半面鏡子，鏡臺上還放了一雙頂好看的黃靴子；牀邊的小桌上放了一本法國小說，還有一枝燭，卻不是蠟的。貝克原想把燭也塞在牀裏的，誰知她只把一頂紙製的小睡帽塞在牀裏，這帽子是她上牀睡的時候，用作滅燭的東西。

她說道，「毋論在那裏我都會認得你的；有些事，是一個女人永遠不能忘記的。我所見的人，你就是第一個。」

約瑟說道，「當眞是我麽？上帝保佑你的靈魂，你——你說實話麽？」

貝克說道，「當我同你的妹妹從吉西米勒到你們家裏的時候，我幾乎不過是一個小女孩子。你的令妹怎麽樣啦？她的丈夫是個壞人，她吃醋自然是因爲我。唏！好像我肯理他的，那時候，我意中還有別人啦——不必再提舊事了；」她拿通花邊已經破了的手帕拭眼淚。

她接着說道，「一個女人從前住過很不同的世界現在住在這樣怪地方，豈不奇怪麼？約瑟塞德力，我滿肚裏都是愁苦，都是委曲，受了人家許多虐待，令我有時發狂。毋論什麽地方我都不能久住，常是流蕩，常不歡樂。凡是我的朋友都是騙我的。世界上並無一個忠誠的人。我是最貞潔之妻，我雖是因爲怨一個人，故此嫁他的——因爲這個人——這時候不必再提啦。我是貞潔的，他蹧蹋我，拋棄我。我是最慈愛的母親。我只有一個兒子，我只有這一個寶貝，這一個希望，這一樣歡樂，我用母親的愛情緊抱着這個兒子，靠着我的心，這孩子就是我的生命，我們的祈禱，是天賜我的福；他們——他們奪了我的孩子——奪了我的孩子；」她露出絕望神氣，一手放在心上，一面把臉埋在牀上。

那個白蘭地酒瓶在被裏頭，往上碰那個裝冷香腸的盤子，碰出聲響。這兩樣東西大約是爲這一長篇的傷心悲痛話所動，無可疑的了。瑪士（Mas）和佛里慈兩個學生聽見貝克太太又哭又喊，卻有點詫異。約瑟看見他從前戀愛過的人，處這樣的情景，也很驚恐，很動心。她從此就起首把她的故事告訴他——這段故事，她說得很乾淨，淺白，老實，毋論什麽人聽了，都以爲假使婦有一個穿白袍的安琪兒從天下降受世界上的魔鬼的萬惡陰謀和卑劣手段的禍害，那位潔白無瑕——那位可憐兒的無疵纇的殉難的人，就是現時在約瑟對面牀上的人——在牀上，坐在白蘭地酒瓶上。

他們在屋裏談了許久，很和氣的，很祕密的談。他聽了她這番話纔有點曉得（這時候卻不恐嚇他或不得罪他了）貝克的心最初是見着他的面，纔學會跳動的：佐治奧茲本娶過妻的人，卻來獻媚於她，這是極不應該的，怪不得阿米力亞生氣，因爲這樣，阿米力亞同她鬧翻了；但是貝克向未鼓勵過奧茲本一次，惟有想着約瑟，自從她第一次見他面之後，絕未停過想他，但是已經嫁了人的女人，自然要守她的本職——她要守到死爲止，不然也要守到克洛里大佐所住的地方惡劣天氣替她解放了他的暴虐令她難受的束縛。

約瑟走出來的時候，很相信她是最有德的女人，如同她是一個最能蠱惑人的女人，心裏很爲她盤算各種慈善的辦法。人家窘逐她，她應該停止啦；她應該回去她是過明星的社會。他要看看應該怎麼辦。她必得離開這個地方，住安靜的客店。阿米力亞必要來看她，善待她。他去商辦這件事，同少佐商量。當她同他分手的時候，她對他眞是感激涕零，當他低頭吻她的手時候，她緊抓他的手。

貝克從小屋子裏一路送約瑟出來，一路送一路點頭鞠躬，送得很有樣子，好像是從宮殿裏送出來的；等到大胖子下了樓，瑪士和佛里慈從洞裏出來，嘴裏咬着煙袋，貝克一面嚼麵包嚥冷香腸，一面吃幾口白蘭地和水，一面形容約瑟取樂。

約瑟很嚴肅的走過來找多賓，把剛纔的傷心故事告訴他，卻不提起那天晚上賭錢的事。這兩位先生就商量起來，應該想什麼法子去幫貝克太太，這時候她卻在那吃她的被人打了叉的肉食早餐。

她怎樣到了這個小地方的？她怎樣會沒得朋友，一個人雲遊的？小學生們在學校裏初讀拉丁文的書，就曉得沾染惡習是很容易的，墮落是走得很快的。我們不必說她墮落的歷史啦。她現在不比她發達的時候壞：——不過運氣不好罷了。

說到阿米力亞太太，她是一個心軟帶點傻氣的女人，只要她一聽見什麼人不歡樂，她的心立刻對着受苦的人鎔化了：又因她向來未想過，未作過，不道德的事，她不會痛恨作壞事的人，如同曉得世故較深的道德家那麼痛恨。倘若她用慈愛和恭維人的話慣壞了走近她左右的人——倘若她拉鈴喊僕人，僕人們費了事應鈴走來，他還要對他們說句對不起他們的話，——倘若她對着店裏的小夥計因爲拿綢子給她看，她還要說一句客氣話，或對着掃地夫屈膝，還要說一句話恭維他掃得乾淨——阿米力亞是會作這樣事的——她聽見一個老朋友景況可憐，自然是會心軟的；並且她還不肯聽人說某人是該受苦的。她若是用這樣法律來治天下，這個天下不會是有秩序的住處；但是世界上如她這樣的女人是很少的，這樣治天下的人尤其少。我相信這位太太會廢除世界上一切監獄，辦罪，手鐐脚銬，鞭笞，貧窮，疾病，飢餓的；她這個人是很無氣概的，我們不能不承認，——她能忘記他人致命的傷害她。

當多賓少佐聽了約瑟所遇的動情的事，卻不甚關切，不像約瑟那樣關切。他簡直的覺得很不高興；他對於一個女人受困苦說了一句短而不甚中聽的話；他說的就是「這個小淫婦又出現啦嗎？」他一向就不喜歡她；當她第一次用綠眼睛看他的眼，一看之後，就閃開了的時候，他就很不相信她。

多賓很無禮的說道，「這個小鬼毋論到了那裏，就在那裏惹禍。誰曉得她這幾年裏頭幹的什麼事？她一個人在這裏有什麼事？你不必告訴我什麼窮逐她的人，什麼仇人；一個靠得住的女人總有朋友的，絕不同她家分離的。她爲什麼離開她的丈夫？他也許是一個名聲不好的人，是個壞人，如你所說，他常是個壞人。我記得這個壞種，我記得她怎樣騙佐治。他們夫婦分離，不是有一段醜事嗎？我想我聽人說過。」約瑟竭力替貝克說好話，說她是受害的，是個有德的女人。少佐總不相信。

這位大外交家少佐說道，「好嗎，好嗎；我們不如去問佐治太太。我們只好去找她商量。我猜你承認她是一位好裁判官，曉得遇着這種事，應該怎麼辦。」

約瑟說道，「哼，安米是很好的。」這時候他不甚愛他的妹妹。

少佐跳起來說道，「很好麼？我生平所遇的，以她爲最好的女人。我立刻說，我們去請教她，問她，我們應該見這個女人不應該——我甘聽她的裁判。」

這個狡猾少佐心裏想他一定打贏官司的。他記得有一時期安米很吃利貝克的醋，一提起她的名字來她是發抖恐怖——多賓心裏想凡是吃醋的女人是絕不饒人的；於是兩個人走過對街，到佐治太太的住處，她正在那裏跟着女先生學音樂。

女先生走了之後，約瑟就鄭重其辭開談判。他說道，「阿米力亞，我的寶貝，我剛纔遇見一件最奇怪的事——一個老朋友——是呀，是你的最有趣的老朋友，我可以說是從前的老朋友，剛好到了此地，我想你會會她。」

阿米力亞問道，「她麼！她是誰呀？多賓少佐，你不要弄破我的剪子。」他正在那裏拿着掛剪子的鏈子在那裏摔圓圈，會傷了眼睛的。

少佐很執拗的說道，『是一個我很不喜歡的女人，是你無理由能親愛的女人。』

阿米力亞臉紅了，有點不安說道，「是利貝克，一定是利貝克。」

多賓答道，「你猜着啦；你常是猜着的。」所有從前比都，滑鐵盧，從前的情事，憂愁，痛苦，記憶同時都回到她的心裏，很令她擾動不寧。

安米說道，「不要讓我見她，我不能見她。」

多賓對約瑟說道，「我對你說過啦。」

約瑟苦勸道，「她很不歡樂，她很窮無人保護：病得很利害——她的丈夫是個光棍，拋棄她。」

阿米力亞說道，「呀！」

約瑟頗得法的說道，「她並無一個朋友：她說她以爲可以靠你。安米，她很可憐，她痛苦到發狂。她的故事很動我：——我老實說，她的故事很動我——我可以說她同安琪兒一樣的受這樣的虐待，她的家裏很虐待她。」

阿米力亞說道，「可憐呀！」

約瑟抖抖的低聲說道，「她說她若是不能够得着一個朋友，她說她要死，——你曉得麼，她要自尋短見？她帶着鴉片煙——我看見她屋裏有一瓶鴉片煙——小屋子，很可憐的地方——三等客店——就是大象客店，她住在頂高一層，我到過。」

這一番話好像動不了安米。她聽了還微笑，也許她想像約瑟氣喘喘的爬上樓。

約瑟又說道，『她很愁苦，這個女人所受的痛苦，聽了令人害怕。她有一個小兒子，同佐治同歲。』

安米說道，『是呀，是呀，我想我還記得，好呀。』

約瑟是個大胖子，易受感動的，很受貝克所說的故事所動，說道，『是一個很美貌的孩子，完全是一個安琪兒，崇拜他的母親。他們幾個粗漢子，從她懷裏奪了這孩子，孩子哭哭啼啼，他們也不管，從此以後不許她見兒子的面。』

安米立刻站起來喊道，『約瑟，我們立刻去看她。』她走入臥室，拴好了帽子，手上拿了披肩走出來，號令多賓跟着。

他過來，把披肩同她披上，這是白披肩，是少佐從印度帶回來送她的。他一看沒得法，只好服從；她把手扶住少佐的膀子，兩個人走出去。

約瑟說道，『上四層樓，第九十二號就是，』也許他不願再爬樓梯啦；但是站在他的客廳窗口，正看著大象飯店，看見他們兩們人穿過市場。

好在貝克從頂樓也看見他們；她同那兩個學生正在那裏說說笑笑；他們把貝克的祖父出現當作笑話說——他來他去，兩個學生都看見的——她先把兩個學生推開了，把屋子收拾好。

店主東曉得奥兹本太太是宮庭喜歡的人，故此很恭敬她，帶他們登頂樓。

店主東敲門說道，「有體面的貴夫人！有體面的貴夫人！」昨天他不過稱她瑪當，並不敬禮她，這時候卻變了。

貝克伸出頭來說道，「是誰呀？」隨即小喊了一聲。安米站在門口發抖，多賓也站在那裏，拿了手杖。

他站在那裏不動，很注意眼前的光景；但是安米跳上前，伸出兩手走向利貝克，立即饒恕了她，很熱心的摟抱她吻她。呀，你這個可憐蟲，你的嘴唇幾時受過這樣清潔的吻呀？

第六十六回　愛人的爭吵

如阿米力亞這樣的天眞和慈愛，也能感動這樣甘居下流的貝克。她回答安米的摟抱和好言，也多少帶點感激和情緒，倘若是不耐久的，當這一刻的時候，至少也是出自誠意的。她的詭計多端，最妙的就是這兒子說法，說他們『從她懷裏把哭哭啼啼的兒子搶了去。』貝克就是用這樣傷心事感動她的老朋友，阿米力亞首先對她談的就是這件事。

我們這個老實的阿米力亞說道，『他們就是這樣搶了你的寶貝兒子。利貝克，我的可憐兒的受苦的朋友，我曉得丟了孩子是怎麽一會事，我曉得替他人丟了孩子的難過，但是天可憐的，你的孩子將來還你的，如憐憫的蒼天還我孩子一樣。』

貝克自認道，『那孩子，那孩子麽？是呀，我的心痛到很可怕。』她說這句話，也許是良心有點發現。她不能不立刻起首說謊，對待這樣的深信和天眞，也覺得同她心裏衝突。但是起首用這種假鈔票，就會有禍。一張假票到期，你必定要另造一張付款。故此市面所流通你的假票，越久越多，發露的危險也越加。

貝克說道，「他們拾我的孩子時候，我便悲傷得可怕——（我望你不是坐在酒瓶上）——我以爲我會死的；幸而我得了腦熱病，醫生不肯施治——我——我病好啦，——現在我是貧窮無朋友。」

安米問道，「他幾歲呀？」

貝克說道，「十一歲。」

安米喊道，「十一歲！這不是與我的佐治同歲嗎，——他是。——」

貝克喊道，「我曉得，」其實她早已完全忘記小羅登的歲數了。她又說道，「至寶貝的阿米力亞，憂傷令我忘記了許多事，我很改變了；有時我半瘋。他們把我的兒子搶去的時候他是十一歲，他的臉很令人愛；我以後未見着他。」

這個傻子安米還問道，「他是白頭髮還是黑頭髮呀？你把他的頭髮給我看看。」

安米這樣老實，貝克幾乎忍不住要笑出來，說道，「今天我拿不出來，過幾時等我的箱子從來比錫地方運到的時候我拿給你看——還有一張他的畫像，那是我過歡樂日子時畫的。」

安米說道，『可憐的貝克，可憐的貝克。我該怎樣的謝謝上帝呀；』她隨卽同向來一樣，起首想到她自己的兒子是世界上最美貌品行最好，最聰明的孩子。

安米所能想到最能安慰貝克的話就是說『你將來看見我的佐治。』她以爲只有看見佐治可以安慰貝克。

這兩個女人就是這樣談了一兩點鐘，貝克就有機會把自己的私人歷史全告訴了安米。她告訴安米，她同羅登克洛里結婚，原是他家裏的人很不以爲然的；她的嫂子（是一個狡猾女人）怎樣在羅登面前進讒言反對她；他怎樣的有了外遇，不戀愛她；她怎樣受種種的痛苦——受窮困，受忽略，受她所最戀愛的人的冷落待遇——她全爲的是兒子；最後受惡極的虐待她不能不要求分離，那時候這個惡人昧着天良，要她犧牲了好名譽，以便他可以得一個極有權力毫無道德的貴族，斯提昵侯爵的提拔，這個惡極的怪物！

貝克說她這一段歷史的時候，說得很含蓄的，說得很生氣。因爲受了這樣的羞辱，她不能不離開她丈夫的家他還不肯撒手，一定要奪她的兒子，她從此就變了一個遊蕩無歸的人，變作貧困，無保護無朋友的人，變作很可憐的人。

安米聽了這番話，很怒羅登和斯提喑，怒到發抖。當貝克說她的貴族親戚們怎樣的窘逐她，她的丈夫怎樣的逐漸不理她，安米的眼色很稱讚貝克。（貝克並不怎樣怒她的丈夫她說到她丈夫的時候，自己傷心的成數多，怒丈夫的成數少。她愛丈夫愛得太利害：他不是她兒子的父親嗎？）當貝克描寫他們奪她的兒子的情景的時候，安米濕了許多眼淚，故此這個善演慘劇的小戲子，看見她能令看戲的人落淚，自己覺得很得意。

當這兩位堂客談話的時候，阿米力亞的不離左右的保護人多賓少佐（他自然不肯打叉，卻覺得在屋頂碰頭的小過道走來走去有點討厭）走下樓，走入客店裏的大屋子，這間屋子常是滿屋子都是煙，滿灑了皮酒。一張髒桌子上擺了許多羊油燭，燭上一塊板，掛了一排鑰匙。過了一會，安米剛纔從這間屋子走過，臉上發紅。屋子裏是什麼人都有；都是趕集的；有賣手套的，有買竹布的；有學生們在那裏吃東西，有在潑滿皮酒的桌上打牌的；有翻筋斗的人在那裏吃酒。跑堂的照例送了一罐皮酒給少佐；他吸雪茄看報，等安米。

過了一會子，瑪士和佛里慈下樓，小帽子是戴得歪歪的，靴距噹噹的響，煙袋上有徽章有綫子；把第九十號的鑰匙掛在板上，叫吃的，叫喝的。這兩個人坐在少佐身邊，就暢談起來，少佐聽他們說。他們說的都是關於附近的大學的決鬬鬧酒等事，他們是從那裏坐車，貝克同車，坐在他們身邊，來這裏看熱鬧的。

瑪士曉得法文，就用法文對佛里慈說道，「這個英國女人好像 En bays de gonnoissance 那位胖子祖父走了之後，來了一個好看的女人。我聽見他們在那個女人的屋子了又說又哭。」

佛里慈說道，「我們一定要買票聽她唱，瑪士你有錢麼？」

那個答道，「呸，她的唱曲會不過是空中樓閣的曲會。某人說她在來比錫登報唱曲學生們買了好幾張票，她不唱就跑了。她昨天在車上說她的琴師病了。我相信她不會唱：她的聲音是沙的，同你的一樣，你這個會吃皮酒出名的人！」

「是沙的;我聽見她開着嗓子唱一段英國歌。」

紅鼻子的傳慈里說道,「喝酒同唱曲是不能在一起的。」他顯然是愛吃酒不愛聽唱的。

「你不要買她的票。她昨晚賭錢贏了。我看見她的:她叫一個英國小孩子替她賭。我們花你的錢,或是賭博或是聽戲,不然的話我們請她在花園裏吃法國酒或白蘭地,我們卻不要買她的票。你說什麽?——再吃一碗皮酒嗎?」他們吃了酒,捋捋鬍子,就跑到集裏去。

少佐看見他們把第九十號房的鑰匙掛在鈎上,又聽見他們所談的話,就明白他們談的是貝克。少佐想道,「這個小鬼又要她的舊把戲啦。」他追想從前她怎樣的同約瑟調情,後來鬧到那樣好笑的結果,他禁不住微笑。後來他同佐治常常笑這件事。佐治娶親之後幾個禮拜,佐治被這個小妖精所迷,彼此會了意,少佐疑心到這件事,他卻裝作不曉得。少佐不是很傷心,就是很慚愧,不肯去探聽這件不名譽的事,但是有一次佐治卻提過這件事,也許是他很後悔。這一次就是滑鐵盧大戰那一天的早上,這兩個人站在前線,測量對過山上的法國軍隊,雨下得很大。佐治說道,「我同一個女人有了傻氣的密約。我們奉命赴前敵,我很高興。倘若我陣亡了,我希望安米永還不曉得這件事。我很後悔從前起首有這密約。」多賓想到奧茲本同太太分手之後，在卡忒布剌之戰之後第一天很鄭重很仁愛的對他說起父母和太太，他很歡喜拿這番話安慰佐治的寡婦，不止一次啦。多賓同老奧茲本說話的時候，很著重的對老頭子說這一番話：他就是用這個方法，當老奧茲本快死的時候，調解他們父子的。

多賓想道，「這個小鬼仍然要她的詭計麼？我惟願她離開此地一百英里。她到了那裏，就在那裏鬧事。」他正在兩手捧頭，把前一個禮拜的報紙放在他鼻子之下，出了神想這一串不幸的事，有人拿傘敲他的肩膀，他擡頭，看見阿米力亞。

這個女人有法子挫折多賓，她支他作這樣，支他作那樣，拍拍他，叫他拿這個來，拿那個去，當他好像是一隻大狗。只要她喊道，「多賓！」他就跳入水，銜着她的網袋在她後頭走。讀者若還不曉得多賓是一個愛女人愛到發癲的，我這本小說算是白寫了。她挖苦他對他屈膝，昂昂頭，說道，

「你為什麼不等我讓我下樓？」

他帶着令人好笑的求饒神色，答道，「我在頂樓的過道裏，伸不直腰；」隨即伸手扶她，領她

走出這間可厭的濃煙罩滿的屋子，假使不是店裏的跑堂趕過來，在店門口攔住他，要他給皮酒錢，他是會不給錢就走了的。安米笑他：說他不是個好人，不還帳就跑。她這時候很快樂，穿過街市，走得很快。她立刻要見約瑟。少佐笑她表現這樣性急的手足之情；因為她很少立刻要見她哥哥的。

他們在第一層樓上大廳裏找着約瑟；他在這裏走來走去，咬指甲，一點鐘內至少看對過大象飯店看了一百次，那時候安米正在同貝克密談，少佐在樓下用手指敲桌子；約瑟在這裏很着急的要見他的妹妹。

他說道，『怎麼樣？』

安米說道，『可憐的東西，她不知受了多少痛苦啦！』

約瑟搖頭，說道，『是呀，』他的臉上兩塊肉搖動，好像兩塊凍子糕。

安米說道，『女僕可以上樓住，貝克可以住女僕騰出的屋子。』這個女僕是伺候奧茲本太太的，安米說道，『貝克可以住女僕的屋子。』

多賓跳起來喊道，『什麼呀，難道你要那個女人住在這裏麼？』

阿米力亞不知所以的說道，『我們自然請她來住。你不必生氣，不要打碎了家具。』

約瑟說道，『寶貝，自然請她來住。』

安米說道，『這個可憐東西受了許多痛苦之後，她的銀行的東家倒了，逃走了；她的丈夫，——那個壞種——拋棄她，搶了她的兒子（說到這裏，安米兩隻拳頭擂擂的，多賓看見這樣一個大膽的女丈夫，被她迷住了）——可憐的寶貝很冷落的獨自一個人，不得不靠教唱過活——還不請她來！』

少佐喊道，『我的寶貝佐治太太，你只管學唱，不必請她來這裏住，我哀求你，不要請她來，』

約瑟說道，『呸』

阿米力亞喊道，『你常是一個好人，一個仁愛的人；從前一向是這樣的：少佐，你現在變了，我很詫異。我們不當她可憐的時候幫忙她，什麼時候幫忙呀？現在正是幫她的時候，她是我最老的朋友，還不——』

少佐這時候怒極了，說道，『阿米力亞，她不常是你的朋友。』少佐這一句話說起從前的事，安米受不住啦，臉上很不好看的看着少佐，說道，『多賓少佐你說這句話不覺得慚愧麽？』她故了這一噉之後，帶點很威嚴的神氣，走出去把門關上了。

關了門之後，安米說道，『提起這件事！』她對着佐治的畫像說道，『他叫我追憶這件事，太忍心了。』一屋裏掛了佐治的畫像，底下就是她兒子的像。『他太忍心了。倘若我已經饒了這件事不追究，他還應該提麽？不應該。我是從他自己嘴裏，纔曉得從前我吃醋，原是很不好的，是毫無根據的；你是清白的，是的，你是清白的，我的在天上的聖人呀！』

她在屋裏走來走去，很生氣，很發抖，她走過去靠住抽屜櫃看掛在上頭的畫像，看了又看，像片的兩隻眼往下看她，好像是怪責她。她越看那像片越怪她。她想起早年戀愛的情事。好幾年還未十分結瘢的傷口，到了這個時候又流血，流得多麽疼呀！她受不住她丈夫的怪責，那件事是不會有的，絕不會有的。

可憐的多賓：可憐的維廉！一句不幸的話，把多少年前功盡棄了——費了許多事建築的愛情，和矢志不移的生活，全毁了——還是在祕密和不令人見的基礎上建築的，那裏不知藏了多少愛情，數不盡的努力，無人知的犧牲——不過說了一句話，這座希望宮殿就坍下來了——他一生用力要引來的小鳥，只因這一句話，飛跑了！

多賓雖然看阿來力亞的神色曉得已經到了重大關鍵時候，他卻仍然苦勸約瑟，勸他提防利貝克：他還熱烈如狂的勸約瑟不要招待她，告訴他，他聽說貝克怎樣的同賭棍們和不名譽的人們來往；指出她從前怎樣的爲禍；她同克洛里怎樣的引誘佐治走入邪路；她怎樣的同丈夫散了，這是她自己承認的，也許是很有好理由的。她若是同他妹妹在一起，就是一個很危險的同伴，他妹妹並不曉得人情世故！多賓儘他的辭令能事，苦勸約瑟，不要請她來同住。

假使他不怎麼樣洶洶苦勸，假使他的手段巧妙些，也許他能夠勸約瑟回頭；但是約瑟常以爲他對他擺架子，有點吃醋，起首亂說一陣，說他自己足以保護自己的體面，不要他人來干預他的事，總而言之，是反對多賓。他們正在吵，就有一件很單簡的事，叫他們立刻不吵；貝克太太來了，跟了一個大象飯店的人，招呼她的不多幾件的行李。

貝克太太見着阿米力亞是很親愛的盡禮，對少佐卻是冷淡而和氣的見禮。她的本能立刻告訴她，少佐是她的對頭，說反對她的話。她一到，門外很鬧忙，阿米力亞聽見了走出來，走上前很親熱的摟抱她的客人，不理少佐，只怒目看他一眼——自從她生下地來，這個女人只有這一次臉上發現過這樣最藐視，這樣不公道的一瞪眼。但是她有她的理由，打定主意要同他生氣。多賓打輸了卻並不生氣，因爲不公道卻很生氣，走開了，他這一鞠躬的告別，也有這個女人送他的那一屈膝那麼驕傲。

少佐走過之後，安米同利貝克加倍的活潑和親熱，忙到了不得，擺布好那間屋子給她住。她是向來很少有這樣忙的。但凡懦弱的人要作一件不公道的事，最好是快快的作了；安米現在這樣的舉動，她自己以爲是爲已死的奧茲本佐領表示許多的定見，正當感覺和敬重。

小佐治看完熱鬧，回來吃飯，看見仍舊擺四個座，但是有一個座不是多賓坐，是一個女客坐了。小佐治問道，『呀哈！多賓那裏去啦？』他的母親說道，『我猜多賓少佐是在外頭吃飯；』她說完把兒子拉過來，吻他好幾次，同他把頭髮弄好，介紹他見克洛里太太。奧茲本太太說道，『利貝克，這就是我的兒子。』她的神氣好像是說世界上的人能產生比他更好看的嗎？貝克看見他，歡喜到發狂，很親愛的緊抓他的手。她說道，『寶貝孩子！——他很像我的。——』這時候她很動情，再也說不出話來；但是阿米力亞很明白她的意思，如同說出來一樣，曉得貝克想起自己的兒子來。好在今日有好朋友在左右安慰她，她吃了很好的一頓飯。

當吃飯的時候，貝克有機會說過幾次話，佐治看看她，聽她說。當吃點心的時候，安米走出去料理點家事：約瑟在大交椅上睡着了：佐治同新來的女客坐得近；他細細看她好幾遍，後來他把打核桃的東西放下。

佐治說道，『我對你說。』

貝克大笑說道，『你說什麼？』

佐治問道，『我在賭紅黑點的桌子邊，看見的戴面具的女人，是不是你？』

貝克說道，『你這個小伶俐孩子，不要響。』一面抓他的手，吻他的手。又說道，『你的舅舅也在那裏，不要告訴母親。』

那小孩子答道，「不告訴——絕不告訴。」

安米這時候走進來貝克說道，「你看我們兩個人已經是很好的朋友啦；」我們必要承認奧茲本太太果然介紹一個頂賢明頂和氣的同伴在家裏。

多賓是生氣到了不得，卻還不曉得還有許多反叛他的事在後啦，就在街上亂走，後來遇見使館的秘書提普和穆（扁帶蟲），請他吃飯，當他們吃飯的時候，他問這位秘書曉得不曉得一位羅登克洛里太太，還說他相信她在倫敦有點醜聲氣；提普和穆全曉得倫敦的陰私，況且還是甘特賞夫人的親戚，於是滔滔不絕的說了一大串關於貝克和她丈夫的故事，少佐聽了很詫異。我這本小說所有的要點，就是這一番話供給的，原是數年前作者在這個飯桌上聽見的。逵甫圖，斯提曙克洛里，和他們的故事——凡有同貝克相干的事，同她早年的生活，都經過這位外交家討論過。他什麼都曉得，此外他所曉得的事還多咧；一言以蔽之，他把許多怪事都告訴了這位心腸單簡的少佐。當多賓告訴他說奧茲本太太和約瑟請貝克同住，提普和穆大笑，嚇了少佐一驚。他就問少佐，他們既有這樣的舉動，又何妨從監獄裏請一兩位薙光頭穿黃短褂，一雙雙的帶了鏈子，在街上掃街的，請他們同居同食，作小佐治的先生呢？

這一番話令少佐聽了很驚怖。這天早上原先約好（在未遇利員克之先）當天晚上阿米力亞赴宮庭的大跳舞會。到了那裏就可以告訴她。少佐回家，穿好了軍服，到了宮，盼望見着奧茲本太太的面。她卻不來。當他回去寓所的時候，塞德力所住的屋子的燈光全滅了。他要等到明早纔能見她。他心裏存了這一段可怕的祕密，當天晚上不曉得睡得怎麼樣。

在早上頂便的時刻，他打發人送信過去，說他特別要同奧茲本太太說話。來人回來說，奧茲本太太很不舒服，不能出房。

她也是一夜不能睡。她想一件事，這件事從前攪動她的心有一百次，有一百次她正要讓步，又退縮，不肯犧牲。她恐怕受不住。他雖然是愛她，始終矢志不移，她自己雖然承認關切他，敬重他，感激他，她還是不肯犧牲。什麼是利益，什麼是矢志不移，什麼是有道德？只要一個女子的一簇鬈髮，只要一個男子的一根鬍子，就可打倒一切的好處。安米看這種種好處的分量，並不重過其他女人所看的。她曾經試驗這種種好處；原想要當作够程度，合資格；但是她作不到；這個無情的小女人，找着了藉口的話，就打定主意要自由。

等到下半日，少佐見着阿米力亞，他向來見她久已慣受她和氣親愛的歡迎，這次所受的，不過是屈膝，一隻有手套的小手，一伸出來，立刻就縮回去了。

利貝克也在屋裏，走上前，伸出一隻手，微笑歡迎他。多賓帶點忙亂，退後一步，說道，「瑪當，我對你不起，我不能不告訴你，我現在走來，並不當我自己是你的朋友。」

約瑟恐慌，喊道，『算了吧！何必這樣呢？』他很着急不要他們鬧得不好看。

阿米力亞低聲說道，「我不曉得多賓少佐有什麼反對利貝克的話？」她的聲音帶點發抖。兩眼露出很有決斷的神色。

約瑟又打叉說道，「我不許在我家裏有這種事。我說我不許：多賓，我請你不必。」他四圍看着，發抖，臉色通紅，噴了一口氣，向門口走。

利貝克同安琪兒那麼可愛的說道，「寶貝朋友，請你聽多賓少佐說什麼反對我的話。」

約瑟盡量的大喊道，「我不聽，」把梳裝袍子拉起來，走了。

阿米力亞說道，『我們不過是兩個女人。你現在可以說話啦。』

少佐很驕傲的答道，『阿米力亞，你對待我用怎樣態度，不甚應該；我相信我無刻薄女人的習慣。我現在來盡我的本務，並非是一件樂事。』

阿米力亞越發脾氣，說道，『多賓少佐，請你趕快說。』她說話的態度很霸道，多賓的神氣很難看。

多賓說道，『我來說——克洛里太太，你既不迴避，我只好當着你的面說啦——我來說我以為你——你不應該成為我的朋友們家裏的一個自己人。一個同丈夫分離的人，旅行又不用自己的眞名姓，又常常赴賭場。——』

貝克喊道，『我是赴跳舞會的。』

多賓接連說道，『——就不是奧茲本太太和她兒子的合宜同伴：我還可以說，這裏有人曉得你，他們還曉得你的行為，我卻不便當着——當着奧茲本太太的面說出來。』

利貝克說道，『多賓少佐，你汙蔑我的話，是很謙抑很便當的。你到底並未說出什麼來，卻令我受了汙衊之害。你攻擊我的是什麼事？你說我對不起我的丈夫麼？我只可付之一笑，我請你拿出憑據來。我的名譽並不受損壞，如同害我的最痛恨我的仇人的名譽一樣。難道你因爲我貧窮，無人理，窘得可憐，故此反對我麼？是呀，我是犯了這幾樣的罪，天天都受罪。安米，你讓我走吧。你只要當我未遇着你，今天我並不比昨天困苦。你只要當作一夜已過，那個可憐無家可歸的人又上路啦。你忘記了從前我們兩個人同唱的歌麼？我自從那天起，就是漂零無歸的人——是一個可憐人，無人收留的人，因爲我困窮，人家就看不起我，因爲孤身一人，人家就侮辱我。你讓我走吧：我住在這裏與這位先生的計劃相衝突。」

少佐說道，『瑪當，當眞有衝突。倘若我在這裏有權……』

阿米力亞立即說道，『什麼權呀，你無權。利貝克，你同我住。我不拋棄你，因爲你受人窘逐，被人侮辱，因爲——因爲多賓少佐要這樣作，我不拋棄你。寶貝，來吧。』兩個人就向門口走。

多賓開門。當她們走出去的時候，多賓抓住阿米力亞的手，說道，『請你站住一會，同我說話，好不好？』

話。

貝克說道，『他要撇開我同你說話，』露出一個殉道人的神氣。阿米力亞抓緊她的手作答

多賓說道，『我並不是要說你。阿米力亞，回來。』她回來，多賓對克洛里太太鞠躬，把門關了。阿米力亞靠着鏡臺看他：她的臉她的嘴唇都是很白的。

停了一會子，少佐說道，『我剛纔說話的時候，我有點慌亂，我不該用權字的。』

阿米力亞的牙齒打戰說道，『你不該。』

多賓說道，『我雖不該，你至少也該聽我把話說了。』

這女人答道，『你要對我說我受過你多少恩惠，你很大方。』

維廉說道，『是佐治的父親交給我說話的權。』

阿米力亞說道，『是呀，你侮辱他的紀念。你昨天侮辱的，你曉得你侮辱過了。我永遠不能饒恕你，永遠不能。』她每說一句話都怒到發抖。

維廉慘然的說道，『阿米力亞，你不是這樣意思，難道你要說忙亂中說出來的兩句話，就可

以抹煞了一輩子的竭誠麼？我想我對待佐治的記念的方法，並未損傷他的記念；我們若是要互相責難的話，我至少不該受佐治的寡婦和他兒子的母親怪責。等到你安閒下來的時候，請你反省，你的良心將要收回怪責我的話，現在就要收回啦。』阿米力亞垂頭。

多賓接連說道，『激動你的並不是昨天的話。阿米力亞，這不過是藉口，我若並這點都不曉得，我豈不是白戀愛你白照料你十五年吧。在這十五年裏頭，我不曾學會看出你的感情，窺見你的思想嗎？我曉得你的心腸能夠作什麼：你的心腸能夠至誠的緊抱一個記念，存養一個幻想；卻不能夠覺得如我的親愛所該配享的親愛，若是一個女人比你更慷慨大度的，我會贏得她的親愛。你不配享受我敬獻與你的愛情。我久已曉得我拿性命去贏的奬品，是不值得贏的；我曉得我是一個傻子，還存了許多可愛的幻想，拿我所有的眞情和摯愛去換你的一點兒的薄弱愛情。我再不同你換啦：我退步啦。我不責備你，你是脾氣很好的，你已經盡了你的能力；但是你不能——你不能升高達到我對於你的愛情那麼高，惟有比你更高的人或者能夠以享我的愛情自鳴得意。阿米力亞，我同你告別了！我曾留心看你的奮鬬。請你從此以後不必再奮鬬了。我們兩個人都闕乏了。」

多賓就是這樣，忽然的把她羈縻住他的鏈子打斷了，宣布他的獨立和更高等的力量，阿米力亞站在那裏有點驚嚇了，不響。他一向好像跪在她的脚下許久了，她習慣跐他。她不想嫁他，卻想羈留他。她想什麽都不給他，卻要他毋論什麽都給她。在戀愛中這樣的交易也是常有的。

維廉這一進攻，很打倒她。她的進攻，早已過去了，被擊退了。

她說道，「維廉，你的意思是要我曉得，你要走開了，是不是？」

他很慘的一笑。說道，「我從前走開過一次了，十二年後我又回來。阿米力亞，我們那時候年紀輕。我告辭啦。我用了許多心力，演這齣戲，我演够了。」

當他們兩個人說話的時候，阿米力亞的屋子，打開一條小縫；其實貝克的手抓住門把，並未鬆手，他們兩個人所說的話她都聽見啦。她想道，「這個人有多麼高貴的心腸呀，這個女人卻這樣的頑耍他，太不應該啦！她很稱讚多賓；他反對她，她卻不懷恨。這是明刀明鎗打的仗，打得很公道。她想道，「假使我嫁了這樣的一個丈夫，——有血性，又有腦筋！我不嫌他兩隻大脚。」她居然跑進屋子，想到一件事，寫一封信給他，勸他就擱幾天——不要走——告訴他，關於阿米力亞的事，她可以爲力。

他們兩個人分手了。可憐這位多賓，走出門去了；那個小寡婦，這件事全是她鬧翻了的，遂了她的心願，打了勝仗，隨她儘力享受。讓太太們妒忌她的勝仗吧。

到吃餐的時候，佐治來了，又看見沒得『老多賓』，他們吃飯是一言不發的：約瑟的胃氣並不稍減，阿米力亞卻什麼都不吃。

吃過飯後，佐治靠着窗口往對面看，他的母親站在他身邊，他看見對過有點動作。

他說道，『呀！這是多賓的輕便馬車——他們放在院子。』這是多賓花了六鎊買的馬車，他們因爲這件事，常取笑他。

安米聽了一跳，卻不說話。

佐治接連說道，『呀這是他的跟人拿皮包出來，那個一隻眼的車夫帶着三（Schimmels）向街市走來。看看他的靴子和黃褂子，眞是個怪物！爲什麼呀！——他們同他套馬車啦。他往那裏去呀？」

安米說道，「是的，他要出行。」

佐治說道，「他要出行！他幾時回來呀？」

安米答道，「他，他不回來了。」

佐治跳起來，喊道，「不回來！」約瑟大喊道，「你不要走。」他的母親很慘的說道，「佐治，你不要走開。」那孩子站住不走，在屋裏亂跳；一會跳上窗臺，一會又跳下來，表示種種的不安，要曉得爲什麽。

馬車是套好了。行李也綑好在車上了。跟人把主人的刀，手杖，雨傘，綑作一件，放在車裏，把主人的寫字盒和舊帽盒放在坐位底下。又把一件沾了汗的藍色紅羽紗裏的舊大衣拿出來。這件大衣多賓穿了十五年，是滑鐵盧大戰的時候新置的，卡忒布剌之戰的那天晚上，他同佐治兩個人就是同蓋這一件大衣過夜的。

老店主東先走出來，隨後是多賓的跟人，又拿了幾件包裹——末後的幾件——隨後是多賓少佐出來——老店主東想吻他。凡是同多賓有過往來的人，都喜歡他。他很爲難，纔能夠避免於老店主東的一吻。

佐治喊道，「我一定得去！」貝克卻很關切的說道，「請你轉交他，」就把一個字條交給這孩子。他衝下樓梯，衝過對街——那時候車夫正在摔摔馬鞭。

多賓被老店主東釋放之後，上了馬車。佐治隨後跳進去，兩手摟住少佐的脖子，起首問他許多話。隨後他摸摸衣袋，掏出一個字條來給他。多賓很着急的接這個字條，抖抖的打開看，但是他的臉色，立刻改變了，把字條撕作兩片，摔在車外。他吻佐治的額，孩子走出來，一手攀在板上，捨不得放。穿黃褂子的車夫，抖動馬鞭，跟人跳上車，多賓垂頭，垂在胸前。他們在阿米力亞窗子底下走過的時候，多賓並不抬頭看佐治一個人在街上，當着一羣人，放聲大哭。

安米的女僕晚上還聽見他又哭，送些蜜餞杏子給他吃，安慰他。佐治哭，女僕也哭。凡是貧人，凡是下級的人，凡是誠實人，凡是好人，認得他的，都愛這個心慈老實的君子。

說到安米，她不是盡了她的本務了嗎？她有她的佐治像片安慰她。

第六十七回　生死嫁娶諸事

貝克替多賓劃策，使他的眞正愛情可以得勝，毋論是什麼祕密計劃，她想這件祕密可以保得住不洩漏，她這個人的爲人並不能如她爲己那麼關切，她還有自己許多事是要考慮的，這些事同她相干，要緊過多賓少佐這一生的歡樂。

她忽然間見得自己出乎意料之外的住在很舒服地方，包圍她的是朋友，是慈愛，和氣老實人，她久已未遇見這種樣的人了。她雖然是本性好雲遊，雖然是爲環境所逼不得不雲遊，這時候休息幾時也覺得快樂。

她自己旣覺得快樂，她竭力嘗試使人人快樂；她令人快樂的手段是有的。當她在小飯店的樓頂的小屋子裏同約瑟見面，她已經有手段贏回許多他的好意。相處了一個禮拜，約瑟變作她的奴隸，變作她的稱讚人。阿米力亞是個不甚活潑的人，約瑟同她在一起，吃過飯就打盹，現在卻不睡啦。他同貝克坐了敞馬車出去兜圈子。他爲她常請客，常爲她創許多宴會。

使館祕書提普和穆，很刻薄的說過貝克許多壞話，來同約瑟吃飯，隨後每天來恭謁貝克。可憐的安米，她向來是不甚能談的，自從多賓走過之後，更悶，更不說話了。一到這位更聰明的貝克出現，人家就都忘記了安米啦。法國公使被貝克迷住了，也同英國公使受她的迷一樣。德國的貴夫人們，向來是不苛求道德的，對於英國人的道德尤其不苛求，很喜歡奧茲本太太的可愛朋友的聰明伶俐；她雖然並不求入宮覲見，宮裏的闊人們聽見她很能動人，都很想見她。後來聽見說她是個貴族，是英國的舊家，她的丈夫是侍衛軍的大佐，是某島的巡撫，不過因爲一點小事同丈夫分離的，德國原是不講究這種小節的，所以沒有人想拒絕她，不令她在這個公爵小邦的最高等社會中出現；貴夫人們尤其同她親熱，指天誓日的同她作永遠朋友，如同她們對待阿米力亞一樣。這些老實德國人解說愛情和自由，與我們英國不同，我們不能懂他們的解說；在幾處講哲學和文明市鎭中，一個女人可以同幾個丈夫先後離婚之後，在社會中仍然可以維持她的體面。約瑟自從有過自己的住宅以來，向來未有過此時那樣快樂，這都是貝克之功。她唱歌，打牌，說說笑笑，能說兩三國的話；她請許多人到宅裏來：她還令約瑟自信原是他自己絕大的交遊拉攏本領和機伶，把當地的閹人招來的。

安米在自己家裏卻作不得主，有了賬單來，要給錢，纔是她的事；貝克不久就曉得怎樣安慰她，娛悅她。貝克常同她談驅逐多賓少佐這件事，不怕對她說，她很稱讚這位頂好，有氣概的君子，還告訴安米，怪她待他太過刻薄。安米迴護自己的舉動，證明她是專爲最純粹的宗教主義所適，纔作這件事的；又說婦人從一而終的話，她幸而嫁着這麼一個安琪兒，就是永遠嫁給他的了；但是她並不反對貝克恭維多賓；而且每天總要繞灣子的談多賓，何止談幾十次。

貝克不難想出法子來贏佐治和僕人們的善意。我們已經說過阿米力亞的女僕是極愛說慷慨少佐好話的。她起初因爲貝克把少佐鬨走的，很不喜歡她，後來卻同克洛里太太和解啦，因爲這位太太變作少佐的最熱心的稱讚人，變作替他說話的人。當這兩位太太宴會後回家談論的時候，當她同他們梳頭的時候，她總要插嘴替多賓少佐說兩句好話。她替他說好話，和貝克稱讚他，阿米力亞聽見了並不生氣。安米常叫佐治寫信給多賓，信後總要帶一句說媽媽送愛給他。多賓走過之後，到了晚上她看她丈夫的像片時候，像片並不怪責她啦——也許是她怪責像片啦。

安米在這次破釜沉舟的犧牲之後並不歡樂。她很不自如，害怕，不說話，難得歡喜。家裏人向來未見過她這樣易生氣。她臉無血色，身體多病。她試唱幾首歌，都是少佐愛聽的；當她在天快黑的時候在客廳裏唱歌，有時唱到一半，跑入隔壁屋子，大約是在那裏看她丈夫的畫像。

多賓走過之後，還留下幾本書，書上有他的名字；有一本德文字典，首頁有「維廉多賓，第某標」幾個字；有一本遊覽指南，有他的滅寫名字，另外還有一兩本書都是他的。她把這幾本書放在櫃上，同她的針線盒，寫字盒，聖經，祈禱書，放在一起，都在兩幅佐治像片之下。少佐走的時候，留下兩隻手套，有一天佐治亂翻他母親的寫字盒，看見這兩隻手套摺好了，放在寫字盒裏的秘密抽屜裏。

安米既不喜歡出去應酬，終天在家裏納悶，她最樂的事就是夏天晚上同兒子出去散步，走很遠的路（那時候只留下利貝克陪約瑟），一面散步，母子兩人一面談維廉少佐，談到那孩子也禁不住微笑。她告訴兒子說，她想維廉少佐，是天下第一個好人；最溫和，最仁慈，最有膽，最謙退。

她屢次對兒子說她母子二人毋論什麼事都是仰仗這位慈心朋友照料他們的；當他們受苦和遇着不幸的時候他怎樣的幫助他們當無人理他們的時候他怎樣的守護他們他雖不乏自己的奮勇，同袍們卻怎麼樣的稱讚他；佐治的父親怎樣的最相信他，這位好維廉怎樣的常幫助佐治的父親。她說道，『當你的父親還是小孩子的時候，他就常告訴我說，在學校的時候，就是維廉保護他，打倒一個霸道學生；他們從此以後就是好朋友，一直到你父親陣亡那一天。』

佐治說道，『多賓不是殺了打死我父親的人麼？我曉得一定是他，不然的話，只要他能够拴住那個人，一定殺他的，母親，你看是不是？等我入了軍隊的時候，你看我饒法國人不饒？』

他母子兩人就是這樣談說過了許多日子。這個天眞爛漫女人，把許多祕密都告訴了兒子。他是多賓的好朋友，凡是曉得多賓的人，個個都是他的好朋友。

貝克太太她也要表示點的感情，不肯落後，也在她屋裏掛起一張像片，許多人見了都詫異，都好笑，本人看見了更高興，原來不是別人的像片，就是約瑟的畫像。當她初次來訪寒德力們的時候，帶來的行李是很破舊的，覺得自己的衣箱帽盒等難看，有點慚愧，就常說起她寄放在來比錫的衣箱說得很鄭重的，她一定要弄回來。讀者要曉得，大凡一個旅行者常對你說他的闊行李，卻並不在他身邊，你就要留神他十成有九他是一個騙子。

約瑟和安米都不曉得這一句格言。他們想貝克究竟有無華美衣服在不能看見的衣箱裏，與他們無干；但是現在她所穿的是很破舊的，安米就把自己的衣服送給她穿，不然就帶她到最好的女服店，把她打扮起來。我告訴諸君吧，現在她不穿破領子啦，她的肩上不拖舊綢子啦。貝克的習慣是隨她的身分改變的——胭脂是不用啦——還有一樣刺激品也不用啦——就是要用也是偷偷的用；有如當安米母子兩人出外散步的時候，約瑟勸她，她纔肯吃一盃攙水的白蘭地。但是她不喝的時候，約瑟的跟人卻要喝：這個人是不能離開酒瓶的；他一吃不知吃多少。約瑟的白蘭地酒消耗得很快。這個跟人也覺得詫異。這是一件令人難過的故事。貝克現在入了好人家，大約不如從那麼好酒啦。

後來她所吹的衣箱到了；——共總是三個，並不大，也並不好看；——到了之後，貝克也未曾從箱子裏取出什麼衣服或首飾來。但是有一隻箱子是裝了些書信的（就是那天晚上，羅登發怒，搜貝克私藏款項的箱子），她很高興的取出一張畫像來，釘在牆上，請約瑟進來看，原來是一幅鋼筆畫的男人肖像臉上搨了點粉紅色。這個人離一堆椰子樹不遠，騎在一隻象背上，遠處還有一座塔。原來是一幅東方的景。

約瑟一看，喊道，『這是我的像。』真是他的像，正是少年開花最美的時候，穿了一件緞褂子，還是一八〇四年的時髦裝。這是一幅舊畫，從前掛在塞德力宅子裏的。

貝克聲音抖抖的說道，『是我買的，我去看拍賣，試看我能否幫我朋友們的忙。這幅像向來未離開我的身邊——我永遠不離開這幅像。』

貝克說道『你很曉得，我是爲你，纔寶貝這幅像片的；現在還說什麼，——爲什麼想，——爲什麼追憶前事呢？現在太遲啦！』

約瑟這天晚上的談話是異常的有味。安米回來睡覺，很疲倦，很難過。約瑟同貝克臉對臉的兩個人談心，安米睡在隔壁屋子裏的牀上，聽見他們說話，聽見貝克唱一八一五年的舊曲子給約瑟聽。阿米力亞睡不着，這天晚上約瑟也睡不着，這是一件極希罕的事。

這時候正是六月，正是倫敦最熱鬧的時候。約瑟天天讀某報，當吃早膳的時候，他常挑一兩段新聞，讀給堂客們聽。這張報每禮拜必登陸軍的升遷調補消息，約瑟是見過仗的人，特別注意這種事。有一次他讀道，『第某標到了。——六月二十日從印度開來的某船，到了海口，今早進口，船上有十四位軍官，一百三十二名軍人。他們離開英國已經有十四年了，是滑鐵盧大戰的後一年離本國的，他們當這一役曾立戰功，隨後在緬甸又立戰功。昨天有大佐奧都特爵士和他的夫人，他的令妹，在這裏登岸，同來的還有某某等幾位軍官；軍樂隊在碼頭奏國樂歡迎他們，當他們走去飯店的時候，聚看的人大聲喝采，他們就在飯店裏置酒高會。外邊的人還是接連的歡呼，奧都特夫人和奧都特大佐走出來露臺上，對羣衆吃一盃這飯店裏最好的紅酒，同他們祝壽。』

第二次約瑟讀報告訴她們說，多賓少佐在茶坦木回到第某標了；奧都特等覲見，隨後就是多賓補了副大佐缺等事。

阿米力亞先已曉得幾件升遷調補的事。佐治同他的保傅常有信往來；維廉走過之後有一兩次寫信問候阿米力亞，說話卻是冷淡到了不得。這時候卻輪到安米難受，曉得她失了駕馭他的權力了，他現在是自由了。他同她分手，她覺得很難過。他的數之不盡的替她出力的事，他的高貴和親愛的關切，這時候都令她追憶，日夜的責備她，她看出他的愛情的純潔和美好，都被她看輕了，她自己怪責自己為什麼摔去這樣的寶貝。

寶貝是去了。維廉的愛情全用光了。他以為他不再愛她了，不如從前那樣愛她了。他不能再如從前那樣愛她了。他這些年來的忠誠的關切，不能摔在地下，打裂了，拾起來，補好了，不現痕跡。那個無情的苛刻東西，已經把他的愛情打碎了。維廉想過又想，說道，『原是我自己騙自己，接連的哄騙自己；假使她配我愛她的話，她早已以她的愛情，酬報我的愛情啦。這是一種的樂於自欺。人生一世，還不是許多這樣的樂於自欺造成的麼？譬如我娶了她，難道我第二天不會醒悟過來麼？她既不肯；我為什麼還念念不捨，我打敗了為什麼覺得慚愧呢？』他越想這件事越能夠明白看透他的自欺。他說道，『我還是出山找事做，上天喜歡把我放在什麼地位，我就盡我的職。我將細看新入伍的兵丁的扣子是不是擦得很亮，軍曹的賬目有無錯誤。我將在食堂吃飯，聽那位蘇格蘭外科醫官說故事。等到我年老動不得的時候，我就告退吃半俸，我的老姊妹們將終天責備我。「我已經戀愛過，我見過世界。」我就算完啦。——佛朗西士（Francis），你把賬都還掎，給我一枝雪茄打聽戲院今天晚上唱什麼戲；我們明天坐某船渡海。」他說了這許多話，他的跟人佛朗西士只聽見末了兩行。那條船停在那裏。他看見船面的地方，是他同安米出海的時候同坐的。克洛里太太對他說些什麼話呀？！我們明天出海，回去英國，回家辦公事。

過了六月之後，德國這種小地方宮庭的社會就分散了，分赴各處海邊或有泉水地方，吃泉水，騎驢子，賭錢，大吃大喝，消磨這個夏天。英國使館的人去某某礦泉地方避暑；法國使館關上大門回國去了。宮庭的人也到有泉水的地方，也有回去打獵的宅子。凡是自居為上流的，都要走開的。

約瑟的醫生，當約瑟是一頭擠奶的牛，勸他同他的妹妹去俄斯坦德（Ostend）避暑。他們兩個人都要到那裏休養，安米毋論到那裏都不甚注重的。佐治卻喜歡挪動。貝克自然跟他們去。約瑟買了一輛很好的車：她同他們同車走，坐在第四位；兩個僕人坐在對面。貝克恐怕到了那裏會碰見熟人，恐怕他們會說她的難聽的故事——啐！怕什麼，她有能力敵住他們。她現在寄碇在約瑟身上，寄得很牢靠的了，要很大的風，纔能够搖動她。那一幅像片把約瑟幹了。貝克把那幅像取下來，放在阿米力亞好幾年前送給她的盒子裏。安米也把兩張畫像帶走——後來他們就住在俄斯坦德一間極貴極不舒服的屋子裏。

阿米力亞在這裏起首洗海水浴；有許多貝克的熟人走過，都不理她，奧茲本太太同貝克各處散步，什麼人都不認得，不注意她的女朋友所受的待遇，貝克絕不想這應該把安米的兩隻老實眼所見的事告訴她。

雖是這樣說，有幾個羅登克洛里太太的熟人，卻很同她招呼——招呼得太過，是貝克心裏所不願的。其中就有一位洛德爾少佐，陸克（Rook）佐領，終天在海邊吸煙看女人，不久，就有了介紹，到約瑟家裏吃飯，同他的親友見面。他們是很不客氣的，有請必到；毋論貝克在家不在家，他們就闖進來，走進奧茲本太太的客廳，弄到滿屋子都是香水味，喊約瑟作『老蕩子，』侵犯飯桌，大笑大喝，鬧够幾點鐘纔走。

佐治很不喜歡這兩個人，問道，『他們這是幹什麼？我昨天聽見那位少佐對克洛里太太說道，「貝克，你不能這樣，你不能自己霸佔了那個老蕩子。我們也要吃點骨頭，不然的話，我們就要鬧翻啦。」媽媽，少佐所說的話，是什麼意思？」

安米說道，『少佐！你不要稱他少佐我當眞不曉得他是什麼意思。』他同他的朋友在她面前，很令安米害怕，難堪。他們吃醉了對她說恭維話；在飯桌的時候，斜眼看她。那位佐領說話勾搭她，她驚惶到作嘔，她從此以後不是佐治在她身邊，她不肯見他。

作者要說一句公道話，利貝克也不肯讓他們獨自一個人同阿米力亞在一處；少佐賭詛他會贏她到手的。這兩個粗野大漢因爲爭她打架，在她桌子賭誰能贏她到手；她雖然不知道這些光棍對待她的意思，她卻覺得在他們面前是很可怕的，覺得很不安，久已想走開避他們。她苦苦的哀求約瑟回英國。他卻不來。他行動是很慢的，被醫生拴牢了，也許被別的裙帶拴住了。別人且不管，貝克是不着急回英國的。

後來阿米力亞打定一個很要緊的主意——跳了一大步。對過的海邊上，她有一個朋友，她就寫一封信給他；她寫這封信辦得很祕密，毋論什麼人她都不告訴，她自己罩住披肩，親自走到郵局寄的，也沒得人看見她寄信；不過當佐治同她見面時，她臉上很發紅，神色很不寧，那天晚上她很依戀他，吻他好幾次。她散步回來之後，就不出房門。貝克以爲是那位少佐和佐領恐怖她。

貝克推理說道，「她必不可以住在這裏。這個小傻子，她一定得走開。她還想着她的傻子丈夫，啼泣——他死了（這個人是該死的！）已經十五年了。她不可以嫁那個少佐，或是那個佐領。洛德爾太過不是東西。她不可以嫁他們；他一定得嫁藤手杖；我今晚就定規這件事。」

於是貝克送一盃茶到阿米力亞屋裏，看見她同兩幅小畫像作伴，神氣是很愁悶很害怕的。她把茶盃放下。

阿米力亞說道，「謝謝你。」

貝克對着她，帶着看不起她的善意，在屋裏走來走去，對她說道，「阿米力亞，你聽我說。我有話對你說。你一定得走開，離開這些人的無禮。我不要你被他們纏：你若是久住這裏，他們會羞辱你的。我告訴你，他們都是一羣光棍；都是該坐監作苦工的。你不必追問我怎樣會曉得他們的。我是什麼人都曉得。約瑟不能保護你，他太胖，太薄弱，他自己還要人保護啦。你不配在世界上混着如一個手抱的嬰孩不配混世一樣。你一定得嫁人，不然的話，你和你的寶貝孩子都要毀了的。你這個傻子，你必要有個丈夫我生平所看見的一個頂好的人要娶你有一百次了，你卻不要他，你這個人很傻很無情很忘恩。」

阿米力亞帶點求饒的神氣，說道，「我很試過，我竭力的試——利貝克——但是我不能忘——」她說完這句話，抬頭看像片。

貝克喊道，「你不能忘他麽！他是一個爲己的東西，是一個下流浮蕩子弟，是個塞滿棉墊的癩漢；他無聰明，無儀容，又無心肝，你還不能忘記他麽？他怎樣能比得上你的拿藤手杖朋友，如你之比不上依利薩伯女主（Elizabeth）。你還不曉得麽，那個蕩子早已經厭倦了你，原想不娶你的，還是多賓少佐逼他踐約的。這是他親口對我說的。他向來不喜歡你，他對我嘲笑你，不止一次的了；他娶了你一個禮拜之後，就獻愛於我。」

阿米力亞聽了，跳起來，喊道，「利貝克，這是謊話！這是謊話！」

貝克還是很和氣的說道，「你這個傻子，你看看這件東西；」她一面從腰帶間取出一張紙來，打開了，摔在阿米力亞懷裏。貝克又說道，『你認得他的筆跡，這是他寫給我的——要我同他逃走——他當着你的面給我的，是未陣亡的早一天給我的——他死了，是該死的。』

安米在那裏看信，聽不見她說什麼。這封信就是那天晚上在大跳舞會場放在花球裏給貝克的。信裏的話果然同貝克所說的一樣：這個傻子要貝克同他逃走。

安米垂頭痛哭，在我這本小說裏，這幾乎是她末了一次哭啦。她兩手握着眼，頭倒在懷裏；她痛哭了一會，貝克在旁看她。誰能解析她的眼淚，說是歡樂眼淚，抑或是痛苦眼淚呀？她所最痛心的，是不是因爲她所崇拜的偶像倒下來，在他腳下打碎了，抑或她痛恨她的愛情，這樣被人看不起呀？抑或是她的廉恥心在她與一個新的，一個真的愛情中間，放了一種障礙物，現在因爲拿開了，她覺得歡樂呀？她想道，『現在沒得東西禁止我了。我現在可以用全副心腸愛他了。只要他許我愛他，只要他饒恕我，我就愛他，我就愛他。』我相信這時候最感動她的，還是這一番感情。

她哭得不甚多，出乎貝克意料之外——貝克安慰她，吻她——這是貝克很少有的表同情。她待安米同個孩子一樣，拍拍她的頭，說道，『我們拿紙筆墨來，立刻寫信給他』

安米的臉紅得利害說道，『我——我今早已經寫信給他。』貝克大笑大唱道，——Un biglietto, eccolo qua 全所房子都是她的唱聲的迴響。

過了兩個早上那天很有點風雨阿米力亞一夜未睡着，聽風聲吼叫，可憐水陸路的行人，她起得很早，一定要同佐治出去在隄上走雨點打她的臉，她只管還是走，她向西看黑色的天涯線，看大波浪湧到岸來。兩個人都不甚說話，只有那孩子偶然說一兩句，表示安慰保護他母親。

安米說道，『我望他當這樣風雨天，不渡海來。』

孩子答道，『我敢賭，十個博一個他渡海來。母親，你看，那裏有輪船的煙。』果然有煙。

輪船雖然是開行，也許他不在船上也許他未接到信；也許他不願意來。——她的心裏有一百件的害怕洶湧而來，同波浪打隄那麼快。

輪船隨着煙來，他們看見船。佐治有一個小遠鏡，打過去，看見輪船。輪船是越走越近，在海上忽起忽落，他還說了幾句航海的在行話。碼頭上掛旗，旗在風裏搖動，阿米力亞的心也一樣的搖動。

安米在兒子肩膀上望遠鏡，卻看不出什麼來，她只看見一片黑日蝕，在眼前跳上跳落。佐治又拿遠鏡隨着輪船或起或落的看。他說道，「這條船起落得多麼利害呀？一個大浪打過船頭。除了掌舵的人外，船面只有兩個人。有一個人躺下來——還有一個人，穿了袍子，帶着一——好呀！這個就是多賓！」他把遠鏡收起來，兩手摟住母親的脖子，說到阿米力亞這時的景況，正如我們希臘的話：她歡喜得兩眼流出淚來。她很相信那個人是多賓，絕不能是別人。她剛纔說她盼望他不來，這句話是欺人的，他自然會來的：他不來，幹什麼呢？她曉得他會來的。

那條輪船向岸而來，來得很快。當他們進碼頭接船的時候，安米的兩膝發抖，幾乎不能跑。她很想在這裏跪下祈禱。她想，她一輩子祈禱！

這天的天氣實在壞。岸上的人很少。佐治也跑了：當那位披紅裏大衣的男人登岸的時候，幾乎無人看這時候發現如下的事：

有一個女人戴了白帽子披了白披肩，通身都濕了，伸出兩隻手走上前。一會工夫她就被那件大衣裹住，看不見了，她盡力的吻他的手；他摟住她緊靠他的心（她的頭剛好到他的心），摟住她，恐怕她摔倒。她嘴裏喃喃的說——饒恕——寶貝維廉——寶貝寶貝，至寶貝的朋友——吻，吻，吻，等——在大衣裏說的就是這種話。

等到安米從大衣鑽出來的時候，她仍抓住他的一隻手，擡頭看他的臉。他臉上全是一片悽慘，全是溫柔的愛情和憐憫。她曉得他臉上怪責她的神色，低了頭。

他說道，『寶貝阿米力亞，時候到了，你應該請我回來啦。』

她說道，『維廉，你永遠不再走開啦？』他答道，『不走啦，永不再走啦：』他又把她摟在懷裏。

當他們從海關的房屋走出來的時候，佐治衝過來，舉起遠鏡，大笑歡迎他；他在他們身邊亂跳，一路走回家，都是跳的。約瑟還未起來，貝克也看不見（她在窗縫看他們）。佐治跑去招呼早餐。安米在過道上就把帽子披肩交把女僕，走來同維廉解大衣的扣。船是到了，他一生嘗試取得的頭彩，他居然得着了。鳥飛進來了。這個小鳥的頭靠住他的肩膀，緊靠他的心，在那裏戀愛他。這十八年來，他天天刻刻所要的就是她的愛情，這就是他所渴想的。現在到手啦——到了頂尖啦，完啦——第三册第末頁啦。大佐，我們同你告辭啦，忠誠的維廉！上帝保佑你！寶貝阿米力亞，我們告辭啦，我望你這株嫩藤，繞着你所緊抱的粗壯橡樹，再長青綠！

利貝克也許是因爲良心發現，可憐這個仁慈老實人，最先保護她的人，也許是因爲不喜歡看這樣表現愛情的光景，——她作成這件事，心裏卻很滿意的，——絕不同多賓大佐夫婦見面，她說她有要事要到某處去；她果然走了。當多賓同阿米力亞行結婚禮的時候，只有佐治和舅舅在場。結過婚之後，佐治同父母再在一起，貝克回來（不過幾天）安慰這個孤寂的獨身男子，約瑟塞德力，他說他喜歡在大陸過日子，不肯回來，同他妹妹夫婦過日子。

結過婚之後，多賓就脫離陸軍，在克洛里鄉下相離不遠的地方，租了一所好看的小房子；自從改革議案通過之後，庇得爵士和家眷常住在這裏。這位小男爵的兩個議員席位都失了，封爵的事，是不能成問題了。這一場禍事令他破財傷神，身體又多病，預料大英帝國破壞得很快。

柘晤夫人同多賓太太變作很好的朋友，兩家常相往來。夫人作了多賓太太的孩子的乾娘，取了夫人的名字叫柘晤；柘晤是詹木士克洛里行的洗禮，他繼他父親當牧師：佐治和羅登兩個人很親密，放假時候，同出打獵，在劍橋大學同進一間學校，同愛栢晤夫人的小姐，兩個人常爭吵。兩位太太久已計劃到佐治同那位小姐結婚，我卻聽見說克洛里小姐意在她的堂兄。

兩家都絕口不提羅登克洛里太太。他們都不提，原是有理由的。因爲毋論約瑟塞德力走到那裏，她就跟到那裏；這個受愚的人好像整個變了她的奴隸。大佐的律師們告訴他，說他的舅爺重重的保了命險；也許是他籌款還債。他同東印度公司續假，他的身體日見其多病。

阿米力亞聽見這番話，很恐怖，求她丈夫去比都探聽她哥哥的情形。大佐不甚高興離家（因爲他在家埋頭寫判查布 Punjab 歷史，他很愛他的小女兒崇拜如偶像，她纔出過疹子，很不放心），他到了比都，找着約瑟住在比都的一所大飯店裏。克洛里太太有了馬車，常請客，過很好的日子，也住在這所大飯店裏，住在另幾間房子。

大佐自然不願意見這位太太，也不通知說他已經到了比都，不過打發人私下告訴約瑟。約瑟說今晚克洛里太太有宴會，請他過來，就可以單獨他們兩個人見面。多賓看見舅爺病得可憐；嘴裏雖然還是恭維利貝克的話，卻是非常畏懼她。他所有經過的病都是向來沒人聽見過的病，卻都是她服事他，至誠可嘉。她簡直的是女兒服事父親一樣。這個不幸的人，卻嗚咽說道，「但是為上帝起見，請你來住在離我不遠的地方，有時請來看我。」

大佐勸約瑟立刻逃走，逃回去印度，克洛里太太就不能跟他；毋論怎樣，總要努力同她脫離關係，不然，恐與他有大害。

約瑟合掌喊道，「我肯回印度。我什麼都肯作：不過要稍候：他們切勿對克洛里太太說：——她若是曉得了，會殺我的。你還不曉得她是多麼可怕的女人。」

多賓答道，「既是這樣，為什麼不同我一道走呢？」但是約瑟沒得這個膽子。他說道，「我明天早上見你，你切勿說你來過這裏，你一定得走啦。」貝克也許就走進來啦。多賓同他分手之後，很不放心他。

他此後從未見過約瑟。三個月之後約瑟塞德力死在愛斯拉沙伯 (Aix-la-Chapelle)。死後人家纔曉得所有他的財產全是投機糊糊塗塗弄光了的，全是氣泡公司的一文不值的股票。他所剩下的能取用的現款只有保險金二千鎊。他的遺囑說「這二千鎊平分兩份，一份給他的妹妹阿米力亞，即某某之妻，一份給他的朋友利貝克，羅登克洛里副大佐之妻她是一個無價寶的看護，伺候我的病。』遺囑還說明委她當辦理遺囑人。

保險公司的狀師們說，向來未見過這樣死得不明不白的案子；要派人下來查考他是怎樣死的；公司不肯給保險金。克洛里太太，或夫人，她自稱夫人，立刻走來，帶了幾位狀師，問公司敢不付款：請他們查驗：她宣布他是一個不名譽的陰謀的目的物，追逐了她一輩子，後來居然得勝了。公司照給了保險金，她的名譽也恢復了，但是多賓把他的那一份送還保險公司，不肯同利貝克通信。

利貝克雖然接連自稱夫人，卻絕不是克洛里夫人。大佐羅登克洛里大人得了黃熱病死在島上，那裏的商民都很愛戴他，他死在他哥哥庇得爵士六個禮拜之先，克洛里氏的遺產傳給現在的羅登克洛里爵士。

這位爵士也不肯見他的母親，卻厚給她養贍費；她很像有幾個錢。爵士完全住在鄉下的大宅，同栢晤夫人和她的女兒同住；利貝克，克洛里夫人，總不離住在巴斯 (Bath) 和拆爾騰安附近，那裏有一羣很有勢力的好人，都以爲她是一個最受過損害的女人。她有她的仇人。誰無仇人呀？她的生活就是答復仇人的話。她對於宗教的事很忙碌。她進教堂，不離帶着一個女僕的。凡是善舉的捐册，都有她的名字。無告的賣橘子女孩救濟會，無人理的洗衣服老婆子救濟會，受困苦的賣油煎餅男子的救濟會，她都是很慷慨捐助的。她常在賣雜貨的慈善會擺攤子，賣東西，救濟這些苦人。後來有一天，安米，她的兒女，和多賓，來倫敦，忽然看見利貝克在這種會裏擺攤。他們看見她，驚了一跳就走開。她很正經的低頭微笑；安米捉住她兒子（長成一個出風頭的少年啦）的手，趕快走開，大佐趕快把小女兒抱走了。他最愛的就是這個小女兒，比愛他的喬查布歷史還利害得多。

安米歎氣說道，『他愛她比愛我，還利害些。』但是他對阿米力亞向來未說過一句不慈愛不溫柔的話，毋論她要什麽，他無不令她滿意。

呀！浮華中的浮華！我們在這個世界上，誰是歡樂的？我們那一個曾得過他的欲望到手的？旣得到手之後，誰能滿意的？——孩子們，來吧，我們把箱子和傀儡都收起來吧，我們這本傀儡戲演完啦。

版權所有翻印必究

中華民國二十年十月初版
民國廿一年十一月印行 國難後第一版

世界文學名著 浮華世界一冊（一五五一）
Vanity Fair
每冊定價大洋壹元捌角
外埠酌加運費匯費

原著者 W. M. Thackeray
節選者 Max J. Hergberg
譯述者 伍光建
發行人 王雲五 上海河南路
印刷者 商務印書館 上海河南路
發行所 商務印書館 上海及各埠

二〇五七上